삼백 개의 이름으로
삶과 마주한
추사 **김정희**

● 추사 김정희 선생 名號 이야기

강희진

明文堂

머리말

　김정희 선생의 명호는 알려진 것만도 300여 개가 넘는다. 대표적인 것이 '추사', '완당', '예당', '과노' 등이다. 그러나 이 명호가 어떻게 선생의 삶을 타고 불렸는지, 또 나오게 된 연유나 과정은 몇 개를 제외하고는 제대로 알려져 있지 않다. 그래서 200년을 거슬러 올라가 선생의 삶과 면담을 하고자 한다.

　시인 김춘수 선생은 존재에 대해 이런 노래했다.

　내가 그의 이름을 불러주기 전에는
　그는 다만
　하나의 몸짓에 불과했다.
　내가 그의 이름을 불렀을 때
　그는 내게로 와서
　꽃이 되었다.

선생의 명호도 마찬가지다. 그저 한낱 단어에 불과했던 말들이 선생이 명호를 붙여주면서 비로소 선생 삶의 꽃으로 피어났다. 선생에게 명호는 삶의 흔적이요, 상황과 처지를 대변하는 소통 구조였다.

실제로 선생의 명호 중에는 감옹이라는 명호가 있는 데, 이 명호는 수선화를 유난히도 좋아하는 선생의 마음에서 출발한다. 선생이 제주에 가서 토종 수선화를 발견하고는 그 지역에서는 '몰마농'이라는 잡초에 불과했던 것을 선생이 비로소 수선화라 부르면서 귀한 꽃이 되는 데 당시 지역 사람들은 그렇지 않았던 모양이다. 그래서 귀한 것을 모르는 어리석은 지역 사람들을 빗대어 자신의 삶의 여정을 은유하면서 자신도 어리석은 노인이라 자칭하면서 '감옹'이라 부르게 된다. 〈본문에서〉

이 글은 가급적 명호를 맨 처음 사용한 작품을 찾아 그 명호가 왜, 어떻게 나오게 되었는지를 추적해 들어간다. 특히 선생의 명호는 선생의 삶의 일부요, 자신의 처지나 상황을 나타내는 강력한 메시지가 있는 문장 표현의 일부이므로 이 글은 선생의 당시 상황을 통해서 살펴본 명호를 스토리텔링하는 작업이다.

흔히 추사 선생하면 위엄 있는 학자나 추상같은 선비로 선입견이 있으나 명호를 보면 선생이 얼마나 유머스러운지, 그리고 얼마나 해학적이고 삶에 은유적인지를 알 수 있다. 명호는 학자 이면의 선생의 인간적인 면이 고스란히 드러난다는 것을 알 수 있다.

그래서 추사에 관한 다른 책과 같이 논문 투나 학문적 성과보다는 가벼운 스토리텔링 형식을 빌렸고, 문장 또한 무거움보다도 가급적 읽기 편하게 가벼운 톤으로 구성하려고 노력했다. 옆에 있는 친구들에게 이야기를 들려주는 투다.

콘텐츠도 명호별로 나누고, 명호는 가급적 년도 순으로 나열하여 추사의 삶과 예술을 순차적으로 이해하는 데 도움을 주게 하였다. 이 글에서도 그 상황에 따라 '추사' 와 '완당' 을 혼용해 사용했다.

乙未年 印虛洞天에서

囈堂 姜熙鎭

목차

삼백 개의 이름으로
삶과 마주한

추사 김정희

● 추사 김정희 선생 名號 이야기

1

명호의 세계에 첫발을 내딛다.
원춘에서 현란으로!

흔히 추사 김정희 하면 눈부터 커진다. 학문이면 학문, 문
장이면 문장, 예술이면 예술, 뭐하나 오르지 못한 경지가 없는 데
다가 추사체 하면 따라갈 수 없는 새로운 경지의 서체를 창안했
으니 당연히 그럴 수밖에 없다.

그렇다면 어린 김정희는 어땠을까. 속칭 '엄친아'로 공부만 잘
하는 모범생에 반듯한 양반집 도련님이었을까?

그런데 선생은 꼭 그렇지만은 않았다. 사실은 어릴 때 공부는
잘했는지 모르겠으나 기억력이 좋은 것 빼고는 지독하게 공부하
기 싫어한 것은 분명하다. 어린아이치고 글씨를 예쁘게 쓴 것이
기특하여 집안에서는 입춘첩으로 대문에 붙이게 했고, 재상 채제
공 같은 분들이 지나가다 이를 보고 칭찬한 것은 아마 당시 가문

의 영향력에 대한 예우 정도로 생각해 보면 예나 지금이나 부모들 걱정과 바람은 자식들이 공부를 열심히 하는 것 아닐까?

선생은 일곱 살 무렵 예산 할머니 댁에 와서 머물고 있었다. 할머니라 하면 친아버지 김노경의 어머니인 해평 윤씨를 말한다. 아직은 월성위궁 양자로 가기 전이었을 것이다. 마땅히 집안의 장자로 가문의 훈육을 받아야 마땅하고, 공부를 해야 마땅했으나 선생은 노는데 정신이 없었던 모양이다.

보다 못한 할머니 해평 윤씨가 서울에 있는 아들 김노경에게 편지를 보낸다.

"더위에 무사하고 어린것들 잘 지낸다 하니 기특하고 기쁘다. 여기도 모두가 평안들 하니 기쁘고 정희도 잘 있으나 글을 차마 읽기 싫어하니 답답하다. 스무날. 어미."

물론 이 편지 이후 선생은 한양으로 올라가 큰아버지인 김노영의 양자가 되어 월성위궁에 들어가 부모의 학습 스케줄에 따라 공부하지만, 그것도 부모 맘대로 되지 않았다. 그의 명석함으로 보아 스물넷 늦은 과거시험을 보게 되는 데 그 행간에는 중국에 대한 선망과 새로운 학문에 대한 열망이 놓여있었다.

아무튼, 이 짧은 한 줄의 편지는 선생의 어릴 적 생활의 많은 것을 상상하게 만든다. 부모의 바람과 희망이 보이고, 비록 그런 부모의 바람은 벗어났지만 당찬 아이의 자유분방함이 보인다. 어른이 되었을 때까지도 이어지는 선생의 장난기가 이 편지의 글자 속에 숨어 활개 치며 노는 모습이 보이고, 동년배 마을 친구들을 놀리는 것이 보이며, 하인들과 격의 없이 지내며 장난치는 장면도 상상이 된다.

방에 앉으면 공부는 하지 않고 엉뚱한 상상과 새로운 시도에 좋아라 하는 천진한 어린아이도 보인다. 아마 과거시험에 필요한 공부는 하지 않고 자신이 하고 싶은 것만 골라하는 고집쟁이 아이도 상상 위에 스친다. 누구나 비슷한 글씨체를 갖고 있는 송설체, 개성이 없는 글씨체에 대한 반발과 새로운 글씨에 대한 열망은 바로 이런 자유에서 나오지 않았을까. 이렇듯 이 편지 안에는 예산의 넓은 대지에서 뛰어놀던 선생의 어린 모습이 고스란히 보인다.

그러나 예산에서 이런 어릴 적 생활은 평생에 걸쳐 선생에게 엄청난 영향을 미친다. 선생은 예산에서 자유분방하고 자유로운 기개와 창의적이고 자유로운 놀이에서 틀에 짜인 공부보다 자유로운 사고와 어느 것 하나에 얽매이지 않고 속박됨이 없이 풍요로운 마음, 창의적인 사고의 폭을 넓힌다.

선생의 자유는 말과 행동에서 사대부가들보다 늘 더 많은 자유를 갖고 있던 하인들이나 서얼, 그리고 아랫사람들을 만날 때 더 잘 나타나곤 한다. 격의 없이 주고받는 농이나 장난기 어린 말투와 해학은 딱딱한 법도와 정도를 따지는 사대부들보다 모두 그에게 주었던 자유인들에게서 왔을지도 모른다. 선생은 자신의 꿈을 키워갈 이상의 공간인 예산의 소봉래, 즉 오석산에 펼쳐진 월성위 향저와 원찰인 화암사를 오가며 삶의 지평을 스스로 넓혀간 것이다.

이런 자유를 가진 청년 김정희의 첫 번째 삶의 지표는 무엇이었을까? 선생은 자신의 첫 명호에서 자신의 꿈을 표현했다. 그리고 이상을 표현했다.

선생의 꿈과 이상을 품은 첫 번째 명호는 바로 '현란玄蘭'이다. 김정희는 이름이요, 어릴 적 자는 백양伯養과 원춘元春이다. 그런데 뜻밖에도 '원춘'과 '뎡희'라는 이름을 명호로 다시 사용한 것이 묵직한 40대 장년의 선생에서 보이는데 그 사연이 애틋하고 애잔하여 한글 편지에 쓴 명호에서 별도로 다루기로 한다.

현란이란 호를 누가 지어주었는지는 모른다. 그러나 선생의 호를 보면 대부분이 당시의 상황과 처지를 대변하고 있어 대강은 짐작할 수 있다. 선생의 명호는 다른 사람이 부르는 명호보다 자신이 자신에게 부르는 명호가 더 많다. 어느 때는 봄 고양이처럼 부드럽게, 어느 때는 부서지는 밤기운을 찢는 귀촉도처럼 처절하게, 또 어느 때는 멀뚱멀뚱한 눈을 껌벅이는 두꺼비처럼 해학적으로, 그리고 아랫사람에게 거는 소탈한 농담처럼 툭 던지는 명호로 자신을 불렀다. 이렇듯 선생의 대부분 명호가 처지를 설명하는 현재나 과거의 삶의 쪽지라면, 그러나 첫 명호 현란은 미래 요 꿈을 표현했다.

그런 의미에서 현란은 선생이 어릴 적 얼마나 난에 또는 난이 갖는 의미에 홍취했는지 알 수 있다. 현란은 다른 말로 하면 묵란 墨蘭과 뜻이 통한다. 사란화寫蘭畵의 대가의 면모가 이때부터 싹 트기 시작하여 후에 '불이선란' 이라는 명작을 남길 수 있지 않았을까. 그래서 현란을 '혈란' 으로 읽지 말고 '현 · 난' 으로 읽어야 제맛이 난다.

현란이란 명호는 선비 예술가보다 예술가 선비에 더 어울리는 명호다. 할머니 편지에서 나타났듯이 자유로웠던 청소년 김정희 는 공부보다는 난에 취하고, 글도 읽는 것보다 쓰기를 좋아했고, 학문보다는 예술을 좋아했던 모양이다.

그의 난에 대한 집착은 21살 때 집안 어른에게 그려준 묵란도 를 시작으로 장황사 유명훈에게 그려준 난맹첩을 거쳐 묵동 달준 에게 그려준 '불이선란' 에 이르러 드디어 50년이 지나 문득 그가 바라고 추구하던 사란寫蘭의 경지에 이른다.

그러나 현란이란 명호를 지어놓고 호를 쓸만한 여유와 기회가 그에게 오지 않았다. 집안의 대소사가 끊이질 않는 등 청소년기 선생에게 벌어진 저간의 사정에서 그 이유를 읽을 수 있다. 조부 모가 돌아가시고 연이어 어머니가 돌아가시더니 선생을 청나라 학문에 심취하게 한 스승 박제가가 죽고 결혼에 이어 얼마 지나

[도 1] 〈박제가 초상〉 나빙

지 않아 부인이 죽는 등 몇 년 동안의 선생의 청소년기 삶은 말 그대로 정신없이 지나갔다.

　그 폭풍 같은 삶 속에서 '현란'이란 명호를 한 번도 쓰지 못하고 새로운 신세계를 마주한다. 아니면 지금까지 나타나지 않은 현란이란 명호를 쓴 그의 청년 작품이 어디 하나쯤 숨어 있을지도 모른다. 학문과 예술에 가려져 보이지 않고 숨어있는 선생의 수많은 인간적 면모처럼 말이다.

아무튼, 현란이란 명호를 한 번도 쓰지 못한 채 그렇게도 선망하고 가보고 싶던 중국 연경을 아버지와의 극적인 타협(?)으로 갈 기회가 생긴다.

중국에 가기 얼마 전 선생은 자신의 또 다른 호를 '추사秋史'로 명명하는데, 이 명호를 가슴속에 담고 중국 갈 채비를 한다. 그러나 사람들은 그가 왜 추사라는 명호를 하나 더 만들었는지 아무도 눈치채지 못했다. 이제 현란 김정희는 중국에 가게 되면 옹방강을 찾으라는 박제가[도1]의 충언과 함께 '추사'를 가슴에 품고 연경에 간다.

2

보담주인,
속이 달아오른 추사를 놀리다

연경의 날씨는 추운 겨울이지만 선생의 몸 안에서는 심장이 달아오르고 있었다. 찬바람 몰고 와 언 땅처럼 굳게 닫힌 옹성의 석묵서루의 문은 열릴 기미는 보이지 않았고, 다만 기다리는 자신이 한없이 작아 보일 뿐이었다. 연일 사람을 돌려가며 청을 넣었으니 한 번쯤 문을 열만도 하였지만, 조선에서 온 하찮은 어린 선비를 만나기에는 늙은 나이도 나이지만 그동안 두문불출한 그의 결심이 커 보였다. 그럴수록 그는 더욱 속이 타들어 가 달아오르고 있었고, 입술은 점점 굳어져 말 수조차 적어졌다.

보는 이 또한 안쓰럽고 한편으로는 목메는 모습이 우스워 이제는 연경의 젊은 학자들조차 안 보겠다는 분을 굳이 만날 필요가 있겠느냐며 이제는 서로 마음으로 만나길 요구하고 있었다. 서간으로 정을 통하는 것이 일상화되어 있던 그 시절 그 문화에 익숙했던 사람들로써는 대수롭지 않은 권유였다. 그러나 옹방강은 선생이 결코 포기할 수 있는 대상이 아니었다. 그동안 만나왔던 연경의 학자들 간의 얽힌 실타래를 풀어낼 단초端紵가 그곳에 있었기 때문이다. 서법부터 경학, 그리고 시론에 이르기까지 완원이 한 손에 잡고 있었고, 나머지 하나의 끈은 옹방강이 잡고 있었다. 이제 완원을 만났으니 나머지는 모두 그의 손에 달려 있었다.

하루는 야운埜雲 주학연이 좋은 차를 준비하여 그를 불렀다. 위로하기 위해서다. 주야운은 그림을 잘 그린다. 틈만 나면 그림을 그린다. 놀러 가도 그리고, 술을 먹어도 그린다. 언젠가는 담계와 놀러 가서도 그렸고, 완원과 놀러 가서도 그림을 그렸다. 그에겐 그림이 역사였다. 그림을 잘 그리기도 하지만 자신의 그림을 과시하는 데 주저하지도 않았다. 매우 낭만적인 풍류객이었다. 선생이 연경을 떠나올 때 전별도도 그가 그린 것으로 지금까지 많은 정보를 주고 있다. 그는 이미 선생에게 많은 그림을 선물했다. 나중에 동파입극도를 보내오는데 이는 또한 조선의 화단에 얼마나 엄청난 바람을 불게 하였던가.

그런 야운이 그를 찾은 것은 그림을 통해 위로하기 위해서다. 그러나 선생은 시큰둥했다. 사실 야운은 적극적으로 담계를 만나는 데 나서주지 않았다. 그저 사람이 좋을 뿐이었다. 선생은 마지 못해 초청에 응했다. 그런데 그가 선물로 내놓은 그림은 뜻밖에

[도 2] 〈모서하, 주죽타 입상도〉 주학연

■ 29.3cm × 18.4cm

도 청나라의 모든 학자의 기둥이자 대부인 모서하 주죽타의 입상
도가 아닌가. 이 입상도는 담계가 나양봉의 그림을 모사한 것이
고, 나양봉은 정지휴 그림을 모사한 것에 볼 수 있듯이 두 사람은
학자들에게 존경받는 청나라의 대학자였다. 이 그림은 본래 담계
가 소장하고 있던 그림을 모사한 것으로, 그림에는 담계의 찬사
도 있었기 때문에 야운이 조금이나마 위안으로 삼았으면 좋겠다
는 뜻으로 선생에게 준 것이다.

그러나 선생은 그 그림을 보자 위안이 된 것이 아니라 오히려
간절함만 더할 뿐이었다. 그림으로나마 위안을 삼으라고 한 것이
그림으로 보고 나니 더 보고 싶어진 것이다. 다시 한 번 시도해보
기로 했다.

그는 연경의 메신저들이 이심암의 서재인 진돈재에 모여 있다
는 소식을 듣고 야운이 준 그림을 가지고 한달음에 달려갔다. 그
곳에는 나중에 담계와의 만남을 사다리처럼 연결해준 이심암, 금
석학의 실질적 친구인 단금지교斷金之交를 맺은 옹수곤, 가장 적
극적인 메신저 서송, 주자인, 유삼산 등이 모여 있었다. 그림을
구경시키고자 하는 것은 펑계였다.

그는 그곳에서도 옹방강과의 만남에 대해 몹시 안타까워하고
있었다. 여러 모색을 했으나 뾰족한 수가 나오지 않았다. 거의 포
기하고 있었다. 보다 못한 연경 학자들은 그를 놀리기 시작한다.

"아이쿠, 우리 보담주인 오셨구려."

"보담주인이라뇨?"

"아니, 그렇게 담계 선생을 보물 찾듯이 찾으시니 보담 아니겠소. 허허허."

"주인 잃은 보물을 찾듯하니 김공이 그 보물의 주인인가 보오."

"웬 농담도… 그래도 내가 야운 선생으로부터 얼마 전에 담계 선생의 글씨가 있는 그림 한 점 얻었오."

"아니, 어디 봅시다."

"내가 조선에 돌아가면 진정 담계 선생을 보물처럼 여길 겁니다. 이곳에 여러분들과의 우정을 기리기 위해 찬이나 한 자씩 적으심이 어떨지요.…"

모두들 나서 찬을 하고 그림으로나마 선생을 위로한다. 그런데 마지막으로 옹방강의 또 다른 제자인 유삼산이 제발을 붙이는데, 뜬금없이 선생을 보담주인寶覃主人^{도2}이라 칭한다. 아마 그가 옹방강을 만나기를 간절히 학수고대하는 선생에게 던진 진담 섞인 농을 명호로 부른 것이다. 그러나 선생의 입장에서 보면 단순히 농으로 넘기기엔 너무나 간절한 소망이었기에 넙죽 받아 가슴 속에 새겨 넣는다.

이렇게 벗들로부터 우연치 않게 중국에서 보담주인이라는 명호를 얻는다. 얼마 후에 천신만고 끝에 얻은 담계와의 면담에서 자字를 추사로 소개할 수 있었던 것은 바로 이때 얻은 명호 '보담'이 있었기 때문이었다.

귀국한 후에 담계의 자료를 모아 서재를 하나 꾸미는 데 이곳이 바로 보담재가 되니 그 말이 꼭 들어맞았다.

3

추사, 노학자의
그리움을 깨울 히든카드

담계覃溪 옹방강翁方綱의 서재이자 중국 최고의 수장처인 석묵서루에는 사람 만나기를 꺼리며 연구에 몰두하는 노학자의 꺾이지 않는 고집과 좀처럼 누그러지지 않은 겨울 추위가 따사로운 겨울 햇볕을 받고 있었다.

제자 이심암이 어렵게 다가갔다. 미리 약속은 받아놨지만, 자신의 기침이 자칫 스승의 학구열을 식힐 수가 있었기 때문에 조금 떨어져 조심스럽게 아침 인사를 했다.

"누구라고?"

"김정희라는 조선의 진사입니다."

얼마나 이 만남을 고대했던 만남이었던가. 옆에서 긴장한 채

숨소리조차 조심스러웠던 선생은 방 안에서 들리는 늙었지만 칼칼한 노선생의 목소리가 들려오자 심장이 쿵쿵대기 시작했다. 아마 선생이 연경에서 옹방강을 만나지 못했다면 평생 그리움으로 남을 뻔했다. 연행의 화룡점정을 찍는 순간이었다.

뜻밖의 과거시험 참가, 시험장 커닝사건과 난동, 합격자 발표 지연 등 우여곡절 끝에 과거시험을 마치고 선생은 꿈의 길인 아버지 김노경의 연행 길에 자제군관의 자격으로 동행했다. 그러나 단순한 연행이 아니라 연행은 그의 포부였고, 자부심의 길이었다. 스스로 우물 안에서 벗어나는 그런 길이었다. 이 대목에서 아버지와 담판이 추정된다. 어찌 과거시험을 이 타이밍에 본단 것인가? 중국병에 빠져있는 자식에게 연경은 당근이 될 수 있었고, 과거시험은 좋은 담판 거리였을 것이다.

그의 손에는 중국의 각계 요로의 학자들의 명부가 쥐어져 있었다. 면담 체크리스트가 있었고, 복잡한 연경의 골목길과 서점가인 유리창 거리까지 자세하게 그려진 내비게이션이 장착되어 있었다. 그의 체크리스트 꼭대기에는 담계 옹방강과 운대 완원이 있었다. 물론 그것은 모두 초정 박제가에 의해 만들어졌다.

그리고 그의 가슴속에는 지금까지 발표도 하지 않고 한 번도 쓰지도 않고 간직해온 싱싱한 '추사秋史'라는 명호가 숨겨져 있었다. 옹방강을 만나면 쓰기 위해 만든 히든카드였다. 선생의 한

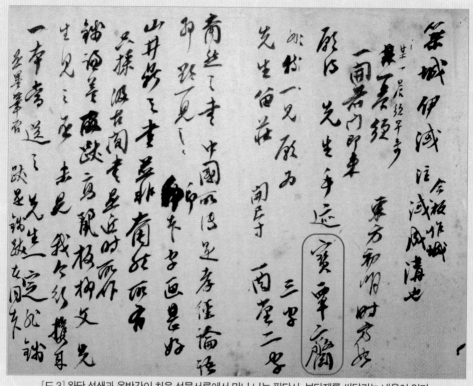

[도 3] 완당 선생과 옹방강이 처음 석묵서루에서 만나 나눈 필담서. 보담재를 써달라는 내용이 있다.

■ 30.0cm×30.7cm, 개인 소장

손에는 미팅 체크리스트가, 그리고 한 손에는 '추사'를 들고 연경에 들어온 것이다.

담계, 그의 이름은 옹방강이요, 또 다른 호가 이재彝齋다. 20세에 과거에 급제하고 청나라를 대표하는 경학자이자 금석학자요, 서예가이자 대 수집가였다.

그러나 옹방강을 만난다는 것은 마치 연경의 복잡한 골목길을 찾는 것 같았고, 옹방강은 단순히 담 넘어 서재에 앉아있는 것이 아니라 미로 속에서 찾아야 할 꿀 같았다. 78세라는 나이 탓도 있었겠지만, 그의 명성이 이제는 사람들을 가려 만날 정도로 청나라 학문을 지배하고 있었다. 그의 금석학과 시문은 이미 일가를 이루고 있었고, 그의 서재 석묵서루는 학문 자료의 보고였다. 글씨는 옹씨체로 불릴 만큼 연경의 흐름을 주도하고 있었으니 사람을 직접 만나지 않아도 그의 영향력은 학계의 태두였다. 하물며 동쪽의 젊은 진사쯤에서랴.

초정에 의하면 제일 먼저 길잡이를 해줄 사람이 조강 조옥수였다. 그는 소위 선생의 메신저였다. 조강은 초정 박제가와 특히 친해 선생을 잘 알고 있었고, 선생도 그에 대해서는 잘 알고 있었다. 그는 이미 조선의 김정희가 연경에 와서 무엇을 하고, 무엇을 보고, 누구를 만날 것인지 선생의 마스터플랜을 모두 파악하고 있었다.

이들의 만남이 있고 난 후 조강은 중국 학계, 특히 완원과 옹방강의 주변에 김정희를 소개하는 연판장을 돌린다.

「조선에서 김정희라는 젊은 학자가 왔다. 조선이 좁아 연경의 명사와 사귀는 것을 꿈에 그렸다. 널리 사귀어 우정을 위해 죽는다는 그의 의리를 본받자!」

이 연판장이 연경의 중국 학자들에게 김정희에 대한 관심을 기울이게 하였고, 많은 사람들이 김정희를 만나고자 했다. 이렇게

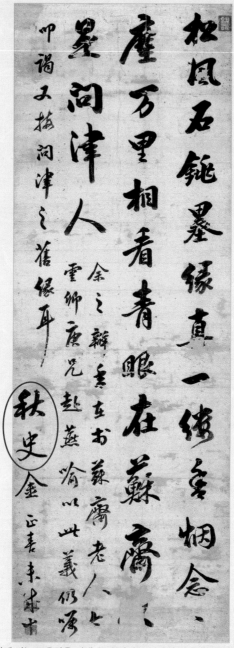

[도 4] 선생이 연경에 가는 조운경을 위해 쓴 송별시로 연경에 가면 옹방강을 찾아보라는 일종의 소개서로, 20대 선생이 옹방강 글씨체를 쓸 무렵의 글씨로 추사라는 명호를 씀과 동시에 시암과 홍두산장을 동시에 씀으로 그 뜻을 분명히 했다.　■ 118.8cm×30.6cm

중국 학자들이 동쪽의 작은 나라 조선의 젊은 학자를 만나기 위해 소나무에 학 날아들듯 모여든 것은 홍대용과 엄성과의 평풍우정, 박지원과 상공인들과의 우정, 새로운 조선의 꿈을 공유한 박제가와 이조원의 우정 등 북학파들을 중심으로 청나라 학자들과의 교류가 있었기에 가능했다. 연경의 학자들은 조선의 학자들과 학문적 교류뿐 아니라 질 좋은 우정을 쌓고 싶어 했다.

마당발 조옥수는 스님까지 친구로 두었는데, 그 친구가 바로 옹방강이 잘 다니는 절 법원사의 주지였으니 선생에게는 기막힌 행운이었다. 또 하나의 메신저는 신중하고 소심한 서송이었다. 옹방강의 제자였다. 그 외 대표적인 사람들이 그림 그리기를 즐기는 주학연과 농담 좋아하는 유삼산이었다. 신구 세대 간의 연결 고리인 이심암도 있었다. 이들은 완원과 옹방강의 차세대 주인공들이자 청나라의 미래들이었다. 물론 모두 친조선 학파들이었다. 이들과의 연결고리는 선생의 연경 생활을 풍요롭게 만들어줬다.

그런데 연경을 떠날 시간이 가까워 오는데도 그의 체크리스트 꼭대기에 있는 옹방강과의 만남은 이뤄지지 않고 있었다. 잘못하면 가슴속에 간직한 '추사'라는 명호를 쓰지도 못할 위기에 처해 있었다. 옹방강은 여전히 겨울나기 하는 은둔거사처럼 사람 만나기를 꺼리고 있었다. 하물며 동쪽 끝나라 조선의 애송이 학자를 만난다는 것은 우스울 뿐이었다.

선생은 마지막 끈을 잡는 심정으로 담계와는 동향이자 제자인 서송을 다시 움직여보기로 했다. 서송은 담계의 아들인 옹성원과 잘 통하는 사이였다. 서송은 마지못해 옹성원에게 청을 넣었다. 사실 옹성원은 비록 담계의 아들이긴 하지만 아버지의 뜻대로 커 주지 못하고 있었으니 면목없이 사람이나 소개할 처지가 아니었 다. 옹성원이 점잖게 거절하자 서송은 선생에게 말한다. '사람을 안다는 것이 꼭 만나서 얼굴을 맞대야 하는 것이냐, 그렇지 않다. 마음으로 아는 것이 중요하다.' 한마디로 포기하라는 것이었다.

그러나 포기하고 조선으로 돌아가기에는 선생의 꿈이 너무 컸 다. 연경의 반이 완원이었다면 나머지 반이 담계였다. 하루는 서 송을 불러 밤을 새워 그와 학문을 토론하고 술을 마시며 선물도 주었다. 술자리 홍을 깨지 않기 위해 부탁은 하지 않고 그냥 토론 에만 집중하였다. 그리고는 다음 날 슬쩍 편지를 남기며 담계와 의 만남을 또 부탁하게 된다. 이쯤 되면 집착에 가까웠다.

그러나 서송도 녹녹하게 약속을 잡지 못하고 이쩔 수 없이 뜨 거운 감자를 옮기듯 다른 사람에게 미룬다. 조옥수가 법원사 주 지와 친구이니 그와 상의하라는 것이다. 다시 공은 옥수에게로 돌아왔다.

그리고 이들은 작전을 짰다. 정상적인 만남은 힘들어졌다고 판단했다. 담계는 매달 초하루와 보름에는 새벽이면 법원사에 기 도하기 위해 온다 하니 그 시간에 기다렸다가 길을 막고 만나기로 했다.

그런데 이런 움직임이 담계에게 들어갔던지 갑자기 일정이 바뀌어 서송한테 연락이 온다. 29일 아침에 잠깐 시간을 잡아왔으니 가서 만나보라는 소식이었다.

아마 제자들이 벌떼처럼 나서서 스승에게 선생과의 만남을 주선했는지 모른다. 아니면 완원과의 만남에 대한 결과를 보고받았는지도 모른다. 그렇다면 그 기회를 완원에게 넘길 수는 없었다. 일단 만나보고 결정해도 늦지 않았다.

선생의 간절함이 그들의 천거에 배어 있었다. 그리고 제자들 중 연배나 경륜으로 봐서 중간 역할을 하는 이심암이 나선 모양이다. 그만큼 이심암의 주선이 옹방강에게는 무게가 있었는지도 모른다. 그동안 안면을 트고 지내던 이심암이 안내를 맡는다.

도대체 어떤 조선인이길래 이심암까지 나서며 그렇게 성화인지 마지못해 절에 나가는 새벽길에 잠깐 만나는 봐야겠다는 맘이었을 게다. 그러나 최대한 예의를 갖춰 손님을 맞는 노학자의 배려가 그를 평생 잊지 못하게 만드는데, 그곳이 다름 아닌 담계의 소장품이 수장되어 있는 석묵서루가 아닌가.

드디어 석묵서루에서 옹담계와 마주한다. 말이 통하지 않으니 필담[54]이 시작되었다.

　"그대는 누구인가?"

"이름은 김정희, 자는 추사입니다."

드디어 가슴속에 간직한 추사를 꺼내 들었다. 히든카드를 처음부터 꺼내 들었다. 선생은 강추사라는 사람이 옹담계의 친구라는 것은 이미 알고 있었다. 그러나 뜻밖에도 추사를 명호가 아닌 자로 소개한다. 그는 스스로 '추사'라고 명호를 지은 후 처음 써본 것이다. 그 손맛이야 떨리지만, 손끝을 타고 올라오는 전율은 감동이었다. 그 감동은 강추사를 그리워하던 담계에게 고스란히 전달되었다.

"추사라고? 그렇게 만나달라고 조르던 조선의 청년 진사가 추사란 말이냐?"

"네, 추사라고 합니다. …"

연경에 온 지 한 달이 지나도 옹방강을 만나지 못하는 안타까움이 그 앞에서 스스로 부른 이름, '추사'라는 그 한마디에 모든 것이 녹아내렸다.

선생은 돌아갈 날이 얼마 남지 않았을 때, 옹방강을 만나기 위해서는 그 그리움을 깨울 수밖에 없음을 직감했다. 얼마나 고대했던 만남이었던가. 그 옹방강의 그리움을 꺼내기 위해 지금까지 얼마나 변죽을 올렸던가.

옹방강의 눈빛이 흔들렸다. 이심암은 흔들리는 스승의 눈빛을 놓치지 않았다. 그제서야 이심암은 왜 자신을 굳이 추사로 소개해달라고 했는지, 조선 학자가 추사라는 명호를 만든 이유를 알았다.

본래 추사는 중국 수장가인 강덕량의 호였다. 선생은 스승 초정으로부터 강덕량과의 관계를 들은 바가 있었다. 초정은 마지막 연경 길에서 옹방강과 마주하며 많은 이야기를 들었다. 그중에 유독 초정의 가슴을 흔든 것은 추사 강덕량과 옹담계와의 진한 우정이었다. 그리고 옹담계의 석묵서루가 강추사 때문에 생겼다는 것도 알게 되었다. '추사' 라는 이름은 늙은 옹방강의 가슴을 다시 한 번 적시는 추억의 이름이자 그리움이었다.

잠시 그의 표정을 살피던 선생은 그리움에 파문을 그리듯 중국 친구들이 담계에게 너무 빠져있던 선생에게 농담처럼 붙여주었던 또 다른 호인 '보담' 을 꺼낸다.

"그리고 호는 보담입니다."

이 대목에서 선생의 의도가 그대로 드러난다. 강덕량인 추사를 써서 그리움을 꺼내고, 자신인 김정희를 써 존재를 알리고, 보담寶覃을 써 존경의 표시를 할 수 있었으니 모두를 쓸 수 있는 포괄적인 나열이 바로 이름은 김정희요, 자字는 추사요, 호는 보담이라는 잘 짜여진 자기소개서였다. 노 스승을 만나는 선생의 귀여운 제스처이자 최고의 존경의 표시였던 것이다. 이렇게 '추사'

라는 명호의 대장정이 시작되었다.

이 귀여운 조선의 학자를 보고 노학자는 껄껄 웃을 수밖에. 그러나 잠시 뒤 그의 웃음기는 가라앉게 되었는데 바로 '경술문장 동국 최고' 라는 선생의 학문의 깊이 때문이었다.

담계는 비로소 친구인 강덕량에 대한 그리움 대신 조선의 새로운 추사를 가슴으로 받아들인다. 이때부터 추사[도4, 5]라는 명호는 옹방강과 밀접한 사회적 관계망을 가진 명호가 되었다. 이 만남 이후 선생은 담계로부터 아들 옹성원을 정식으로 소개받아 동갑내기 친구가 되어 석묵서루에 있는 귀한 자료를 모두 눈과 머리에 새긴다.

그러나 진정 추사의 뜻은 바다처럼 깊고 산처럼 높은 곳에 있었다. 선생의 자인 원춘과 추사를 결합해보면 춘추라는 뜻이 만들어진다. 춘추는 곧 역사를 가리킨다. 이 속에는 '현란' 을 넘어 역사 이래 최고이고자 하는 선생의 이상이자 목표가 도사리고 있었다. 후에 '상하삼천년종횡십만리' 라는 명호를 통해 그 의지를 노골적으로 드러내기에 이른다.

이렇게 쓰기 시작한 추사가 그의 일생에서 얼마나 많은 예술을 지배했는지. 그리고 후대 사람들에게 얼마나 경외로운 명호로 쓰일지 이때는 아무도 몰랐다.

[도 5] 〈직성유궐하〉

대표적인 옹방강체로 쓴 행서 대련으로 해동 추사라는 명호가 뚜렷하다.

■ 행서 대련, 122.1cm × 28.0cm × (2), 간송미술관

4

예당, 예산에서 금석학의
이상향을 꿈꾸다

선생에게 서예와 예술을 대표하는 명호로서 추사와 완당이 있다면 학문, 특히 선생의 금석학을 상징하는 명호는 바로 예당禮堂이다.

선생이 북경 연행에서의 소득은 넓은 세상의 넓은 식견을 보고 좀 더 넓은 시야를 가진 것 외에 뚜렷하게 학문의 방향을 잡았다는 것이다. 특히 금석학의 연구는 연행 이후 급속하게 진행된다. 완원을 통해서는 오래된 고비를 연구, 서법의 원류를 찾아 그 진수를 체득하는 바탕으로 삼았고, 옹방강을 통해서는 그 감식안을 터득하여 금석문의 내용을 고증하는 소위 최완수 선생이 말하는 경서 금석학을 연구하는 등 두 갈래의 방향을 동시에 잡는다.

연경에서 돌아온 선생은 작금의 조선에서 전개되고 있는 금석

[도 6] 〈완당의고예첩〉

서한시대 동경의 명문을 임모한 글로 서법 연구에 있어 그 원류를 찾아 연구했음을 보여주는 글씨로 이곳에 예당이란 호를 썼다.

■ 26.7cm × 33.8cm

학을 개탄하면서 새로운 금석학의 개시를 알린다. 한편으로는 금석학 동호인들을 모아 스터디 그룹을 결성하는 등 발 빠르게 움직인다. 그 초기 멤버들을 보면 바로 당대 최고 가문과 정치적으로는 전도가 유망한 영 파워, 부족함이 없는 부를 지닌 집안의 자제들인 김경연과 조인영, 권돈인, 김유근, 이조묵 등이다. 조인영은 풍양 조씨, 권돈인, 김유근은 안동, 그리고 선생은 경주 김씨로 모두 당시 조선의 모든 실세 가문들이 참여한 것이다. 실사구시를 구현할 새로운 금석학파의 탄생이었다.

그때 그들이 읽은 책은 1,000여 권이 넘었다 하니 실로 놀라울 정도의 독서력이자 탐구력이다. 부족한 것은 다시 연경으로 연락하여 구했다. 연경에는 친구이자 메신저인 옹수곤이 있었다. 선생과 옹수곤은 가히 금석지교를 나누고 있었다. 옹방강이라는 명문가 속에서 서자로써, 다른 형제들보다 학문에서 뒤처지면서 느낄 수밖에 없었던 콤플렉스의 돌파구를 조선의 고비 연구에서 찾던 옹수곤과의 교류는 그들로 하여금 쉽게 연경의 자료를 얻을 수 있게 하였다. 그는 조선의 고비 탁본을 구해 보내주면 그보다 훨씬 많은 자료들을 보내왔다. 그러한 옹수곤이 일찍 죽었을 때 얼마나 애석하고 비통했는지 짐작이 간다.

선생에게 옹수곤이 있었다면 조인영은 중국의 또 다른 금석학자 유희해와 교류했고, 재산이 많은 컬렉터 이조묵은 얻거나 교환할 수 없는 것을 거금을 들여 사들이는 등 각자가 구축한 네트워크를 통한 역할 분담을 하여 서로 다른 자료를 받음으로써 상호 보완하였다. 특히 김경연의 초기 멤버 가담을 주목할 필요가 있는데, 그는 조선 금석학의 대가로 꼽히는 김재로의 증손으로 선생의 제안에 관심을 가지고 참여함으로써 기존 조선의 금석문

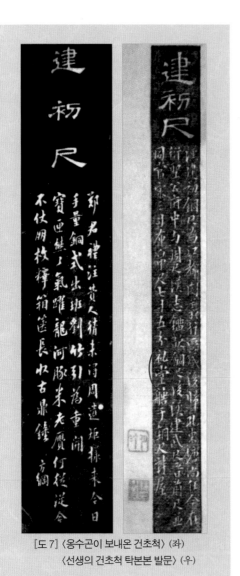

[도 7] 〈옹수곤이 보내온 건초척〉 (좌)
〈선생의 건초척 탁본본 발문〉 (우)

연구를 수용하는 명분을 갖추게 된다.

이들은 우선 연경으로부터 온 금석자료를 바탕으로 조선 금석학의 논고를 비교 검토하면서 나아갈 바를 정하고 실행할 바를 정하였다. 선생의 금석학은 이렇게 차근차근 조선에 뿌리를 내릴 채비를 갖추고 있었다.

당시에 선생은 예산에 금석학의 이상향을 만들 꿈을 꾸고 있었다. 예산은 53칸이나 되는 넓은 집이 있었고, 집을 둘러쌓고 있는 용산과 오석산이 비록 얕은 능선이지만 화려한 기암절벽의 경승을 구가하며 일국一局을 이루고 있기 때문에 향후 펼쳐갈 선생의 포부가 모두 담길 수 있는 곳으로 이만한 곳이 없었다. 문·사·

철, 유·불·선이 모두 하나인 최적합의 장소로 이곳을 택한 것은 당연한 일이었다.

지금도 선생의 그런 포부를 가늠할 수 있는 일부가 남아 있는데, 바로 '시경'이나 '천축고선생댁', '소봉래' 등 금석 작품들은 선생 포부의 기초 작업이었던 것이다. 그의 꿈은 유배 생활 중 화암사가 중건될 때까지도 유지되었다.

마지막 준비에 박차를 가할 즈음, 때 마침 조선의 그런 활기 속에 연경의 옹수곤으로부터 건초척의 탁본본이 도착한다. 건초척이란 중국 후한 때 사용한 구리로 만든 자로, 금석의 길이와 장단을 재는 기준이 되는 자다. 금석학의 기본 도구인 셈이다.

이곳에 쓴 발문에 명호를 붙이면서 선생의 새로운 이상이 담긴 명호 '예당'^{도7}을 세상에 알린다. 예당은 바로 예산 사람, 예산에 있는 집이란 뜻이다. 그의 이상과 꿈이 예산에 있음을 알린 것이다.

뿐만 아니라 연경 갈 때 옹방강에게 가지고 들어갔던 '추사'나 완원의 영향력이 완연한 '완당'을 쓰지 않고 스스로 예당이라 칭하므로써 조선 금석학의 새로운 방향을 제시한 것이다.

완원과 옹방강의 합동 자료실 담연재, 옹방강 자료실 보담재, 그리고 완원의 자료실 완당이 있다면 선생의 명호 콘텐츠 나열법에 따라 금석학을 집대성한 자료실이 바로 '예당'이다.

완원이 가지고 있던 태화상비지관과 옹방강의 석묵서루가 청나라의 금석학의 보고라면, 조선에는 '동척시옥 예당'이 그런 곳이 되는 것이다. 예당은 바로 그런 그의 이상향의 표시인 것이다.

이때부터 서예는 옹씨체에 이어 완원의 서법을 중시, 고예 등을 통해 입고入古를 하고, 금석학은 서법 연구를 비롯한 경서에 몰두하면서 연구를 시작하는 데 앞으로 금석학 연구에 관한 한 모든 명호는 '예당'이 된다.

이로써 준비 끝, 드디어 북한산에 오른다. 벼르고 벼르던 일이었다. 고증을 통해 확인해 들어가야 할 첫 비석이었다. 김경연과 함께다. 아마 조인영은 다른 볼일이 있었는지 함께 하지 못하였다가 2차 답사 때 함께 올랐다. 그리고 예당금석학파의 첫 성과를 올리는 데, 그동안 무학오심도차비로 알려졌던 북한산비에 대한 진흥왕비[도8] 고증이었다. 물론 이후 황초령비 연구에 매진하여 진흥이비고로 알려진 선생의 명 금석문 논문집인 『예당금석과안록』을 완성함으로써 금석학의 꽃을 피우게 된다.

이듬해 경주 답사 끝에 무장사비 잔편을 발견하고 그동안 조선의 금석학파를 중국에서 물심양면으로 후원한 옹성원의 죽음이 얼마나 애석했던지 선생의 울음소리가 지금까지 남아 들린다.

이후 선생은 건초척 탁본 모각본이나 한나라 청동거울 금석문을 임모한 '완당의고예첩'이나 송나라 화도사비 모각본 탁본 제발 등 금석문에 관계된 것에는 빠짐없이 '예당'이란 명호를 사용

[도 8] 〈북한산 순수비 발문〉
정축년(1816년) 6월 28일 김
정희, 조인영이 함께 찾아와
남아있는 68자를 조사 판독
했다는 문구가 있다.
■73.5cm×16.5cm

하며 발걸음은 차근차근 자신의 이상향을 향해 나간다.

그러나 그에게 주어진 것은 예술뿐이던가. 극한 상황에서 완성된 예술은 시간을 넘어 공간으로 확장하는데, 불어온 정쟁 속의 가화 때문에 다만 그것을 펼치지 못하고 가산이 기운 것이 못내 안타깝듯이 무너진 그의 이상향을 이루지 못한 안타까운 미완의 명호가 예당이 아닌가 하는 생각이 든다, 예산의 미완의 이상향과 함께.

5

천축고선생,
실사구시설의 향기가 나다

선생의 명호를 연구하다 보면 황당한 것을 많이 본다. 더러는 이해하기 어려운 것도 많이 본다. 그러나 '천축고선생天竺古先生'처럼 당황스런 명호는 없다. 천축고선생이라니. 누구나 이 명호를 보면 당황할 수밖에 없다.

천축고선생에서 천축은 인도를 말하고, 고선생은 석가를 뜻한다는 것은 쉽게 유추할 수 있다. 석가의 유교식 표현이다. 그러나 이것을 명호로 사용한다면 이야기는 달라진다. 아니 선생이 석가를 자처했단 말인가? 아무리 불교에 해박했더라도 불자도 아닌 유학자가 석가를 자처했단 말인가? 설령 불자라도 그렇지. 석가라니?

예산 추사고택이 기대고 있는 오석산의 화암사 뒤쪽 양지에 자리 잡은 밝은 기암에는 '천축고선생댁' 이란 선생의 친필 암각문이 있다. 이것은 당연히 절집을 뜻한다. 이때는 석가를 부르는 유교식 호칭이어서 나름 이해를 한다. 나는 다른 원고에서 그 호칭을 붓끝마다 물처럼 흐르는 자유로움과 지혜가 번득이는 유학자의 묘한 반항적 어조라고 표현한 적이 있다.

그런데 여기서 말하는 '천축고선생' 은 선생 자신을 부르는 명호다. 명호란 자신이 자신을 부르는 호칭이기도 하지만 다른 사람이 불러주는 호칭임에야 정말 선생이 석가를 자처한 것인가? 아니면 석가를 대신하여 낙관이라도 한다는 뜻일까.

내가 그 낙관을 본 것은 선생의 논고 '서결' 에서다. 이미 서예에 일가견이 있던 선배들이 펴낸 옥동 이서의 필결, 원교 이광사의 서결, 창암 이삼만의 서결 등이 있었지만, 이들은 모두 서예를 도학의 여사나 말단 재주로 여기는 등 학문으로 보지 않는 경향이 짙었다. 그러한 이유를 들어 그들은 서예에 대한 제대로 된 학문 탐구가 이뤄지지 않았다고 보는 것이 선생의 입장이고 보면 앞선 선배들에 대한 비판은 어쩌면 당연한 것이며, 선생은 그를 뒷받침할 '서결' 과 '논서법' 이란 논고를 통해 확실한 자신의 입장을 밝힌다. 이 서결이란 논고에 천축고선생[도9]이란 인장이 찍혀 있다. 왜 이곳에 그 인장을 찍었을까의 답에 그 명호의 비밀이 있을 것이다.

그 비밀의 첫 열쇠는 연경 실학 스승 완원에게 있다. 난립하던

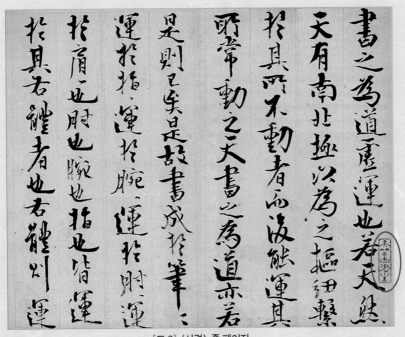

[도 9] 〈서결〉 중 페이지

■ 33.9cm×27.0cm, 간송미술관

청조학문의 정체성을 확립한 완원은 선생에게 던진 화두가 실사
구시였다. 실사구시의 방법론에 대한 수많은 토론과 동의가 오가
며 스승과 제자 간의 학문적 간극을 좁아지는가 하면 한편으로는
실사구시 대상에 대한 스펙트럼을 넓혀가고 있었다. 그때 선생의
실사구시 스펙트럼에 들어온 것이 불교였다.

완원의 「연경실집자서」에 의하면, 그가 본 불교는 경학의 단절
을 가져왔을 뿐 아니라 선기禪氣로 깨닫는다 하여 이미 갈래갈래
찢겨져 연구조차 할 수 없게 만든 장본인으로 지목하고 있었다.

그러나 선생의 생각은 달랐다. 완원이 버린 생각을 더위잡기 시작했다. 이미 불교와의 인연이 시작되었고, 평생 지음知音의 관계로 지낸 초의와의 만남도 이즈음이었다. 선생으로서는 불교를 버릴 수도, 또는 불교를 잡을 수 있는 명분이 필요했다. 선생은 경학의 단절이 있었다고 해서 석가 자체를 부정한다는 것은 성급한 판단일 뿐, 이렇게 본 것은 불교학 연구가 실사구시 하지 않았기 때문으로 보고 있었다. 그래서 선생의 실사구시의 첫 대상에 불교가 오른 것이다.

우선 불교의 실사구시는 천축국의 고선생인 석가의 존재 사실을 밝히는 것으로부터 시작해야 한다. 석가를 실사實事한 연후에 경의 옳음을 구하는 것이 바른 과정이라 생각했다. 그래서 나온 것이 '천축고天竺考'란 논고다.

이 논고를 잠시 살펴보면 천축이란 나라가 어디에 있는지, 그리고 관세음보살이 계셨던 궁전이나 석가가 열반한 곳이 어딘지를 구체적으로 밝히고 있다.

내용이 충실하다고 인정하는 명나라 역사를 기록한 '명사明史'를 통하여 석가여래의 진신眞身을 확인한 후 이 진신을 금관에 모셨다는 열반경을 토대로 어찌 진신이 있고 사리가 또 나왔다고 할 수 있는가를 추궁하며 그 모순을 밝힌다. 또 제자들의 사리탑은 있으나 정작 석가의 사리탑이 없다. 석가를 추존하고 법을 잇기 위해 네 개의 탑을 세웠다고 하는 데 응당 열반한 곳이 희련하

希連河라면 응당 탑이 있어야 하는 데 탑이 없다는 것은 지금 그 곳이 열반한 곳으로 알려진 것이 잘못되었다고 밝히면서 종래는 석가여래에 대한 명칭 또한 불합리함을 밝힌다.

이 논고를 통해 선생은 석가여래의 신적인 존재 이유인 신화적인 것은 걸러내는 한편 석가의 존재 사실과 행적을 인정하고 성인으로서의 삶을 인정하여 끝내 천축국의 '고선생'으로 결론냈고, 화암사 암각문은 이를 확정한 표시이다.

절집에 그 고선생의 상을 모시는 것이나 공자의 상을 대성전에 모시는 것이나 마찬가지 아니겠는가. 그가 평생 경經의 사실에 집착하고 화엄학을 연구하는 이유가 여기에 있다. 또 다른 실존 인물인 유마 거사를 자칭하며 그의 행적을 자신의 행적과 은유적으로 동일시하며 살아가는 이유도 여기에 있었다. 바로 이렇게 '천축고선생'은 실사구시의 결론이자 선생의 의지가 되었다.

그렇다면 천축고선생이란 명호는 부르기 위한 명호라기보다 사물을 실사구시의 입장에서 보겠다는 선생의 의지 표시가 아닐까.

선생은 '천축고'를 통하여 무조건 믿어야 하는 승려 초의와 실사구시로 따져서 바라보아야 하는 자신이 끝내는 불교로 하나가 될 수 없음을 알리기라도 하듯이 불교를 실사구시 한 것이다.

'천축고선생'을 선생이 명호로 실제 사용한 것은 보지 못했고, 다만 인장이 찍혀있는 곳은 '서결'이란 논고에서다.

선생이 제주 유배를 마칠 무렵에 이미 서법이 완성의 길로 접어들고 있었다. 신상 문제가 정리된 후 강상에 머물면서 문자향과 서권기의 기품이 글씨를 통해 발현될 수 있는 경지에 이르러서야 비로소 서법에서의 실사구시설인 '서결'이란 논고를 발표한다. 그동안 그렇게 비판을 가했던 원교 이광사 등 선배들의 서결에 대한 자신의 답으로 논고를 내놓은 것이다. 선생이 터득한 입고출신의 서법을 피력한 것이다. 옛 고비에서 필획의 구성뿐 아니라 팔의 움직임, 붓의 움직임과 방향, 힘의 조절 등을 실사實事하여 새로운 글씨로의 창조를 구시求是한 선생의 서결을 내놓은 것이다. 이것이 추사체의 논리가 되었다.

완당이란 명호를 말미에 찍고 '천축고선생'이란 인장을 그 내용 갈피 속에 찍는다. 이 자신감에서야 완당이란 명호야 당연하겠지만, 특히 서결의 논고 중간에 선생의 '천축고선생'이란 명호를 내보이는데, 이 명호에서는 어쩐지 실사구시설의 향기가 물씬 더 풍긴다.

나가산인,
제월을 게송으로 위로하다

나가(邪伽, 邪迦), 또는 나가산인은 33살 즈음에서 쓰기 시작하여 주로 초의 선사나 스님들과의 소통하는 데 쓰인 것에서 알 수 있듯이 불교와 관계된 명호다. 때로는 한자를 바꾸기도 하고, 때로는 도형화하여 쓴 '나가'는 산스크리트어에서 한자로 가차假借한 말로 나가대정邪迦大定에 준하는 의미를 지니고 있다. 나가는 부처가 해탈하기 위해 참선에 들었을 때 악귀들로부터 부처를 보호해준 대지의 정령 '나가'라는 뱀의 형상을 한 용을 의미하고, 나가대정은 그 용이 큰 또아리를 틀고 있는 좌선의 지극한 경지를 뜻한다. 선생이 이런 뜻을 가진 나가라는 명호를 쓰기 시작한 것은 해인사와 인연이 깊다.

1817년 해인사에 큰불이 났다. 해인사는 조선의 엄중한 불교

[도 10] 〈제월노사안게〉
■ 126cm×28cm, 개인 소장

정책에서도 교종 18사 중의 하나로 존속되고 있었던 사찰이었는데 이름과는 달리 유난히 불이 많았던 절집이었다. 큰불만 하여도 일곱 차례에 걸쳐 화마에 휩싸였었다. 그런데 그해의 불은 유난히 심해서 손실이 컸다. 중건이 절실했다.

드디어 해인사 중건이 허락되었다. 당시 경상도 감사는 선생의 생부인 김노경이었고 그에게 중건의 책임이 떨어졌다. 마침 선생도 홀아버지 시중을 위해 내려와 있었고, 선생이 초의를 불렀다. 이렇게 하여 해인사 중창이 김노경과 아들 추사와 그의 벗인 초의에 의해 주도되었다.

절집을 불사하는 데는 가장 중요한 것이 자금이었다. 손실이 워낙 커서 거금이 드는 불사이기 때문에 총력을 기울이지 않으면 힘이 들었다. 자금은 주로 시주로 이뤄지는 데 관 쪽과 사찰 쪽의 역할을 나누어 맡았다. 관 쪽은 김노경이 책임지지만 사찰과 사부대중 시주를 독려하는 도화주는 절집에서 맡는 게 당연했다. 그러나 워낙 책임이 막중한 자리이다 보니 마땅한 도화주가 나타나지 않았다. 초의가 돕는다고 하지만 어디까지나 객일 수밖에 없었고 해인사 측에서도 마땅한 대안을 제시하지 못했다. 도화주란 대중들의 신뢰는 기본이고 강론을 잘해 소위 인기도 좋아야할 뿐 아니라 스님들 속에서도 신망이 두터워야 하는 매우 활동성이 필요한 역할이었다.

그때 떠오른 분이 제월스님이었다. 그러나 이미 그는 70세의 고령이었다. 건강도 좋지 않았고, 특히 제자들의 반대가 심했다. 그러나 인근에 그만한 스님이 없어 거의 반강제적으로 소임을 맡긴다. 초의가 곁에서 돕기로 한다. 애초에 추사 선생이 쓰기로 했던 권선문도 제월을 도와 스스로 쓴다. 초의의 설득이 그를 움직일 수 있었는지 모른다. 1817년 4월이었으니 일은 매우 빨리 진행되고 있었다.

이렇게 시작된 해인사 불사는 시주로는 감사 김노경이 스스로 사재를 털어 일만 냥을 내자 주변 현감이나 군수들로부터 줄줄이 시주가 들어오기 시작했고, 초의의 권선문이 감동을 시켰는지, 도화주 제월 선사의 공이 지대했는지, 재물이 모아져 힘들지만 무사히 중건을 시작할 수 있게 되었다.

아무튼 일을 독려하여 일을 시작한 지 1년이 지난 이듬해 6월 선생이 상량문을 써서 들보를 올리고, 이어서 드디어 대적광전이 완성된 것이다.

이때 대적광전을 앉히는 설화가 재미있어 소개하자면 중건할 당시 설화가 전해오는 데, 대적광전의 방향을 놓고 논란이 있었다고 한다. 풍수지리설에 의하면 지세의 모양과 기운의 흐름이 기존의 방향을 잡으면 대선승들이 많이 나오는 대신 불이 많이 나고, 약간 서쪽으로 방향을 틀면 대승들은 적게 나오더라도 화마는 없을 것이라고 하였다. 당연히 유교가 국시인 조선의 선택은 화마가 적은 쪽을 선택하였고, 김노경의 결정도 화마를 당하지 않은 쪽을 선택하였다. 절집이 재산의 의미가 더 컸기 때문일게다. 아무튼 그 후 대선사의 탄생은 잘 모르지만, 지금까지 화마는 나지 않아 잘 보존되고 있다.

문제는 그 이후다. 우려했던 제월스님의 건강에 문제가 생긴 것이다. 특히 그의 눈병은 너무 심해 앞이 보이지 않을 정도였다. 그도 그럴 것이 그 나이에 그렇게 큰 불사의 도화주로 책임감을 가지고 온갖 심신을 다독이며 일 년을 버텨온 것인데 긴장이 풀리고 기운이 소진되자 독이 한꺼번에 눈으로 몰려온 것이다.

눈병이 쉽게 낫지 않자 제자들이 몹시 슬퍼했다. 당시 선생은 일화암에 머물러 있었는데 자신도 중건작업이 힘들었는지 수행으로 지친 몸과 정신을 풀고 있었다. 그들의 수행정진이 끝나갈

[도 11] 전다삼매煎茶三昧

무렵 제자들의 원망이 산을 타고 선생에게까지 들려왔다.

선생이 나서지 않으면 안 되었다. 선생은 제월스님을 위해 안게송眼偈頌을 지어 위로했다.

제월께서는 아나율타병에 걸린 것이다. 아나율타가 나가대정 중에 실명을 하게 되는 데도 계속 정진하자 드디어 세상 속 일체를 한눈에 꿰뚫어 볼 수 있는 천안통天眼通에 이르렀다는 데서 비유하여 제월스님의 눈병도 아나율타가 걸린 병과 같은 것이다. 지금의 이 눈병은 지극한 삼매의 경지에 이르는 나가대정 중의 하나이니 안타까워하거나 슬퍼 말고 「나가산인」[도10]이 지은 안게송을 가지고 제자들이 산중으로 돌아가 스승인 제월의 영찬을 벽에 걸어두고 정진하면 눈병은 곧 천안통을 얻을 것이다 라는 게송이었다.

당연히 여기서 말하는 나가산인은 선생이다. 이미 일화암에서 나가대정의 경지에 이른 사람이 지은 게송이니 의심치 말라는 의미다.

이렇게 만들어진 명호가 나가산인이다. 아마 이때 초의도 일화암에 함께 있지 않았을까? 나중에 초의와 편지를 주고받을 때 명호가 거의 나가이고 보면, 당시 나가에 대한 소통이 서로 이뤄진 것으로 봐도 무방하다.

글쎄, 당시 제자 스님들이 선생이 '나가'를 자처한 것에 어떻게 반응했는지는 몰라도 선생은 당신이 '나가'임을 끝까지 밀고 나갔다. 이 명호는 나옹, 염나, 노가, 나수[도12] 등으로 변형되며 초

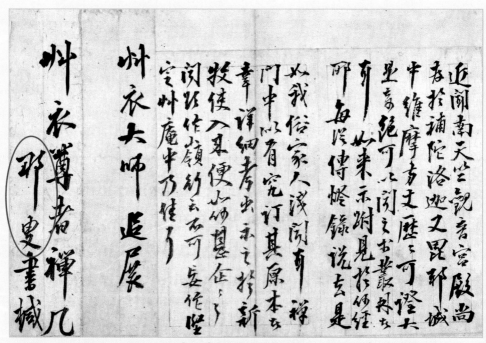

[도 12] 초의에게 보낸 편지에서

의 선사와 소통하며 쓰이는데, 그렇게 보내진 것들을 묶은 편지첩이 '나가묵연'이다.

이후 나가라는 명호를 가장 멋지게 문장처럼 활용한 작품이 '전다삼매' [도11]이다. 삼매란, 나가대정의 극치로 나가대정의 최고 결과물이다. 선생은 차를 끓이고 차 맛을 음미하면서 모든 것을 잊어버리고 나가대정에 들어 삼매의 경지에 이른다는 내용을 그 횡액을 통해서 표현한 것이다.

7

홍두산인, 붉은 팥으로도 막지 못한
두 홍두의 보물들

예산의 추사 고택에 들어서면 먼저 눈에 들어오는 것이 사랑채의 아담한 정원에 있는 해시계다. 그 해시계에는 '석년石年'^{도13}이란 단정한 예서가 새겨져 있다. 그러나 이미 꽃도 낙엽도 떨어진 목단과 석양의 긴 그늘에 홀로 버티고 있는 석년 앞에 서면 왠지 화려했던 경주 김씨 가문이지만 짠한 연민의 정이다. 석년이란 영원히 가지 않는 시간을 의미하고, 목단은 단심丹心이라 하여 영원히 변하지 않는 향을 뜻하고 있으니, 그곳에 해시계를 세우고 그 '석년'을 새긴 그들의 마음을

[도 13] 〈석년〉
추사 고택 사랑채에 있는 해시계 받침대 돌에 새긴 글씨로, 수옹이라는 낙관이 아들 상우의 글씨임을 말한다.

읽을 수 있기 때문이다.

그리고 다 쓰지 못한 '산씨반'^{도14} 임모작에 진붉게 남긴 낙관, 홍두산인이란 별호를 보면서 또 한 번 짠한 안타까움에 젖는다. 홍두란 열대식물 홍두수를 가리키기도 하고, 붉은 팥을 가리키기도 한다. 그 꽃이 아름다워 화려함을 은유적으로 나타내기도 하고, 홍두가 가지는 의미는 잊지 못한 우정을 나타낸다. 옹수곤과 선생이 명호 홍두를 주고받은 것이나 성추라는 합성별호를 만든 것은 모두 그런 뜻이다.

그러나 실로 더 짠한 안타까움은 그런 그들의 우정이 아니라 그들이 죽고 나서 일어나는 가족사에서다. 그렇게 영원하길 바라는 석년에 새기는 마음에도 아랑곳없이 정쟁에 휘말리면서 오래된 묵적이 바람에 흩어지듯 하나씩 무너지더니 급기야는 선생이 세상을 뜬 뒤 그의 작품의 산일散逸은 남은 사람의 안타까움이라기에는 너무 귀중한 것인데, 지금은 수집가들의 창고나 개인들에게 흩어져 하나가 되지 못하고 있다.

또한 담계의 집안은 어떤가? 옹수곤에게는 인달이라는 늦둥이 하나가 있었다. 담계가 세상을 뜨면서 제자 섭지선에게 인달과 석묵서루의 보물들의 후견인으로 지정하는데, 섭지선의 뜻하지 않은 부음으로 고향에 내려간 사이 귀 얇고 방탕한 인달은 석묵서루를 말아먹고 아편을 즐기는 방탕아로 전락하면서 그 많던 수장품이 삼지사방으로 흩어져 버린 것이다.

흔히 붉은 팥을 가리키는 것으로, 우리 민간의 풍속에는 귀신을 쫓는 부적의 의미를 가지고 있다. 어쩌면 두 거인들은 붉은 팥으로 자신들의 보물을 지키고 싶은 마음은 없었을까. 붉은 팥으로도 끝내 지키지 못한 두 집안의 보물들이 지금은 각자 다른 주인들의 보물이 되어있다.

그렇다면 옹수곤의 명호인 홍두紅豆가 어떻게 선생의 명호 홍두산인으로 차용됐을까?

보담재는 선생의 또 다른 서재였다. 보담은 선생이 옹방강에게 연경에서 받은 학문적 충격과 은혜를 가장 적나라하게 표현한 명호이기도 하다. 그곳에는 담계를 보물처럼 여긴다는 의미에 걸맞게 특별히 옹방강의 서책으로 가득했다. 옹방강의 시집인 복초재시집復初齋詩集을 비롯한 수많은 서책들로 가득했다. 특히 그곳에는 아들 옹성원의 책도 함께 두었는데 그는 보내는 책마다 〈성추星秋〉, 〈홍두〉 등의 인장을 찍어 보내 둘 간의 우의를 돈독히 표현했다. 홍두는 그의 명호였고, 성추는 성원과 추사로 만든 조이었다.

보담재에 이들 부자의 책으로 서재 한 칸이 꽉 찰 정도로 교류는 빈번했고, 그러한 학문적 개방은 선생을 좀 더 넓고 깊은 곳으로 인도하면서 그 우정 또한 깊어 갔다. 특히 이곳은 옹방강의 서체를 모방한 선생의 청년기 글씨인 옹씨체를 연마하던 곳이기도 했다.

시절은 완연한 가을로 접어들고 있었다. 청년 김정희도 이제 장년으로 접어들고 있었다. 대과 공부를 하라는 집안의 성화와

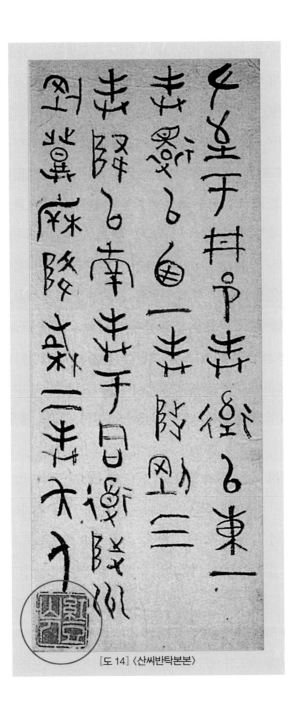

[도 14] 〈산씨반탁본본〉

걱정도 뒤로하고 매일 보담재에 앉아 차를 마시면서 옛 글씨를 연구하고 있었다. 요즘은 옹방강 글씨체를 연마하면서도 서법의 원류를 찾아 틈틈이 옛 글씨를 임모하고 있었다. 연경으로부터 보내온 선물 중에 요즘 그의 마음을 사로잡은 것은 서주의 청동기 내에 주조된 '산씨반'의 탁본본이었다. 특히 그의 산씨반 임모는 서법의 원류를 찾는데 커다란 실마리가 되었다.

청동기에 주조한 것이니, 선생은 글씨마다 금석기가 나타날 때까지 연습하고 연습하여 산씨반이 가지고 있던 고유의 미감을 찾을 때까지 임모를 계속했다. 글씨가 고졸하고 질박하여 마치 순수하다는 표현이 어울릴 정도까지 산씨반을 선생의 몸속으로 체화시키며 끌어들이고 있었다. 변화무쌍한 글자는 각자마다 다른 곳을 향하고 있지만 하나의 규칙을 만들고 있었다,

자유로운 필법과 기운이 다시 종이를 뚫고 나올 듯한 경지에 이르러서야 선생은 법고法古를 터득한 흔적을 기록으로 남기고 싶은 마음이 생겼다. 그 기록을 남기면 이제 산씨반 임모를 마칠 요량이었다. 이 산씨본은 조선에서는 구할 수 없었다. 연경에서도 완원이 겨우 복원하여 주조한 산씨반은 법고로서 서법의 맨 앞자리에 있었다. 그래서 좋은 먹과 좋은 붓으로 정성을 다했다. 비로소 '먹물이 맑고 빛이 짙어 그 끝이 맺힐 때마다 좁쌀알처럼 돋아나는' 느낌이 들자 선생은 매우 흡족해했다.

선생이 산씨반 임모를 중간쯤까지 쓰고 있을 때 중국으로부터

서신이 날라왔다. 연경에 갔던 사신 편으로 온 담계의 수찰이었다. 그는 매우 반가워 급하게 뜯었으나 그 안에는 뜻하지 않은 비보가 담겨 있었다. 옹성원이 과거시험 공부를 하다가 병을 얻어 죽었다는 비보였다.

1815년 9월경 선생은 성원에게 그가 원하던 조선의 오래된 비석의 탁본과 함께 많은 선물을 보냈었다. 그러나 그는 애석하게도 선물을 받지 못하고 죽은 것이다. 선생의 선물이 도착하자 죽은 지도 모르고 보낸 조선의 추사의 마음과, 받아보지도 못할 물건을 간절히 원하던 아들의 마음이 고스란히 망연자실한 담계의 슬픔에 덧내고 있었다. 그때까지 자식을 앞세운 아비가 눈물을 보일 수는 없어 꾹 참고 있었으나 추사의 선물을 보자 울컥하니 슬픔이 밀려와 울음을 참을 수가 없었다. 그 둘의 마음을 알겠기에 아들의 주검 앞에 담계는 눈물로 먹을 가는 심정으로 쓰라린 마음을 안고 비보를 전한 것이다.

옹성원은 옹방강에게 엄친아는 아니었다. 그만큼 문장에 뛰어난 것도 아니었고, 학문에 열중하는 것 또한 자신을 이을 재목이 안 되었다. 나아가 벗들을 새기고 시문을 논할 정도는 되었지만 왕사정[1] 같은 시재詩才는 차마 찾을 수가 없었다. 늘 뒷전일 수밖

---

1 왕사정(1643~1711) : 자는 자진子眞. 호는 완정阮亭. 어양산인漁洋山人. 산둥 사람이다. 당시의 최고 시인으로, 시론에서는 '신운설神韻說'을 제창했으며, 자연과 내가 완전하게 융합된 경지에서 생기는 여운과 여정이 담긴 시를 추구했다. 저서로는 〈거이록〉·〈지북우담〉·〈향조필기〉·〈어양시집〉·〈당현삼매집〉 등이 있다.

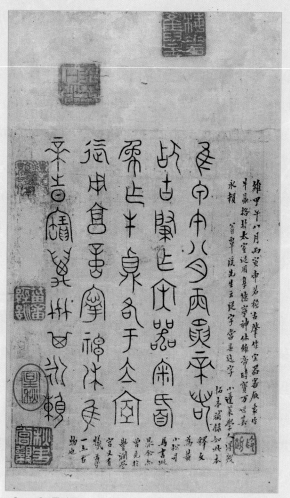

[도 15] 〈종정문〉 금석학 연구 자료다. 〈성추〉의 인장이 보인다.

■ 28.2cm×16.9cm

에 없었고, 아버지의 후광을 제대로 이용하지도 못하여 당시대에
도 학문과 시를 논할 때 그가 거론되지도 못하였다. 옹방강은 그
런 성원을 탐탁해 하지 않았다.

그러나 옹방강에게 성원은 유일한 희망이었다. 그에게 많은

자식들이 있었으나 하나둘 죽더니, 이제 남은 것은 옹성원 하나뿐이었기 때문이다. 그에게는 본처 자식인 옹수배가 있어 과거에도 급제하고 학문이 깊을 뿐 아니라 가지고 있는 취미가 아버지와 같아 가학과 가업을 이을 재목으로 커가던 중 47세에 돌연히 요절하고 말았다. 그 애통함을 뒤로하고 유일하게 남은 아들 옹성원에게 모든 희망을 걸 수밖에 없었다.

속된 말로 완원은 수석으로 과거에 급제하고 급기야는 자신을 치받고 올라와 자신을 넘어서는 일가—家를 이루고 있었다. 때론 자신의 학문을 업신여기기까지 하고 있으니 하루빨리 자신의 가학을 이을, 그래서 완원과 대적할 인재가 절실한 속내가 있었는지도 모른다.

그는 자신이 만들어 놓은 석묵서루의 수많은 보물과 자신의 학문을 이을 자손이 없다는 데 대해 매우 안타까워했다. 어찌 추사가 조선에서 났단 말인가. 많은 자식들이 하나둘씩 죽을 때마다 그 조급함은 더해갔고 마침내 옹성원만이 남게 되자 그에게 모든 희망을 걸었다.

다행히 어려서는 매우 영민하여 글씨도 잘 쓰고 풍모도 아버지를 닮아갔다. 더구나 자신이 존경하는 소동파와 생일이 같아 마치 동파의 현신을 보는 듯했다. 마치 '목마른 사람이 물을 본' 듯했다. 그러나 거기까지였다.

그런 그의 한계 속에서도 그가 묵업을 이어야 하고 가문을 이어야 했다. 옹성원에게 인걸이라는 아들이 있었으나 나약해 안쓰러웠으니 그 싹이 보이지 않았고, 어쩌면 먼 훗날 무너지는 석묵서루를 예견이라도 했는지 더욱 그를 다그칠 수밖에 없었다. 그런 아버지 기대 속에 옹성원은 명가 옹씨 가문에서의 고독이 시작된 것이다.

그런데 문장과 학문은 다그침만으로 되는 것이 아니었다. 그의 조급함만큼 옹성원의 학문은 늘지 않았다. 그는 모든 일을 제쳐두고 과거 공부에 매달리게 하였다. 그러나 공부가 어찌 부모 마음으로만 되는 것인가. 아비의 마음과는 달리 과거를 두 번이나 낙방했다. 그것을 운으로만 돌리기엔 그의 문장을 자랑하기에는 이른 것이었다. 아버지는 더욱 그가 정진하는데 채찍질을 가했다.

옹성원 또한 묵업을 이어야 하는 막중한 책임을 감지하고 있었다. 그것이 그를 더욱 짓누르고 있었는지 모른다. 아버지의 기대에 부응하지 못하는 자신을 탓했다. 그의 스트레스는 더욱 커져만 갔다. 극에 달한 것이다. 급기야는 옹성원이 몸져누웠다. 마음의 병이 깊어진 것이다. 애석하게 그때 얻은 병을 끝내 이기지 못하고 숨을 거둔 것이다.

옹방강은 뒤늦게 자신의 채찍과 조급함을 후회했으나 소용이 없었다. 후회막급이었다. 차라리 아들이 좋아하던 조선 고비나 연구하게 놔두었으면 좋았을 걸… 그렇게 보니 그와 마음을 나누고 좋아하던 바를 나누던 조선의 추사가 더욱 고마웠다. 부모의 마음이 이런 것인 줄 옹방강이 죽은 뒤에야 알았는지 선생은 옹방강이 죽은 지 1년 뒤에 대과에 응시한다.

비보를 전해 받은 선생은 넋을 잃고 말았다.

아뿔싸! 그와 아직 나눌게 많은데… 아, 그대의 필치는 쇠를 녹인 것 같아 한없이 오래갈듯했는데, 어찌 우담화처럼 잠시 나타났다가 사라진단 말인가.

복받쳐 오르는 설움을 참을수록 성추라는 명호를 주고받은 성원과의 우정이 저리게 다가온다. 옹성원이 자신의 이름인 성원과 선생의 명호인 추사를 합쳐 하나가 되자는 의미로 성추라 할 정도로 둘 관계는 긴밀했다. 아직도 방 안에는 그가 보내온 홍두산장의 편액에 그의 온기가 가시지 않은 채 걸려 있었다.

선생이 연경을 가서 스승을 두게 되었다면 옹방강과 완원이지만 친구를 얻었다면 바로 옹성원이었다. 두 스승에게서 얻을 수 없는 것을 성원을 통해서 얻었고, 금석학에도 해박하여 수많은 탁본을 구해주는가 하면 마치 선생이 연경에라도 있는 듯이 연경의 많은 소식을 보내주었다. 일찍이 조선의 고비古碑에 대한 관심은 그처럼 지대한 사람이 없었고, 그처럼 연구한 사람 또한 없었다.

그런 그가 어느 날 젊은 나이에 요절을 하고, 늙은 아비 옹방강에게 남긴 것은 아직 조선 고비 연구를 완성하지 못한 미완의 논고와 나약해 안쓰러운 인걸이란 아이뿐이었다. 이 귀가 얇고 철

없는 인걸이 후에 보물창고 석묵서루의 열쇠를 함부로 내돌려 산산조각 내는지 알지 못한 채 그가 간 것이다.

그리고 조선의 벗 추사에게 남긴 것은 홍두였다. 홍두란 붉은 팥을 가리킨다. 이 홍두는 영원성을 기원하는 뜻으로, 귀신이나 잡신을 막는데 유용하다는 의미를 확장해서 우정이나 사랑이 깨지지 않고 영원함의 약속을 상징하는 식물이다. 홍두를 주고받는다는 것은 사내들의 맹서인 것이다. 그 우정의 맹서를 남긴 채 그가 간 것이다.

선생은 복받쳐 오르는 슬픔에 글씨 쓰는 것을 더 이상 계속할 수가 없었다. 성원이 미완성의 학문을 마쳤듯이 그 또한 산씨반임모를 미완성으로 끝낼 수밖에 없었다. 그의 주검 앞에 붓을 들고 더 이상 팔을 끌어 글씨를 써 완성한다는 게 대체 미완성으로 생을 마감한 성원에게 무슨 의미가 있단 말인가?

그러나 완성하지 못한 작품이지만 미완성의 인생을 산 성원의 명호 '홍두' 를 차용하여 신생 스스로 '내가 당신 사람이다' 라는 의미의 홍두산인紅豆山人도14을 넣는다. 마치 성원이 둘을 합해 성추라고 했다면, 선생은 이제 완전히 하나가 되었다는 듯이 당신과의 교우는 마치 연습하다 없애는 종이 같이 부질없어서는 안 될 바이니 내 이곳에 명호를 남기리라, 바로 홍두산인이다.

그렇게 선생의 친구 하나는 우담화처럼 사라지고 부질없이 그의 별호는 하나 더 늘어났다.

[도 16] 〈무장사아미타여래조성기사적비〉

선생은 무장사아미타여래조성기사적비의 깨진 조각을 발견하고 이를 성원에게 보여주지 못함을
매우 비통해했다.

■ 19cm×24cm, 한성봉 소장

8

우사, 첫 직장의 설레임

한때 미생이라는 드라마가 공전의 히트를 친 적이 있다. 직장 생활의 애환을 실감 나게 담았기 때문에 직장인들에게 인기가 좋았던 드라마다. 그런데 이 애환조차도 직장이 있고서야 벌어지는 일이고 보면 요즘은 직장을 얻기가 하늘에 별 따기라 한다. 공무원 시험 경쟁률이 100:1이 넘는다 하니 가히 취업 전쟁이라 할 수 있다. 하물며 중앙부처 공무원이야 말해 뭐하랴마는 이렇게 어렵게 들어간 첫 직장에 나가는 설레임은 또 어떠하랴. 그 설레임이 세상까지 움직일 수 있지 않겠는가.

공자는 51세의 늦은 나이에 노나라 중도라는 작은 읍재가 되었다. 첫 직장이었다. 그 직장에서 자신의 이상을 펼칠 기회가 온 것이다. 이상을 펼칠 꿈같은 기회에 얼마나 설레었던가? 공자가 읍재의 벼슬로 세상을 다스리듯 선생은 서른다섯에 우사라는 직책으로 설레임을 시작했다.

선생에게 서른다섯은 매우 의미 있는 해이다. 정확히 말해서 스물넷부터 서른넷까지의 10년이란 세월이 그렇다는 말이다.

되짚어 보면 선생은 앞에서 거론했듯이 아버지와의 담판이 추정될 정도로 우여곡절 끝에 끝난 생원 시험에 합격한 후 연경을 다녀오는 데, 이 연경행의 여파가 아들의 출세에 마음이 급한 아버지를 더 애달프게 만들 줄이야.

그는 연경의 학자들과 교류하면서 청대의 학문과 문화, 예술, 그리고 금석학에 빠져 대과를 볼 생각을 하지 않은 것이다. 하라는 공부는 안 하고 연경으로 사신만 간다면 쫓아가 서신을 보내고, 사람을 소개하고, 서책을 구해오라 부탁하는 등 사신들 주변에서 떠날 줄 몰랐다. 그는 다만 연경의 학자들만 눈에 보이고 국내에서는 자신의 학문적 짝패들하고만 어울렸다. 그들이 서얼이든, 양반이든 상관하지 않았다. 그 중심에 연경에는 옹방강이 있었고 조선에는 북학파들이 있었다.

연경의 학자들과 교류하고, 귀한 자료를 얻기 위해 조선의 고비를 찾아다녔고, 탁본을 떠서 연경에 보냈다. 그러면 연경에서는 새로운 탁본이 왔고, 때로는 필요한 것을 구하기 위해서는 귀한 인삼을 보내는 것도 마다하지 않았다.

그에게 많은 가르침을 주는 옹방강은 나이가 들어 언제 저세상 사람이 될지 장담하지 못하였고, 연경에서 임시로 처가살이하는 완원은 언제 연경을 떠나 임지로 갈지 모르는 상태라는 것이 선생의 학문적 욕구를 더 키웠는지 모른다. 그들이 그나마 서신이 오갈 수 있는 연경 하늘에 있을 때 배울 것은 배우고 터득할 것은 터득해야 했다. 과거시험과는 거리가 먼 금석학을 위해서는 먼 길을 마다하지 않았고 손수 탁본을 뜨는 수고로움도 마다하지 않았다. 그 결과 북한산비를 고증했고, 무장사비의 단편도 찾아냈다.

그렇게 정신없이 연경의 학문의 진수를 속속들이 스펀지가 물을 빨아들이듯 흡수하고 있는데 천수를 다한 옹방강이 세상을 뜬 것이다. 천수를 다했지만 선생에겐 충격이었고, 그 충격은 선생을 공황상태로 만든 것이다. 옹방강의 죽음은 일시적으로 그에게 모든 단절을 가져왔고 상실이었다. 옹방강이 그에게 얼마나 큰 영향을 미쳤는지 추정할 수 있는 대목이다. 그러나 이 사태는 선생 학문의 일단락을 매듭짓게 하였다.

부친은 그 틈을 놓치지 않았다. 신생에게 상실감에 허우적거리는 자신을 건지기 위해 허송세월 대신 과거공부에 전념하기를 권한 것일까. 그러기를 딱 일 년이 걸렸다. 그러나 집안으로 보면 그 상실이 새로운 것을 얻었으니 바로 선생의 대과 급제였다. 그리고 대과 급제는 선생의 정계진출의 시작이었다. 정계에 진출하자마자 선생은 소동파(東坡)가 그러했듯이 사관史館인 한림학사가 되기 위해 예문관 검열을 위해 특별 시험을 본다. 이 예문관 검열이 되기 위한 특별한 시험을 가리켜 한림소시라 한다. 둘을 뽑는 시험이었지만 물론 거뜬히 시험에 합격을 하고 받은 그 첫 직장이 예문관 검열 우사右史였다. 좌사가 임금의 행동을 기록하는 곳이라면, 우사는 임금의 언행을 기록하는 곳이었으니 순조의 말은 곧 추사의 문장에 의해 재탄생되었다. 그는 다짐하고 또 다짐했다.

"나는 올곧은 사관이 되리라."

당시 선비들 사이에는 중국의 상포湘浦 송균에 관한 직언으로 지방에 쫓겨난 조선에서도 유명해진 고순 이야기가 미담처럼 퍼지고 있었다. 이 고사는 모든 선비들의 귀감이 되었다. 특히 사관인 선생으로서는 더욱 그러했다. 늘 선망의 대상이었다.

선생은 고순이라는 사람을 추앙하며 '直聲留闕下직성유궐하, 秀句滿天東수구만천동.도5 : 곧은 소리는 대궐 아래 머무르고, 빼어난 글귀는 동쪽 하늘에 가득하다.' 이라는 대련을 죽고 없는 옹방강을 추억이라도 하듯이 두툼하고 기름진 옹씨체로 씀으로 사관으로서의 자신의 의지를 살짝 밖으로 드러내기도 한다. 연경을 다녀온 후 옹씨체를 연마하면서 선생의 글씨가 매우 기름지고 윤택하다고는 하지만, 이 대련은 그의 다짐 속에서 오는 기개와 자신감만은 충만한 작품이 되었다. 이만큼 선생은 우사라는 직책에 자부심을 가지고 있었다.

우사로써의 책무, 자부심, 그리고 선생의 의지가 함축되어 있는 '우사'는 정치인 김정희 그 자체였다. 왕안석 변법에 직언을 하다 지방으로 쫓겨날 정도로 직언을 했던 소식, 임금에게 직언을 하다 지방으로 쫓겨난 중국의 고순, 그리고 그런 각오를 다짐하는 사관으로서의 김정희, 이렇게 삼인을 동일시하면서 사관으로서의 기개를 다짐한 명호가 '우사'^{도17}라는 호다.

선생에게는 우사가 직위품계가 아니라 바로 자신이 된 것이다. 우사 김정희라 하니 어울리기도 하다. 오죽했으면 '우사씨'라는 인장을 파 품계를 의인화했겠는가. 정치인 김정희를 나타내는 호로써는 유일하다.

이 명호를 작품의 낙관으로 쓰기에는 살짝 부끄러웠는지 가까운 친지들에게 보내는 편지글에서나마 보이는 것은 젊은 시절 첫 직장에서의 추사의 다짐을 볼 수 있어 다행이다.

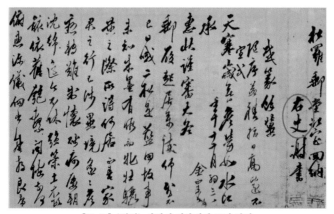

[도 17] 〈편지〉 선생이 집안에게 보낸 편지
■36.5cm×63.5cm, 개인 소장

9

상하삼천년종횡십만리지실,
젊은 추사의 호연지기

이 명호는 홍한주의 지수염필^{도18}에서 거론된 당호 겸 명호다. 홍한주의 지수염필은 19세기의 지식인이 보는 조선의 시대적 편린이다. 그 속에는 그의 경험과 관점으로 바라본 많은 인사들의 인물평을 담고 있다. 그래서 지수염필은 간혹 우리들에게 인물에 대해 기록 외적인 정보를 주고 있어 흥미롭다. 그중 특이한 것은 지수염필에서 선생이 젊은 시절 한때 명호를 상하삼천년종횡십만리지실上下三千年縱橫十萬里之室로 소개하고 있다는 점이다. 시간으로는 상하 삼천 년을 아우르고, 공간으로는 좌우 십만 리에 걸쳐 견줄 자가 없다는 뜻이다. 왜 홍한주는 선생의 수많은 명호 중에 하필 상하삼천년종횡십만리지실이라는 호를 인용해서 선생을 소개했을까?

[도 18] 〈지수염필〉
한국학중앙연구원 출처

홍한주가 지수염필을 쓸 시기에는 이미 선생은 이 세상 사람이 아니었지만 사람들 사이에 '추사' 나 '완당' 으로 널리 알려져 있었고, 선생의 학문과 서예의 명성은 조선을 넘어 중국에까지 자자했다. 학문에서는 다산 정약용과 쌍벽을 이루었다고 보았고, 글씨에서는 이미 당대에는 중국과 조선을 아울러 어깨를 견주며 다툴만한 사람이 없을 뿐 아니라 전에도 그렇고 앞으로도 그를 따라올 자가 드물 정도로 평가하고 있었다.

그러한 홍한주의 평가 속에서 선생을 소개하는 데는 물론 이미 알려진 추사나 완당도 있었지만 이보다 더 적절한 명호가 없었을 것이다. 또한 그가 이 명호를 소개하면서 이미 중국에서 조맹부를 평하는데, 이와 같은 뜻을 가진 문구를 썼다는 연원을 소개하는 데서 홍한주의 의도를 읽을 수 있다. 이는 선생이 이 명호를 쓴 의도를 적확하게 짚었다고 봐야 할 것이다.

그리고 홍한주는 이 명호를 선생이 젊었을 때 사용했다는 것을 밝힘으로 자신의 의도를 강화시킨다. 그렇다면 정확히 젊었을 때라면 언제일까?

지수염필에서는 선생이 이 명호를 쓰는 시기를 단순히 젊은 시절이라고 했지만, 아마 첩파帖派인 옹방강의 글씨에서 벗어나는 30대 후반쯤, 명호로는 추사에서 완당으로 넘어가는 시기임이 분명하다. 이 시기는 선생에게 매우 중요하고 긴박한 시기다. 이 시기가 선생의 학문적 방향이나 서법의 방향이 일대 변혁을 가져오는 시기이기 때문이다. 반담연완을 통하여 거옹초완에 대한 결의의 시기이기도 했다.

홍한주는 아마 젊은 추사의 이런 도발적인 호연지기를 보았을 것이고 그 시기의 선생의 결연한 의지를 보았을 것이다. 그는 선생의 말이 허언이 아님을 증명하듯 선생의 명호를 소개하고 있다.

선생의 독서력은 이미 알려진 사실, 옹방강으로부터 시문을 배우고 그 스승의 시문은 모두 왕세정으로부터 왔음을 선생은 알고 있었다. 당연히 왕세정에 대한 존경과 추앙으로 그의 책을 읽고 있었다. 마침 이 시기에 선생은 왕세정의 엄산당필기를 읽고 있었다.

그런데 그 책에서 나온 뜻하지 않은 문구가 선생을 자극했다. 그 책에서 왕세정은 조맹부를 극찬하고 있었던 것이다.

왕세정은 그 책을 통하여 왕희지와 안진경을 이은 조맹부가 한 시대의 기풍을 앞서는 서법의 시대를 열었다고 칭찬을 늘어놨다. 그러면서 그를 표현한 최고의 찬사가 바로 상하오백년종횡일만리라는 것이었다. 그의 서법이 상하로 오백 년을 넘나들고 종횡으로는 일만 리를 걸쳐 그를 따를 자가 없다는 것이다. 여기서 꼭 오백 년이란 말을 쓴 것은 서기 300년경에 왕희지가 나오고, 700년경에 안진경이 나온 뒤, 500년이 지나 1200년경에 조맹부가 났으니 다만 왕희지, 안진경은 뛰어넘지 못했으나 안진경 이후 그가 최고이며, 향후 500년까지는 그를 넘을 자가 없다는 것이다.

왕세정은 이미 왕희지체를 바탕으로 한 자신의 서체를 완성한 석봉 한호의 글씨도 극찬을 한 바 있다. 석봉체를 가리켜 "목마른 말이 냇가로 달려가고 성난 사자가 돌을 내려치는 형세"라며 조선 제일의 명필임을 추켜세운 바가 있긴 하지만 조맹부에게 한 말은 겉치레나 립 서비스 차원이 아니라 난립하던 중국 서예의 새로운 지표를 조맹부에게서 보았던 것이다.

선생은 이 말에 욱했다. 선생은 당시 많은 서예가들이 아직도 송설체에 매달리는 것이나, 송설체를 동국진체로 발전시킨 이광사의 서법에 대해 의문이 들기 시작했다. 그렇지 않아도 조선의 글씨가 그의 글씨를 본받은 송설체를 이어 동국진체로 발전하는 모습에 마뜩잖았는데 그 글씨가 지표가 된다면 모두가 조맹부의 아류가 되란 말인가?

왕희지가 글씨의 으뜸인 것은 알겠으나 조맹부가 그의 글씨를 이어 본받았다는 것은 인정할 수가 없었다. 그동안 비록 옹방강 서체를 연마했으나 그 연원을 따지고 올라가면 안진경을 거슬러 왕희지까지 가는 법첩의 서체로 '소탈하고 분방하여 곱고 미묘하기는 하나 동진시대에 이르러 그 변화가 알 수 없을 정도로 일어나 송나라 시대에는 말할 수조차 없는 글씨가 되어 버린 것'이 사실이다. 첩학이 가지고 있는 치명적 약점이었다. 조맹부도 따지고 보면 첩학의 수혜자였다. 이런 치명적인 약점을 안고 있는 조맹부가 상하오백년에 종횡일만리라니… 위만 보고 아래는 보지 않고, 뒤만 보고 아직 앞을 보지 않고 내린 성급한 칭찬이었다.

후의 일이지만 그가 송설체를 본받았다고 생각한 이광사가 쓴 전남 해남의 대흥사 대웅전 현판에 대한 일화는 너무 유명하다. 이광사의 글씨가 "조송설체의 형식 속으로 타락했으니 아연질색해 웃었습니다."라는 초의선사에게 보낸 편지글 속에 선생이 지니고 있던 심정이 고스란히 담겨있음을 볼 수 있다.

한편으로는 자신의 게으름을 탓하고 있었다. 벼슬에 매이고 홍진에 묻혀 서법 연구에 소홀했던 것도 사실이다. 글씨가 변하고는 있지만 맘먹은 만큼 변화가 보이지 않는다.

아직은 자신의 서법에 확신은 없었다. 후에 문징명의 글씨[도60]를 평하면서 개성이 없다고 할 수 있었던 것은 자신의 글씨 또한 그렇게 보고 있었다는 얘기를 반증해 준다. 자신의 글씨도 그것을 벗어나지 못하고 있었다는 부끄러움이 앞섰다.

그러나 방향은 잡혔다. 비학碑學으로부터 서법의 원류를 찾는다.

자신의 서법의 방향타를 잡아준 북파는 치졸하고 고루하여 비문에 적합했다. 북파들의 글씨는 저수량 구양순을 거슬러 종요까지 이르는데 그 글씨가 비석에 전하게 되어 고스란히 그 문자향이 그대로 존속되어 왔다. 오로지 서법의 근원은 비학에 있음이 확실하다. 이른바 거옹초완, 즉 옹씨체를 버리고 완원이 주장한 서법을 체득, 그 법을 초월하는 것이 관건이었다.

그의 서법을 제대로 본받고, 그의 글씨의 원류를 찾아 입고入古하지 않으면 지금 벌어지고 있는 오류가 끝이 없을 것이다. 선생은 사명감과 의무감에 싸여있었다. 그리고 자신도 차 있었다. 선생의 호연지기가 발동했다.

선생은 엄삼당필기를 덮는다.

그렇다. 지금 어지러운 서법의 난립과 오류를 바로잡는 일이 우선일 것이다. 이것이 자리잡히면 상하로는 삼천 년이요, 종횡으로는 십만 리에 이르는 글씨가 이를 것이다. 이것이 내 목표이다.

그는 입시생이 머리띠를 질끈 둘러매고 방 한쪽 책상 앞에 써 붙인 다부진 각오로도 모자라 자신의 명호로 불러주기 바랐으니 그의 각오 또한 대단했다.

"앞으로 명호를 상하삼천년종횡십만리요, 그 당호를 상하 삼천년종횡십만리지실이라 할 것이다."

선생의 호연지기가 그대로 명호로 굳은 예이다.

지금 그의 호언장담은 상하 삼천 년은 아직 모르겠으나 종횡 십만 리는 이루었다.

10

담연재, 담계를 더위잡고
완원을 이어 달리다

선생이 담연재覃擘齋라는 명호를 쓴 시기가 '실사구시설'
을 집필할 때 즈음이 아닐까 한다. 실사구시설이 31세에 지었고,
옹방강이 1818년, 선생이 33살 되던 해에 죽었으니 이 시절 이전
을 즈음하여 만든 명호가 담연재였을 거라는 추정만 할 뿐이다.

담연이란 담계에서 '담'을 따오고, 연경실에서 '연'을 따온 명
호임을 일본의 추사 전문가 후지즈카가 저술한 '청조문화의 동
전에 대한 연구'에서도 밝히고 있다. 담계는 옹방강의 학문과 삶
을 대표하는 보편적인 호이지만, 연경실은 어떠한가. 연경실은
청나라 고증학의 선배인 전대흔을 사모했던 완원이 그의 호인 잠
연당에서 '연'자 한 글자를 따와 지은 집의 당호이니 완원의 경
학의 뿌리를 대변하는 말이기도 하다. 선생은 현실에서 한자리에

[도 19] 〈담연재시고覃휘齋詩藁〉

서는 함께 볼 수 없는 청나라의 두 라이벌의 명호를 묶어 자신의 명호로 만든 것이다.

이를 뒷받침하는 다른 기록도 보이는 데, 제자 남병길에 의해서다. 그가 선생의 시 모음집을 만드는데 이때 제목으로 사용한 것이 '담연재시고'[도19]이다. 그는 이 책의 제사를 통하여 담연재의 연원을 분명히 밝히고 있다. 시에 이르기를

"진비와 한갈에서는 원류를 거슬러 찾고
한유 두보의 시들을 또 창수하였다."

라고 댓구를 지음으로써 남병길은 담연재가 완원과 옹방강의 두 스승의 학문을 이어가는 명호임을 노래로 확인하고 있다.

선생은 귀국할 때 연경으로부터 가지고 온 책자가 무려 수백 권에 이르고 귀한 탁본이 수십 개에 이르고 있었다. 그중에는 완원으로부터 받은 훈고학의 연수淵藪 '경적찬고'를 비롯한 경전 연구의 보고인 '십삼경주소교감기' 담연재란 명호의 뿌리인 '연경실집' 등 수백 권이 있었고, 옹방강은 수집가의 처신답게 많은

것을 주지는 않았지만, 수많은 진적들을 보여주며 학문적 토론과 강론을 하였다. 이처럼 선생은 그들로부터 받은 학문적 감명까지 더해 훨씬 큰 감성적 부피를 가지고 귀국하였다.

선생이 귀국 후 연경에서 가지고 온 자료를 정리하고 한 곳에 모아 서재를 만드는 데, 이때 당호를 두 스승의 자료가 있는 곳을 뭉뚱그려 담연재라 하고 명호로도 사용한 것이다.

그러나 그 후 옹방강 부자와의 교류가 빈번하고 그들이 보낸 서책과 자료가 많아지자 보담재라는 서재를 별도로 만들어 따로 보관하였다. 보담주인은 이미 연경의 벗들로부터 비록 농으로 받은 명호였지만, 보담재는 마음속 깊은 존경심으로 옹방강으로부터 첫 만남에서 직접 받은 당호였다. 향후 이 보담재를 통하여 선생의 학문뿐 아니라 서예는 또 한 번 비약적인 변화를 가져온다. 젊은 시절 선생이 즐겨 쓰던 '옹씨체'도 이곳에서 연마하지 않았을까. 아무튼 이 보담재는 선생의 강상시절과 과천시절에 제자 박정진이 보담재에서 받은 편지를 모은 간찰집에도 나타나는 것으로 보아 평생 그의 서재로 쓰인 것으로 보인다.

아무튼 이렇게 되자 자연히 담연재에는 완당의 자료와 서책들만 남게 되면서 처음에는 두 스승의 자료를 모아둔 서재에서 차츰 자연히 완원 쪽으로 기울어가고 있었다.

그러나 담연재의 무게 추가 완전히 완원으로 넘어간 듯한 뉘앙스가 보인 것은 1829년이다. 1829(44세) 담연재란 편액을 중국

측에 부탁하는데, 부탁한 사람이 다름 아닌 완원의 아들인 완상생이고 보면 선생의 의중을 읽을 수 있다. 그 후 황청경해 등 완원의 자료가 속속 도착하자 담연재에 완원의 자료로 꽉 차게 되면서 담연재는 서서히 보담재와 함께 쌍벽을 이루며 완원의 자료가 있는 집으로 변해 갔을 것이라는 추측이 가능해진다.

그러니까 담연재라는 명호는 얼핏 보면 연경에서 만난 두 스승에 대한 예우일 수 있지만, 자세히 들여다보면 추사에서 완당으로 가는 길목에 서 있는 선생을 볼 수가 있다.

그런데 서재의 이름이 이처럼 바뀌는 과정이 공교롭게도 선생의 학문의 방향도 바뀌어 가는 데 그 대표적인 말이 반담연완이攀覃緣阮란 표현이다.

선생의 시 중에 완원과 옹방강을 모두 사다리처럼 이어 준 진돈재 이심암을 위해 쓴 글이 있는 데, 이곳에 반담연완이란 문구가 나온다. 반담연완이란 담계를 더위잡고 완원을 이어 달린다는 뜻이다. 이보다 더 선생이 중국의 두 스승으로부터 받아들이며 성취해가는 학문의 발자취를 잘 대변하는 말은 없을 것이다.

옹방강 서체에 빠져있던 선생이 서법을 배우면 배울수록 완원의 서법이 올바른 길이라는 것을 깨닫게 된다.

재미있는 것은 담계를 더위잡고 완원의 서법으로 이어 넘어가는 계기가 담계가 추사에게 소개해준 제자 섭지선의 역할이 지대했다는 것이다. 섭지선은 선생이 귀국 후 자신이 소장하고 있던

[도 20] 〈복초재시집復初齋詩集〉
옹방강의 시집으로 옹수곤이 완당선생에게 보낸 것이다.
■ 32.0cm×16.0cm, 개인 소장

다량의 한비漢碑의 탑편을 보내는데, 이는 선생의 예서 묵적의 창작 중심의 증거가 된 것이다. 섭지선의 탑비를 더위잡아 달린 것은 아이러니하게도 옹방강이 아니라 바로 완원이었다.

급기야는 태제라는 사람에게 글을 써주면서 스승 옹방강의 이론을 정면으로 비판하는 듯한 글을 쓰는 데, 처음에는 담계의 서법에 동조하는 듯싶더니 '망령되이 진체晉體를 표방하여 난정蘭亭·황정黃庭이 이와 같다고 한다면 이는 다 무지망작無知妄作에 돌아갈 뿐' 이라며 옆에서 듣기 민망할 정도로 완원의 이론으로 무장한 자신의 서법을 주장한다.

"옹방강에게 습숙했지만 곡순영종曲徇影從하지 않는다."

는 이 말이 담연재를 통한 옹방강과의 작은 이별을 고하는 대표적인 말이 아닐까.

이처럼 담연재는 시작은 두 스승에 대한 존경으로부터 했지만 점차 완원으로 기울어 가는 선생의 고민이 엿보이는 명호다. 더불어 담연재는 완당으로 가는 길목에서 추사의 학문적 고뇌 속의 작은 휴게실 같은 명호이다.

그런 고뇌를 거친 선생은 반담연완을 지나 드디어 옹방강을 지우고 완원을 초월한다는 거옹초완去翁超阮의 추사체를 완성하게 된다. 선생이 그토록 열중했던 한·중 교류의 꽃이 피는 순간이다. 선생은 단순히 중국을 선망하고 뒤쫓는 것이 아니라 새로운 창의의 발판을 마련하는 것이었다. 법고창신은 단순에 옛것을 통해 새로운 것을 창조하는 것이 아니라 중국을 통해 새로운 조선의 학문과 예술을 창조하는 폭넓은 의미를 갖는 것이라 할 수 있다.

11

완당, 거옹초완을 향해
달리는 추사의 정면 승부

죽완竹琬과의 토론은 격렬했고 결론은 없었지만 늘 진일보했다. 완원의 '이론二論'에 관한 토론이었다. 어떻게 하면 완원의 이론을 바탕으로 서법의 원류를 찾을 수 있고, 창신創新을 할 수 있겠는가 하는 논쟁이었다. 며칠째 죽완과의 토론에 대한 여운 때문에 시도 읊지 못하고 정사政事를 제외하고는 모든 시간을 담연재에서 부서진 비석 조각의 흐릿하게 남은 글씨를 찾아 서법을 거슬러 올라가 원류를 찾는 연구를 하고 있었다. 격렬한 토론이 남긴 숙제였다.

담연재는 앞서 얘기했지만 선생의 서체 발전에 있어 간이역 같은 서재였다. 그곳은 그동안 완원의 자료와 옹방강의 자료를 함께 모아두었던 서재이다. 서법의 보고 같은 곳이었다.

그런데 언제부터인지 담연재는 어느덧 실사구시설, 서파변의 원본인 '의국사유림전서擬國史儒林傳序', '남북서파론南北書派論' 등 완원의 자료가 넘쳐나고 있었다. 연경에서 보내온 고비古碑 탑본들도 점점 쌓여가고 있었다. 이제는 담계의 책은 모두 보담재로 옮겨야 했다. 그러자 자연스럽게 담연재에서 '완당'이 되고 있었다. 이렇게 완원의 자료가 꽉 들어찬 고학 연구의 산실인 당호 '완당'이 먼저 만들어진다. 그리고 이 별채는 단순히 완원의 자료가 있는 집의 완당이 아니라 그것은 거옹초완의 산실이 된다. 그러나 아직 명호 '완당阮堂'은 완성되지 않았다.

그런데 의도하지 않았는데 서재가 정리되면서 뜻밖에도 그의 마음도 하나씩 정리되고 있었다. 그러고 보니 선생의 마음속에도 자신도 모르게 완원이 들어차고 있었던 것이다. 언제부터인가 담연재에서 자신도 모르게 완원을 회상하고 있었다.

이미 그를 만난 것은 어렴풋해졌지만 감동만은 아직 진하다. 비록 처가살이였지만 촉망받는 경학의 대가이자 청조문화의 대표 주자를 사위로 맞이한 공씨 집안에서는 선뜻 그의 학문에 걸맞는 저택을 내어주었고, 완원은 그곳을 그의 학문을 상징하는 진나라의 태산석각과 한나라 화산묘비의 탁본이 있는 집이라 하여 태화쌍비지관이라 명하고 뜻 맞는 사람들을 불러 모았다. 선생이 이 태화 쌍비지관으로 완원을 찾은 것은 연경에 도착한 지 얼마 안 되어서였다.

선생이 연경 갈 때 사실 남들 몰래 가슴속에 품고 간 것은 명호 '추사'만이 아니었다. 그의 가슴속 깊이에는 완원의 초상화 한 장이 고이 접혀 있었다. 이 초상화는 아마 박제가가 얻어준 것일 가능성이 있고, 그렇다면 박제가가 완원을 만났을 당시 그가 27살의 젊은 학자였으니 초상화도 매우 젊은 완원이었을 것이다.

아마 초정 박제가와 사전에 모종의 합의가 있었는지도 모른다. 초정이 생각할 때는 청학의 진수인 북학은 완원에게 있다고 보았을 것이다. 그러나 조선의 학자들은 완원을 만날 기회가 많지 않았다. 그가 지방에 있는 경우가 많았기도 했지만 그의 학문은 아무리 연행 학자들을 중심으로 북학을 받아들였다 하더라도 아직은 춘추의리론이 정책 방향타가 되고 있는 현실에 조선 학자들로써는 껄끄러웠을 것이다. 옹방강이 한송 절충주의자였다면 완원은 자존심으로 똘똘 뭉친 훈고학자였기 때문이다. 그래서 이 초상화에는 박제가의 북학에 대한 이상이 담겨있었을지도 모를 일이다.

옹방강이 석묵서루라면 완원은 태화쌍비지관이다. 당호에서도 미묘한 차이의 느낌이 온다. 태화쌍비는 진·한시대 비석이고, 완원이 추구하는 학문의 뿌리다. 그러나 석묵서루는 화도사의 사리탑으로 송나라 구양순의 글씨다. 이것만 보아도 두 사람이 무엇을 추구했는지 짐작할 수 있다.

당시 청나라 학계는 서로 자신들의 학문을 조선에 이식하기 위해 매우 집착하였다. 그런데 조선의 학자들은 옹방강을 비롯한 한송 절충주의자를 주로 만나 교류하고 있었고 오직 완원 같은 훈고학자들을 꺼려하고 있었던 것도 사실이다. 그러나 선생은 스스럼없이 태화쌍비가 있는 완원의 집으로 찾아간 것이다. 그런 의미에서 조선에서 온 전도유망한 젊고 똑똑한 학자가 자신을 찾아온다는 데 대해서 매우 반가웠을 것이다.

완원은 선생이 찾아올 것을 미리 알고 있었고, 선생도 이미 만났던 것처럼 친밀함을 느낄 수 있었다. 가지고 간 초상화는 그를 찾아 확인하기 위함이 아니고 존경의 의미였기 때문이다. 완원은 맨발로 뛰어나왔을 정도로 반가움을 표했고, 선생은 그의 환대가 지나쳐서 몸 둘 바를 몰랐다.

그와의 만남은 선생에게 두세 가지의 전환적 변화를 가져왔다. 하나는 실사구시를 바탕으로 한 훈고, 금석학이었다. 선생을 감동시킨 것은 그가 보여준 수많은 탑본과 금석학과 서법의 정수였다. 그리고 그의 시파변과 서도는 그동안 조선에서 알고 있던 서법을 한꺼번에 뒤집는 가히 혁신적인 것이었다. 조선 500년의 서법의 흐름을 송두리째 바꿔버리는 것이어서 오히려 겁이 날 정도로 접근하는데 매우 조심스러웠다. 그리고 다른 하나는 승설차를 통한 차 맛의 진수를 알게 된 것이었는데, 이는 어찌 보면 선생의 차품을 한꺼번에 업그레이드 시켜 차 맛을 까다롭게 만드는 결과를 낳기도 해 평생을 걸명하면서 차를 마셨다.

선생의 회상이 여기에 이를 때 마침 그때 선생의 사유를 깨우는 반갑지 않은 손님이 찾아왔다. 허세가 심한 그는 뜬금없이 찾아와 선생의 글씨를 보이며 자랑했다. 시중에 돌고 있는 선생의 글씨를 비싼 값을 주고 샀다는 것이다.

그러나 글씨를 보니 옹졸하고 고루했다. 옹씨체를 흉내 낸 것이었다. 옹씨체의 진수보다는 형사만 베긴 글씨였다. 아연하여 급히 감추고 싶었다. 선생은 자신이 젊어서 한 과만한 붓놀림이 시간이 지나 이렇게 부끄러움으로 되돌아올 줄을 생각조차 하지 못했다.

솔직히 그동안은 옹방강의 학문과 서법이 그에게 더 와 닿았다. 옹방강이 더 그를 자극했고, 그가 더 적극적이었고 그의 학설이 조선에서 흡수되기 쉬웠다. 선생은 한동안 옹방강에게 심취했었다.

당시 청나라 학풍은 두 갈래였다. 각각 서재의 이름에서 보여주듯이 옹방강을 중심으로 한 송의 주자학을 인정하고, 주자학과 함께 훈고학을 넓혀야 한다는 노장 학파와 완원을 중심으로 주자학을 배제한 채 훈고학을 중심으로 경학을 재정립해야 한다는 젊은 학풍이다. 물론 청나라는 완원 학풍이 대세를 이뤘으나, 조선에서, 특히 박제가를 중심으로 한 북학파들은 옹방강의 학문을 쉽게 받아들일 수 있었던 것은 바로 조선이 가지고 있던 성리학풍 때문이었다.

조선은 청나라에 조공을 바치고는 있었으나 가슴으로는 명나라를 잇고 있었고, 명나라의 주자학을 잇는 대통으로 조선이 그 뒤를 잇고 있다고 생각했기 때문이다. 따라서 조선의 학자들은 비록 당대 세계의 중심학이 훈고학과 실학이었지만 주자학을 인정하는 옹방강과 쉽게 친해질 수 있었다. 선생도 마찬가지였다. 나아가 선생은 젊어서는 옹방강 따라쟁이가 되어 있었다. 뜬금없이 들이닥친 손님의 손에 들려진 글씨는 아마 그 시절 과한 자신감에 붓을 놀린 작품이었다.

할 수만 있으면 다시 사서 태우고 싶었다. 부끄러웠다. 시중의 자신의 글씨를 모두 찾아내 자신의 부끄러움을 지우고 싶었다. 왜 내가 저런 글씨를 썼는가? 언제 내가 저런 글을 쓰고 자랑했는가? 일간에 죽완과 벌인 격렬한 토론이 무색해졌다. 죽완이 볼까 두려웠다. 마치 죽완에게 한 말이 허언이라도 될 듯이 그 옹졸한 글씨들이 자꾸 눈에 거슬렸다. 어쩌면 선생은 이런 부끄러움으로 두 번이나 자신의 작품을 모아 불태웠는지 모른다.

어리석구나. 유익이 말한 애목愛鶩의 어리석음을 반복하다니. 유익庾翼은 왕희지에 못지않은 서체를 가지고 있었지만 그 가까운 사람들은 자못 왕희지만 찾았으니 가까운 곳의 내 것을 찾지 않고 먼 곳의 남의 것을 탐하는 어리석음이라니… 내가 너무 편벽, 편식하여 오직 담계만을 쫓았구나. 세상의 명약은 귀한 약초를 비축하고 천한 약초를 버리지 않는데 있다 했는데 하물며 글씨에서랴. '근원을 거슬러 삼창三蒼[2]을 알아 서권기를 나타내고 진본의 여러 비를 배워' 문자향이 배어 나와야 한다.

옹씨체를 버리는 것이 아니라 더워잡아야 하는 것이고, 완원의 서법을 따르는 것이 아니라 초월해야 하는 것 아닌가? 이것이 문자향 서권기를 이루는 지름길일 것이다. 그것을 깨닫기 위해 20년을 헤매었구나!

선생은 마구 휘둘렀던 젊은 시절의 글씨를 보고는 문득 깨달은 바가 컸다. 비로소 죽완의 숙제를 조금은 푼 것 같았다. 선생의 생각이 이즈음에 달하자 선생은 죽완에게 보낼 숙제를 하기 시작했다.

好古有時搜斷碣
호 고 유 시 수 단 갈

옛것이 좋아 시간 나는 대로 조각난 비석을 찾아

研經婁日罷吟詩
연 경 누 일 파 음 시

경을 연구하다 보니 한동안 시 읊는 것을 게을리한다.

죽완에게 보낼 서법에 대한 답이었다. 그리고 대련[도21]의 글씨는 그 서법에 대한 확신으로 보인 시범이었다. 서한 시대의 문자향과 촉비의 필의로 쓴 예서였다. 비록 쪼개진 것이라도 오래된

---

2 삼창三蒼 : 중국 한漢 나라 때에 편찬되었던 사전 이름. 창힐편蒼頡篇·원력편爰歷篇·박학편博學篇의 3편으로 이루어졌음. 후에 이 3편을 합하여 맨 앞의 편명을 따서 창힐편蒼頡篇이라 함.

[도 21] 〈호고유시〉
■ 124.7cm×28.5cm, 호암 미술관

비석에서 옛 글씨의 원류를 찾아 자신만의 서체로 승화시킨 것이다. 소위 입고창신을 한 것이다. 지금 저잣거리에서, 장사꾼들 속에서 돌아다니는 글씨에 대한 부끄러운 상황을 면하고자 하는 의지가 확연히 보인다.

그러나 이 문장을 한참 들여다보면 볼수록 뉘앙스가 묘한 내용이다. 이 묘한 뉘앙스에 낀 안개를 걷어내는 것이 바로 완당이란 명호가 아닐까.

첫 구절은 옛 비석을 찾아 고학古學을 연구한다는 것인데, 이것에 이은 댓구의 내용이 바로, 그래서 시를 짓지 않았다는 것이다. 아무래도 고비 연구는 완원 쪽과 가깝고, 시학은 옹방강과 가깝다.

시암이란 편액을 주면서까지 추사를 통하여 조선에 자신의 시학詩學을 뿌리내리고자 했던 옹방강. 연경을 다녀온 후로 그는 옹방강의 뒷받침 속에 그야말로 청나라의 학문과 예술에 대한 연찬을 벌였다. 그는 스스로 학문과 예술의 스펀지가 되어 모든 것을 빨아들였다. 그러나 20년이 지난 지금, 선생은 그의 뜻을 바라는 대로 하지 않았다. 더구나 옹방강이 죽고 없는 지금은 대신 고비를 연구하여 고학의 경전을 연구하거나 서법의 원류를 찾는 일에 몰두하고 있다는 것이다. 그러니까 이 대련은 시보다는 금석학을, 경학도 고학古學을 한다는 것이고, 서법도 고비를 통해 서한 이전의 서법의 원류를 찾겠다는 뉘앙스가 물씬 풍기는 내용이다.

이 글에서 옹방강은 없고 완원만 보인다. 이제 당호도 담연재에서 완당으로 바뀌었듯이 내용도 완전히 완원으로 기운듯한데, 여기에 명호로 결정타를 날린다. 바로 완당이다.

죽완에게 보낼 숙제를 마치고 명호를 쓰려는 데 그 대련 속에는 옹방강이 가고 없으니 '추사' 또한 없었다. 과연 '완당'이 옳다. 명호 '완당'을 결정했다. 선생은 과감히 완당이란 명호를 쓴다. 당호가 명호로 굳어지는 순간이었다.

선생은 정면 승부를 택한 것이다. 완당이란 명호는 '추사'가 거옹초완을 향해 달리는 정면 승부였다. 이로써 선생은 옹방강의 길을 버렸다는 것을 천명한 것이다. 강을 건너면 배를 나와야 뭍으로 갈 수 있듯이 '추사'는 선생에게 강을 건너는 배요, 지붕을 오르는 사다리와 같았다. '추사'를 더위잡지 않으면 선생은 새로운 자신의 집으로 들어갈 수 없음을 직감했다. 완원은 이론二論을 지어 선생의 길을 열었지만, 그렇다고 완원을 곡순영종曲徇影從하는 것이 아니라 그것을 실천하고 초월하는 의지의 표시가 바로 죽완에게 준 글씨였고, 명호로는 완당이었다.

더구나 조선의 낡은 서법이나 유학자들의 눈치 따위는 필요 없었다. 균정하고 바름을 버리고 괴怪를 선택한 것이다. 이는 엄정하고 단아함을 추구한 전통적인 조선 서체인 왕법王法[3]과의 정면 승부이기도 했다.

이 선택은 넓게 보면 구태의연한 조선과의 승부요, 나아가 죽은 공명을 사마달이 쫓아가듯 망한 명나라를 쫓는 춘추의리와의 승부였다. 좁게 보면 척화파와의 승부요, 집안으로 보면 안동 김씨 가문과의 위험한 승부였다.

그렇다. 시대와의 승부요, 관념과의 승부요, 또한 자신과의 정면 승부가 바로 완당이있다. 그래서 선생이 완당을 명호로 선택하는 순간 그것은 새로운 창조였다.

완당!

추사에서 시작하여 보담을 더위잡고 담연재를 넘어 완당으로 오기까지 참으로 긴 길을 급박하게 걸어 왔다. 명호의 변경이 바

---

3 왕법 : 왕희지의 서법.

로 선생의 번신飜身 과정이었다면 완당은 명호의 완성이었고, 학문과 예술의 길이었다.

추사와 완당만큼 선생의 학문과 예술의 세계를 보여준 명호는 없다. 그래서 선생의 명호 세계는 추사와 완당, 그리고 그 외 명호로 나뉜다고 해도 과언이 아니다. 추사가 꽃이라면 완당은 열매요, 추사가 터라면 완당은 집(堂)이다. 이제 선생은 추사를 통해서 학문과 예술의 터를 잡고 들어와 완당을 통해 자신만의 집을 짓게 된다. 완당은 단순히 완원과의 인연에서 온 명호가 아니라 거옹초완, 옹방강을 지우고 완원을 초월하여 자신의 당堂을 이루는 명호로 자리 잡는다.

12

동이지인, 거대한 바람 속에서
홀로 선 조선인 김정희의 선택

　　조선 후기에 조선을 가리키는 말 중에는 동국과 동이지인
이 있다. 그런데 동국東國과 동이東夷 사이에 풍기는 뉘앙스에 미
묘한 차이가 보인다. 동국은 명나라가 망하고 만주족 청나라가
들어섬으로써 없어진 중화를 계승하는 소중화로써 주체적 국가
를, 청과는 적대적 관계의 국가로써 뉘앙스가 있다면 동이는 만
주족 청과 정치적 관계와 앞서 바뀐 문명을 인정하지만, 구이九夷
중의 하나인 주변국으로써 청과의 동등한 관계를 가진 주체적 국
가를 의미하는 뉘앙스가 있다. 둘 다 주체적 국가를 말하지만 그
차이는 미묘하게 존재한다.

　　선생은 아마 '동국'이란 말에는 민감하게 대응했던 것 같다.
그래서 그런지 중국에 대응하는 조선을 동국이란 말보다는 동이

지인이나 천동을 즐겨 사용했다. 오히려 동국이란 말이 붙은 사조思潮 명칭에 대해 민감함을 넘어 비판의 강도를 높였다. 이광사의 동국진체에 대한 것이나 겸재의 조선 특유의 남종화인 동국진경풍속화에 대한 비판은 추상같았다.

조선이 명에 대한 의리를 지키는 것에 비하면 명의 조선에 대한 규제는 생각보다 심했다. 주자에 대한 정열적이고 신앙적 추앙에 비하면 조선에 들어온 중국의 서적은 초라하고 빈약하기 짝이 없었다. 어쩌면 지금 우리가 미국에 대한 선망과 선호하는 만큼 한국에 대한 미국의 규제가 강화되는 것과 마찬가지였으리라. 조선인과의 교제 금지, 서적의 판본 구입 제한 등을 보면 조선에서 대하는 것에 비하면 야박하다는 생각이 들 정도다. 그러한 명이 만주족인 청에게 허망하게 망하면서 그동안 중화를 정신적으로 지탱해온 주자학의 맥은 없어지고, 만주학인 훈고학이 중화를 삼켜 세상의 흐름을 바꿔 놓았다.

그러나 조선 유학자들의 생각은 달랐다. 조선에는 주자학을 실질적으로 이어갈 뿐 아니라 더욱 심화시키고 있었고, 이 자부심은 소중화 의식으로 나타나고 있었다. 이러한 의식은 반청의식과 맞닿아 있었다.

이 소중화 의식은 학문뿐 아니라 문화 전반에 걸쳐 나타난다. 학문은 조선 후기의 예학 등 성리학의 비약적인 발전을 가져왔고, 문화와 예술 분야에서는 조선 고유의 것을 찾았다. 소중화 동국인 조선에서 그러한 문화적인 우월감에서 나온 고유의 주체적 문화가 형성되는데 바로 화단은 겸재 정선을 중심으로 국화인 동국진경풍속화를 탄생시켰고, 서단에서는 이서, 이광사로 이어진 국서인 동국진체로 발현되었다.

반면에 청은 달랐다. 모든 것을 열었다. 이 청조에서는 완전히 해제됨으로 조선의 학자들은 목마름을 달랠 수가 있었지만, 아무도 열린 문을 통과하지는 않았고 문을 연 청나라에서도 들어오길 기대하지도 않았다. 조선의 학자들은 학자대로 청나라의 학문을 무시했고, 청나라 학자들은 학자대로 피지배국 조선의 학문을 무시 정도가 아니라 원시인 취급했기 때문이다. 조선은 나라가 가난하여 굶어죽는 사람이 많은 나라로 인식하고 있었으니 알 만도 하다.

이러한 상황에서 조선의 실학자들은 무너진 중화에 매달리기보다는 현실적으로 중화보다 우월한 청의 문화와 학문을 받아들이는 것이 만백성을 이롭게 한다는 생각이 깊었다. 이러한 실학 사상으로 무장한 북학파들은 조선 전반에 갈린 숭명반청의 사고를 벗어나기 위해 조심스럽게 다가간 홍대용을 비롯한 박지원, 박제가, 대청 외교의 정상화를 생각한 정약용 등이 시대를 이어 주도하였는데 주자 성리학자들과는 전혀 다른 학문과 예술을 추구하고 있었다.

이러한 흐름에서 선생은 북학파의 일원으로 청나라의 새로운 학문과 예술을 본격적으로 받아들이고 있었다. 스승 박제가의 영향도 있었지만, 연경을 다녀온 후 그의 학문과 예술은 청에 대한 정신적 장애 증후군을 털어버리고 연경 학계와 같이 호흡하는 등 급속도로 변화의 바퀴를 굴리고 있었다.

선생이 연경에 가서 놀란 것은 번화한 거리가 아니었다. 홀처럼 우뚝 솟은 성벽도 아니요, 놀고 유희하기 좋은 명소는 더욱 아니었다. 엄청난 규모의 궁전이나 사찰도 아니었다. 엄청난 분량의 서책과 방대한 자료, 그리고 이 방대한 자료를 바탕으로 연구하는 학자들이 마치 들에서 땀 흘려 일하는 농부들 같았다. 조선에 없는 책들이 일반 서점에 즐비했고, 조선에서는 퇴계, 율곡 이후 보기 어렵던 대학자들이 당실마다 넘치고 있었다. 조선에는 꿈을 꿔 보지 못한 학문들이 봄날 제비가 날 듯 활개를 치고 사회를 변화시키고 있었다. 그 맨 윗자리에 옹방강과 석학 완원이 앞으로는 선배 학자들을 받들고 뒤로는 후배 학자들을 독려하고 있었다.

이러한 청조문화의 회오리 속 한복판에 선생이 있었다. 기쁜 마음과 선망하는 마음으로 벌거벗고 들판 한복판에 서서 온몸으로 맞이하고 있었다. 그러나 거대한 바람 속에서 홀로 선 조선인 김정희는 스스로 아주 작은 동이지인일 수밖에 없었다.

그러한 선생의 변화 속에 조선에서 남아 꿈틀대는 성리학과 그 범주 내의 예술은 한갓 공리공담에 지나지 않았던 것이다. 선생의 입장에서 얘기하면 성리학적 가치관으로 철저히 무장한 사람들을 설득하려면 그 가치를 부정하지 않고는 나갈 방법이 없음을 깨달았는지 모른다. 세상이 엄청난 속도로 변해오는 것을 모르는 사람들이 얼마나 답답했겠는가?

성리학적 가치관을 깨기 위해서는 고증학적 가치관밖에 없었다. 어쩌면 원교 이광사를 비판하고, 겸재 정선을 신랄하게 비판하는 것은 당연했을지도 모른다. 또한 그들의 예술세계에 사용한 '동국'이란 말은 그 지역적 의미보다는 사상적 의미 때문에 더 예민했는지도 모른다. 더구나 청의 문화에 직접 압도당하면 어쩔 수 없이 작아질 수밖에 없었다. 학문을 하는 사람이면 학문에 압도당하고, 불교를 숭배하는 사람은 불교에 압도당하고 서예를 하던 선생에게는 금석학을 토대로 한 중국 서예에 압도당했으니 중국이 기준이 될 수밖에 없었던 모양이다. 그래서 선생의 선택은 차라리 동이지인[도22]을 선택한 것이다.

이후 동이지인은 친청파들에게 유행처럼 쓰는 명호가 되었는데, 특히 신헌, 이상적, 허련 등 추사의 제자들이 차용하여 사용하였다. 지금은 선생을 사대주의라는 비판 위에 세우는 꼬투리가 되었다.

그렇다면 선생이 명호로 사용했다는 동이지인은 단순히 그 압도당함만의 표시이고 선생의 사대주의적 발현만일까?

그러나 드디어 선생은 서법의 묘법을 스스로 터득하여 변화를 꾀하는 데, "동진의 왕희지 필세론을 통하여 가로획의 섬세함과 세로획의 거침을 배워가며 임모했고, 송나라 진사陳思를 통해서

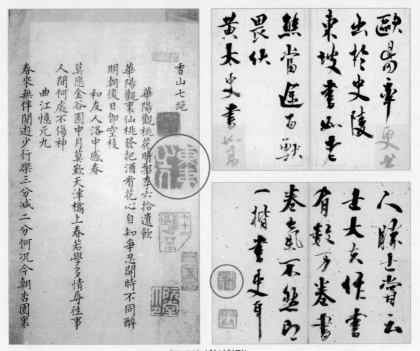

[도 22] 〈향산칠절〉

당나라 시인 백거이의 7언절구를 쓴 해서로, 칠십이구초당이란 인장도 함께 찍혀있다.

■ 17cm(3)×27.4cm, 한성봉 소장

가로획은 조각배가 강을 가로지르는 듯한 반듯함과 세로획은 또한 죽순이 찬 계곡에서 솟아 나오는 듯한 힘을 연마했으며, 명나라 왕세정을 통하여 정봉으로 골骨을 세우고, 측봉으로 태를 취하는 요법"을 연습하고 연습도23했다.

또한 "동기창을 통해서 붓의 운용의 묘를 배우며 굳셈과 날카로움으로 형세를 취하고, 빈 공간과 조화로써 운취"를 취하는 서법을 터득해간다. 그의 개성적인 디자인적 글씨의 배치는 모두 이렇게 연습과 서법의 공부를 통하여 연마된 결과이지 그의 천재성만 의존하기에는 설명이 부족하다.

뿐만이랴, 선생이 평생 추모하고 따랐던 "소동파의 글씨에서는 노회한 곰이 길을 가로막고 있는 것 같아 모든 짐승이 두려워 움츠리듯 웅장한 필세를 터득하고, 원 소천작을 통해서는 글씨 잘 쓰는 아전에서 벗어나기 위해" 추사의 평생 가르침인 글씨에서의 서권기를 담아야 한다는 교훈을 배웠다.

그러나 드디어 서법의 묘법을 스스로 터득하여 변화를 꾀하는데, 선생은 스스로 그것을 공제선전空際旋轉이라 하였다. 공제선전이란 팔을 들고 허공에서 자유롭게 붓을 운용하는 선생의 핵심적인 운필의 방법을 터득했으니 비록 동이지인에서 출발했지만 상하삼천년종횡십만리에 선생만 한 이가 없으니 그의 위대함이 우뚝 서지 않았는가.

[도 23] 선생이 글씨 연습을 반복적으로 한 흔적들

13

고우산인, 조선의 선비를 질타하고 일본을 경계하다

일본 문화론은 선생이 젊은 나이에 쓴 짧은 글이다. 아주 짧은 글이지만 강렬하게 다가오는 '일본 문화론'은 어리석고 나태한 조선 선비들에게 고하는 기고문이다. 짧아서 통렬하고, 강렬해서 가슴을 친다. 이 기고문을 마무리하며 외친 '고우산인'이란 명호 또한 선생의 진심 어린 호소가 담겨 있어 그의 안타까움이 전해진다. 우嵎란 선진민족이었던 시대 우리나라의 옛 이름이다.

젊은 시절, 그러니까 선생이 북학을 본격적으로 받아들이며 학문에 정진하고 있을 때 조일朝日관계에서 선생의 경각심을 다시 한 번 불러일으켜 급기야는 낡은 역사책에서나 찾아볼 수 있는 이름, '우嵎' 나라를 들고 나오게 되는 작은 계기가 일어난다.

일본에서 먼저 치고 나왔다.

일찍이 퇴계의 학문에 경도되어 있던 일본 학계의 태두 고가세리나는 조선에서의 송명학인 주자학의 폐해를 거론했고, 미야케 기츠엔은 고학古學을 연구하는 요체가 조선에서도 일어나야 한다고 주장하면서 조선의 학계에 파문을 일으켰다. 이러한 주장이 조선에서도 북학파들을 중심으로 번지고는 있었지만 일본에서 이런 주장을 조선에 대놓고 한다는 것은 의외였다. 일본의 학문은 늘 조선의 뒤에 있었기 때문이었다.

그러나 일본 학자들의 진단은 조선의 학계를 정확히 꿰뚫고 있었다. 당시 조선의 학풍은 주자학에 대한 교조적인 수용이 대세를 이루고 있었다. 시대가 변했음에도 여전히 통치 이념으로 자리 잡고 있는 주자학은 조선을 엉뚱한 방향으로 이끌고 있었다.

그럼에도 불구하고 조선의 학자들은 우선 일본이 칼 쓰는 법이라면 몰라도 학문에 대한 훈수를 한다는 데 대해 코웃음을 쳤다. 下士大笑之, 조선의 어리석은 애송이 유학자들은 이를 비꼬듯이 비웃었을 뿐이었다. 당시 주자학에 몰입해있던 조선 대다수 학자들의 이러한 반응은 예민하긴 했지만 당연했다.

그러나 선생의 생각은 달랐다. 그들의 주장을 겸허하게 받아들여야 한다고 생각했다. 물론 선생은 성리학에 대해 비판적 수용을 하며 북학을 받아들이고 실사구시를 천명한 상태였지만 많은 학자들의 몽매함은 조선 학문의 입지를 더욱 좁히고 있다고 보았다. 일본 학자들의 충고에 앞서 조선에서 스스로 받아들이고 지평을 넓히지 못함에 대한 안타까움이 컸다.

사실은 선생보다 그런 안타까움을 먼저 표시한 이가 바로 다산 정약용이었다. 정다산은 일찍이 고학 연구에 집중할 것을 주장하였다. 고학이란 송학, 즉 주자학에서 벗어나 공·맹자 시대의 본래적 의미를 찾는 학문으로 다산은 이미 조선에서 주자학에 교조적으로 빠져있을 때 반주자학의 기치를 들고 나온 것이었다.

다산은 주로 조선통신사를 통하여 일본의 학문을 접하면서 많은 학자들이 일본의 학문 수준을 얕잡아 보던 선입견과 통념을 깨버린다.

"일본은 원래 백제에서 책을 얻어다 보았는데 처음에는 매우 몽매하였다. 그 후 중국의 장쑤·저장 지방과 교역을 트면서 좋은 책을 모조리 구입해 갔고, 지금 와서는 우리나라를 능가하게 되었으니 부끄럽기 짝이 없는 일이다."

당시 조선 최고의 지식인인 다산이 일본의 학문을 인정한 것이다.

그러나 선생은 다산이 그러하고 자신도 다산의 생각에 동의한다 하더라도 일본에서의 그런 주장은 도가 지나친 것으로 봤다. 그러면서도 한편으로는 과감히 조선에 그런 주장을 할 수 있는 일본의 학문에 놀라지 않을 수 없었다. 그러한 주장의 뒷면에는 일본 학자들의 자신감이 숨어 있다고 보았기 때문이다.

그러한 일련의 과정이 지나갔다. 여전히 조선에서는 일본 학계의 주장에 코웃음만 치고 있었다. 그러던 어느 날 선생은 동도 사람 소본렴의 문자 세 편을 보다가 깜짝 놀랐다.

다산의 주장도 받아들이고 일본 학계를 어느 정도 인정은 하고 있었지만, 그동안 자신도 일본은 옛날 속체로 고질화되어 변모되기 어려울 것으로 봤는데 이 문자를 보니 그것이 아니었다. 일본의 현실은 이미 조선을 앞서고 있었다.

세상은 변하고 있었다. 선생은 19세기 국제 정세의 변화를 직감하고 있었다. 중화가 무너진 자리에는 청이 자리 잡아 새로운 중화를 건설하여 안정세로 접어들었고, 일본은 한 손에는 칼을, 한 손에는 책을 들고 급성장을 하고 있었다. 특히 일본의 변화는 심각할 정도의 대세로 자리 잡고 있었다. 오직 조선만 제자리걸음을 하고 있었고 그 변화를 감지하지 못하고 있었다.

참지 못한 신생이 붓을 들었다. 일본 문화론을 써 내려갔다고 어리석은 조선의 선비들에게 고하는 글이었다. 이 어리석은 유학자들을 깨우치지 않으면 조선의 앞날은 장담하기 힘들다.

옛날 우리나라는 일본에 문화를 전해주던 선진국이었던 우이국이다. 선진문화는 중화에서 우이국을 거쳐 왜로 가는 게 순서였다. 일본의 몽매함을 깨우던 우이국이 바로 우리나라다. 그 우이국의 자존심을 찾고 다시 선진 조선이 되어야 한다.

일본이란 나라는 무릇 왕인에 의해 문자가 전해진 이후 중국하고 교류하지 못해 중국에 대한 서적은 모두 우리나라를 거쳐 들어갔다. 그러나 비록 문자를 얻어가 모방해서 썼고 글이 누추하고 편벽되고 문세에 들고 내림과 전환과 오르내림이 없었다.

그런데 지금은 다르다. 100여 년이 지난 뒤부터 조금씩 변하더니 지금은 나가사키의 선박에는 무역은 둘째로 하고 천하의 서적이 바다를 통해 운반되어 이제는 문체가 빛나고 창명하여 우리보다 앞서고 있다. 뿐만 아니라 황간의 논어의소 같은 책은 중국이나 우리나라에는 없는 자료들이 지금까지 남아있다는 것은 놀라운 일이다.

이어서 선생은 사사모토다다시의 문필과 일본 문화에 대한 칭찬, 나가사키에 선박이 드나들며 날마다 중국 땅과 호흡을 함께한다는 사실에 놀라면서 한편으로 조선의 선비들이 구태의연한 미몽에서 깨어나야 한다고 역설하고 있다.

제발 그들을 깔보지 말고 경계하자. 옛날 우리나라는 일본에 문화를 전해주던 선진국이었던 우이국이다. 나는 조선인으로 옛 우이국은 우리의 뿌리다. 고우국의 자존심을 되찾자! 일본에 뒤처져있는 학문을 쫓아서 고우문화의 자존심을 되찾지 않을 것인가?

그리고 다산보다 한 발 더 나갔다. 다산은 이야기했다.

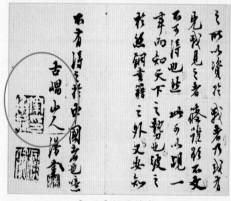

[도 24] 〈고우산인〉
■ 19.2cm×28.5cm, 과천시 사진

"일본의 학문이 군사력을 넘어서고 있어 문력文力이 지배하는 세상은 군사적 침략은 없을 것이다."

그러나 선생은 이 부분에서 다산과 생각이 달랐다. 다산은 학문과 문화가 발달하면 남의 나라를 침략하는 악습은 사라질 것이라고 믿었던 것이다. 그래서 일본의 군사적 침략은 걱정할 것이 없다고 한다. 학문을 통한 이성적 대화를 믿었던 다산이었다.

그러나 선생은 서적 외에 중국에서 가져가는 것을 오히려 더욱 경계하고 있다. 학문과 문화와 버금가게 받아들이는 군사

력을 걱정하고 있었다. 그들의 군사력을 경계하고 있어 정다산과
는 미묘한 차이를 보인다. 자국의 이익에 몰두하는 사무라이 정
권을 믿지 않는 선생이었다,

　　"그들이 중국에서 비단, 구리 그리고 서적 말고 얻어가는
　　것이 더 있지 않다고 누가 장담하겠는가. 일본을 경계하라!
　　아!!!"

　　　　　　　　　　　　　　고우산인古嵎山人이 쓰다…

　조선의 뿌리를 얘기하는데 완당을 쓸 것인가? 보담재를 쓸 것
인가? 추사를 쓸 것인가? 당연히 옛 일본에 문화를 전해주던 그
이름 '우'를 써야 마땅하다. 고우산인만큼 이 기고문에 어울리고
상황에 맞는 명호는 찾아볼 수 없다. 그러니 당연히 고우산인이
다. 명호 고우산인은 이렇게 탄생했다. 고우는 선생이 본 선진 조
선의 자부심이었다.

14

천동, 현비법을 자랑하다

천동天東은 주학연과 인연이 깊다. 주학연은 연경 길에 만난 청나라 학자이지만 유머가 있고 장난기가 많은 사람이다. 그림을 잘 그린다. 호가 야운이다. 주학연이 우리에게 익숙한 것은 선생이 연경에서 떠나올 때 석별의 정을 나누는 장면인 '추사전별도' ^{도25} 를 그려준 사람으로 기억하기 때문이다. 옹방강의 문인으로 선생을 만날 당시 50세가 넘은 노익장이었지만 젊은이들과 격의 없이 농을 주고받을 정도로 붙임성이 좋고 개방적인 사람이었다. 그리고 20년이 지난 후까지 선생과 인연을 잇고 있는데 그 내용이 재미있다.

가을빛이 완연한 어느 날 완원의 아들인 소운한테 한 통의 편

[도 25] 〈추사전별도〉
주학연 선생이 연행을 마치고 귀국하게 되자 그동안 중국에서 사귄 친구들이 모여 송별하는 모습을 그린 작품이다.

지가 날아온다. 반갑게 뜯어보았는데 뜻밖에 주야운의 소식이다. 주야운이 나이 70에 함추각이라는 정자 하나를 지었다는 소식이다.

아마 함추각은 강가의 야트막한 기슭에 지었는지 문밖의 산은 멀지만 홀처럼 우뚝 솟은 산이어서 바로 문 앞에 있는 듯하고, 창 너머로 보이는 강물은 집을 휘돌고 나가니 마치 호수 속에 떠있는 집처럼 보인다. 중국인들이 집을 지을 때 즐겨 쓰는 차경법이었다. 일본인들은 나무나 경치를 직접 집안으로 끌어들여 조경을 하지만 중국이나 한국인들은 밖에 있는 경치를 빌려와 집을 짓는다고 한다.

그리고 굳이 정자 하나만 지었다면 멀리 조선까지 소식을 전할 것 까지는 없는데 소운이 전하고자 하는 요지는 그 경치 좋은 곳에서 아내와 밤별을 보면서 그 나이에 늦둥이 딸을 하나 얻었다는 것이다. 큰아들도 이제 겨우 16살이라니 그의 노익장은 연경에 이미 알려진 바였다. 짓궂은 연경 학자들 모두 나이 칠십에 얻은 늦둥이라는 것을 시를 써 놀리지만 은근히 그의 노익장을 부러워하고 있었다. 그중에 고순이란 사람은 시를 지어 아무리 먹물을 휘두르며 늙어갈 줄 모른다고 하나 아이 낳는 것이 70에는 드물다고 누가 말했느냐고 감탄해하기도 했다.

이런 소식을 접한 선생은 소운이 보낸 글의 행간에서 읽은 농 때문에 한바탕 웃어버리지만 속내는 아려온다. 선생으로써는 참 부러운 이야기다. 젊은 자신에게는 우연찮게 얻은 서얼 상우 말고는 아직 적손이 없다. 그러나 아무튼 축하할 일이다. 야운을 보면 54세에 아들을 보았으니 자신도 기대해 봄이 어떠냐는 의도가 숨어 있었을까. 회춘의 축하시를 보내기로 마음먹는다.

함추각도 지었다 하니 주련 하나를 보내야 하는데 문득 야운이 좋아하던 시구가 떠오른다. 유득공의 시다.

"古木曾嶸雅去後　夕陽沼遞客來初"
고 목 증 영 아 거 후　석 양 초 체 객 래 초

잎도 성성한 고목은 까마귀 가고 나면 더욱 쓸쓸한데, 석양까지 지는 데, 아 반갑구나. 그나마 손님이 찾아오는구나 라는 뜻이다. 이 시는 사람 맞이하기 좋아하는 야운이 좋아할 만한 시다.

옹방강과 달리 나이 들어도 야운은 사람들을 만나기를 좋아했고, 담화를 즐겼다.

그리고 야운은 이 시에 대한 추억도 있다. 언젠가 그 시를 보고 그림 그리기 좋아하는 야운이 문득 쓸쓸함을 묻어나는 것이 싫었던지 고목에 까마귀를 가득 채운 '고목한아도'를 그려주었다. 그의 그림에 있는 고목은 아직 까마귀들이 가득하여 북적이고 기운까지 상서롭다. 고목에 다시 까마귀들이 모여들어 생기를 돌게 한 것이다. 선생의 서재 한편에는 아직까지 그 그림이 벽에 걸려 있었다.

그런데 지금 그 시를 다시 돌려 생각해보니 앞의 구절은 왠지 늙고 쓸쓸한 주야운의 모습을 대변한 것 같았고, 뒤의 구절는 그런 나이에 자식이 찾아왔으니 얼마나 기쁘랴는 뜻이 있지 않은가?

이미 늙어 주변에는 사람조차 찾지 않아 까마귀 떠난 고목나무 같은 신세인데, 먼 산의 석양처럼 스러져가는 인생사에 딸자식 하나가 반가운 손님처럼 찾아왔구나.

유득공이 마치 야운의 노년의 회춘을 예견이라도 했는지 멋진 시구를 지었다. 선생은 연대聯對로 이어서 시를 쓰는데, 그의 그림은 떠났던 까마귀들이 다시 찾아와 반가움을 더하고 불로장생을 기원하는 모습으로 다시 살아나고 있지 않은가.

고목에 까마귀는 찾아와 좋은 소식을 전하려 모이는구나.
시정은 화정으로 옮겨가는데
불로장생의 기원은 끝이 없고
홀 밖의 가을빛은 벼루에 가득하구나.

다시 찾아온 회춘을 축복 드리며 이 글을 쓴다. 추사의 해학적 기지다.

시를 짓고 나니 일필휘지다. 마침 터득한 현비법을 시험한다. 현비법으로 썼으니 그의 자유로운 팔의 움직임은 천하를 옮길 듯하고, 붓의 놀림은 마치 물이 돌부리를 휘감듯하며, 이미 시정은 폭발하여 주체할 수가 없이 화선지 위를 가을빛으로 물들이고 있었다. 선생의 자신감이다.

그리고는 '천동의 김정희가 쓰다.' ^{도26} 그리고 그 사이에 낙관은 '조선국인' 을 찍는다. 이것은 선생의 메시지다. 천동이란 동쪽 하늘이요, 이 말속에는 '동쪽 하늘에는 내가 있다. 그리고 나는 조선 국인이다.' 라는 자신감이 묻어있다. 주도면밀한 선생의 성격이 나타난다.

젊은 시절 선생은 그랬다, 연경 이후 옹방강, 주학연 등 중국학자들과 교류하면서 많은 중국의 글씨를 임모의 과정을 거치면서 선생은 비로소 자신만의 서법을 만들어가는 입고入古의 과정을 동쪽 하늘(천동)의 조선국인 김정희가 해내고 있다고 자신만만해 하고 있었다.

[도 26] 주학연을 위해 쓴 〈함추각〉
■ 135cm×32.5cm, 행서 대련, 손창근

그리고 또 하나, '연경으로 달려가서 직접 보고 벗들과 실컷 교류하고 싶은 마음이야 굴뚝같지만 가지 못하고 먼발치 동쪽 하늘에서나마 애타게 그리워하고만 있소.' 라는 연민의 정도 함께 실려 있는 중의의 명호다. 다시 말해 명호보다는 '동쪽 하늘의 김정희' 라는 수사 어구 정도로 이해해도 될 듯하다. 선생은 이렇듯 명호를 하나의 문장으로 사용하는 경우도 종종 보인다.

이렇게 시작한 천동은 추사가 40대에 쓰던 명호, 주로 중국 사람에게 글씨를 써줄 때 쓴 명호로 이미 아버지 김노경뿐 아니라 많은 사람들이 송신지명으로 자주 쓰던 것을 작품 명호로 활용한 예다.

15

노복정암, 젊은 시절 자유가 그립다

사람은 누구나 젊어지기를 바란다. 좋은 시절이 있으면 그 좋은 시절이 끝이 없기를 바라지만, 젊음은 세월과 함께 덧없이 흘러가고 사람은 늙어가니 늙어지면 젊음을 그리워한다.

노복정老夏丁! 늙은이가 다시 정정해진다는 뜻이다. 선생의 나이 어느덧 51세 이르렀다. 더불어 나이만큼 꿈도 많아졌다. 몸은 늙었으나 아직 연경과의 교류는 끝이 없고, 그의 옆에는 몇 해 전에 소운으로부터 받은 황청경해도 있었지만 그에게 쏟아지는 과중한 업무는 '세상 사이에서 매양 마름처럼 흩어지고 다북처럼 휘날리기가 일쑤'여서 또 그가 이루지 못한 꿈만큼 많았다. 그에겐 아직 배울 학문은 많았고 못 이룬 것은 산더미처럼 많았다. 그 나이의 완원을 보면 완원이 그랬던 만큼 선생은 조선에서 해놓은 것이 없었다. 늙어간다는 것이 이렇단 말인가.

그런데 그동안 뜸했던 초의한테서 편지가 날아왔다. 초의는 편지를 쓸 때마다 선생을 놀리는데 재미를 붙인 듯했다. 세속에 묶여 있는 완당를 놀렸고, 편지 속에는 속세에 묶이지 않은 자신의 자유분방함에 나래를 달았고, 자신이 키우는 차나무에 대해 자랑했다. 특히 차 이야기는 선생을 아연 놀라게 했는데, 부러운 마음에 전생의 인연으로 산승에 목숨을 기댄 초의라고 되받아 놀리기도 했지만 여전히 산중 초의는 선생에게 한줄기 빛의 길 같은 존재였다.

오늘도 잠시 업무를 옆에 밀어놓고 창가에 앉아 초의가 보내준 차를 마시며 답장을 준비한다.

날씨는 쌀쌀했지만 봄기운이 정원에 가득했다. 기운이 생동했다. 그러나 기운은 생동하나 언뜻 거울을 보니 세태에 찌든 채 주름만 늘어가는 자신의 모습이 어느덧 늙어 보이는 게 아닌가.

완당 선생의 관직으로 전성기는 바로 50대 초반이다. 특히 50대 초반에는 그의 벼슬이 정점에 달하고 있어 모든 관직이 승승장구하여 그의 직제가 좌부승지였으므로 그는 정신없이 관직을 수행해야 했다.

그의 체력은 바닥이 나고 바닥난 체력에서는 학문이고 서예를 한다는 것이 힘들고 고된 것이 사실이다. 팔을 들어 붓을 세우고 천하를 주유하듯 필획을 다루는 여유는 물론이고, 시를 짓고, 학문을 연마할 시간조차 거의 없었다. 완당의 장년 글씨를 보기 어렵다는 이유다.

젊은 시절, 그 자유분방하게 학문을 논하고, 서법을 논할 때가 그립다. 더구나 초의선사와 선문답을 나누며 차를 마시던 그 시절이 다시 올까? 정치에서의 학문은 다만 자신의 입지에 대한 개연성을 높이는 일일 뿐이고, 정치에서의 서예는 한갓 여사를 즐기는 방편일 뿐이었다.

선생에게 젊음이란 자유요, 자유란 아무것에도 구애받지 않는 정진을 의미한다고 볼 수 있다. 물론 이것에는 시간뿐 아니라 재

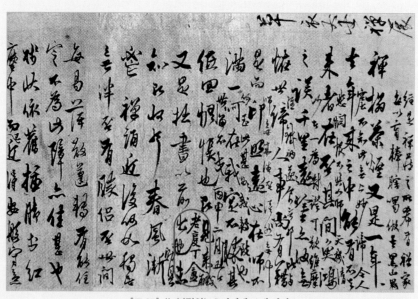

[도 27] 〈노복정암〉 초의에게 보낸 편지

■35.5cm×45cm, 소장처 미상

산, 학식, 사고 등이 포함되지만 '추사'라는 이름으로는 모든 자유를 가지고 있었다.

이런 관점에서 선생에게 자유란 어쩌면 추사로 산 24세 이후 34세 정도까지 10여 년 동안이라는 생각이 든다. 34세 넘어서는 직장에 얽매였고, 55세 넘어서는 유배에 얽매였고, 63세 넘어서는 생활고에 자유롭지 못하였다. 따라서 선생이 복정夏丁하고 싶은 시절은 그 10년의 자유가 아닐까.

바로 일 년 전에 은명을 받아 기쁘고 감격하더니 이제 번거롭고 속된 세상인 홍진에 다리를 박고 헤어 나오지 못하고 있다고 투덜대고 있다. 어찌 보면 노복정암老夏丁盦은 선생이 양주학楊州鶴[4]을 가질 수 없음에 부린 투정이 아닐까

그는 문득 초의 선사에게 한 통의 편지를 쓴다.

"세간에서는 언제나 부평초나 다북쑥처럼 떠돌아다니기가 일쑤였는데, 관직을 수행하려 이곳저곳 옮겨 다니다 보니 한곳에 머물며 관직에 구애받지 않고 돌아다닌다면 얼마

---

4 옛날에 사람들이 자신의 소원을 말하며 놀고 있었는데, 누구는 좋은 벼슬을 말하는 양주자사가 되고자 했고, 누구는 재물이 많기를 원했고, 누구는 학을 타고 노는 신선이 되는 것이 소원이라 했다고 한다. 그러자 다른 한 사람이 말하기를, 자신은 "허리에 십만 관貫의 돈을 차고 학을 타고서 양주의 하늘을 오르고 싶다."라 했다고 한다. 권력과 재물이 있는 신선이 되고자 하는 욕망을 모두 채우려는 것으로, 실현 불가능한 욕심을 나타내는 용어로 쓰인다. 이 세 가지를 동시에 다 누릴 수는 없다는 것이다.

나 좋겠느냐? 번거롭고 속된 세상인 홍진에 다리를 박고 헤어 나오지 못하고 있다."

며 자신이 구속된 삶으로 늙어가는 것을 한탄한다.

그러니 당신처럼 속세를 벗어나 차를 마시며 세상을 관조하는 당신이 얼마나 부럽겠느냐고 한탄하며 그는 다시 젊은 시절로 돌아가고픈 심정을 담아 노복정암^{도27}이란 명호를 써서 편지를 마무리한다.

선생도 이제 늙어가고 있었다. 선생은 명호에서 이후 노老자를 명호에 많이 넣게 되는 데 그 시초가 바로 노복정암이다. 직후 이듬해 선생은 스스로 노완이라 칭한다.

老夏丁盦, 다시 젊어지고 싶은 소망, 그 젊음 속에서 영원하고자 하는 그의 자유, 추사 고택 사랑채의 해시계 기둥에서 돌을 붙들고 소망하는 '석년'의 의미가 또 겹쳐서 온다. …

선생의 이런 소망을 기억해 두었던 초의는 후에 반로환동返老還童의 효과가 있는 몽정차에 버금가는 차를 보내주니 그들의 우정이 새삼 다향보다 진하다.

16

병거사, 병든 세상을 은유하다

일반적으로 '거사' 라는 명호를 쓸 때는 '어디 어디에 기거하는 사람' 정도로 쓰인다. 선생은 거사라는 호를 40대 후반에서 50대 초반에 주로 썼다. 특히 초의 선사에게 써준 글이나 편지에 이 명호를 자주 사용했다.

항상 선생은 초의가 산중에 기거하는 자유인임을 부러워했다. 초의의 삶이 부러웠지만 초의처럼 살 수 없었고, 초의의 사유가 부러웠지만 초의와 같은 사유를 할 수 없었다. 초의처럼 여유롭게 은유자적하고 싶었지만 실제로 선생의 주변 상황은 은유자적을 허락하지 않았다. 그러나 마음까지 그러고 싶지 않았다. 마음만은 은유자적 산중 거사요, 시를 짓는 문중 거사요, 풍류 거사이고 싶었다. 유명훈에게 그려준 난맹첩의 거사가 그랬다. 그러니

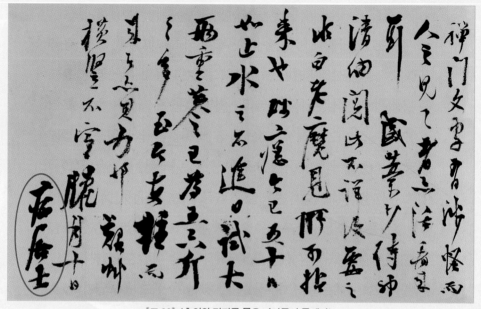

[도 28] 〈초의와 편지를 묶은 나가묵연 중에서〉

■33.3cm×46.4cm

초의 자네만 거사인가 나도 거사일세. 약간 질투가 섞인 농담이 묻어나는 명호다.

그렇게 시작한 거사였다. 선생도 그런 의미로 쓰기 시작하다 가 점차 선생 고유의 삶이 젖어들어 간 명호로 번화變化한 것이 병거사病居士다.

선생은 아버지 김노경이 김우명의 고변에 의해 유배 가면서부 터 1830년경 벼슬을 물러나 있었다.

그런 와중에도 선생에게는 좋은 일이 많이 벌어졌다. 연경으로부터 황청경해도 얻었고, 황초령의 진흥왕 순수비 탁본을 이재 권돈인으로부터 얻어 금석학 연구의 한 획인 「예당금석과안록」 이라는 논문도 끝냈다.

가장 선생을 고무 시킨 것은 아버지 김노경의 억울함을 호소하 는 격쟁을 하며 격렬하게 반발, 1833년 9월 드디어 아버지가 유 배에서 풀려난 것이다. 선생의 가문에도 다시 기회가 찾아왔다. 정계에 다시 발을 들여놓을 수 있는 계기가 마련된 것이다.

그러나 11월 순조가 급 서거. 어린 헌종이 즉위하면서 안동 김 씨 가문의 실력자 김조순의 딸이자 김좌근의 누이인 순원왕후의 섭정이 시작되면서 모든 것이 물거품이 되었다.

세상은 다시 어둠 속에 묻혔다. 그들의 전횡이 시작되었고, 선 생의 당여들이 하고자 하는 일들은 뒤로 밀리거나 아주 없어졌고 청나라와의 학문적 교류는 미미했다. 백성들에게 이로운 것이 아 니라 자신들에게 이로운 것만 선택하였다. 나라를 위하고 백성을 위하는 사람들은 다시 사림으로 돌아가 숨고 있었다. 그런 판국 에 선생의 선택은 한 길밖에 없었다.

선생은 병을 핑계로 벼슬에 나가지 않고 병거사를 자처하며 과 천에서 아버지와 함께 머문다. 선비로써 당연한 선택이었다. 그 러나 단순히 물러난 것이 아니라 유마거사[5]를 자처한 것이다. 병

---

5 유마거사 : 부처님의 재가 제자로 병을 핑계로 병문안 온 입문 제자들을 깨우치게 한 거사.

든 세상에 대한 은유였다. 유마거사가 그랬듯이 많은 사람들이 문병을 와 세상의 병을 고치는 법을 물으면 그들과 함께 도모하고 모색할 길을 찾으려 했는데, 권력을 쫓는 사람들은 그의 뜻을 외면한 채 병문안은 오지 않는다. 간혹 찾아오는 이들은 그의 병든 뜻은 모른 체 하고 다만 글씨만 요구한다. 세상인심이 그런 것이다. 선생은 매우 당황스러웠다. 은둔 거사 시기가 길어질 조짐이 보였다.

그런데 더 서운한 것은 초의마저 선생의 병거사를 외면하고 있다는 것이다. 한편으로는 그가 병거사를 자처한 것은 다분히 초의를 겨냥한 것도 있었기 때문이다. 초의와 세상일을 터놓고 얘기하고 싶었다. 초의가 최후 보루였다. 그런 그가 미동도 하지 않고 있다.

유마거사의 병거사를 빗댄 것을 모를 리 없는 초의였다. 유마거사는 재가불자였듯이 선생도 재가불자요, 석가의 제자들은 모두 입문한 제자이듯이 초의 또한 입문 제자인데, 선생은 끊임없이 병거사^{도28}를 자처하며 편지를 쓰고 또 쓴다. 그렇게 병거사를 자처했으면 한 번쯤 문병을 와야 하는 것이 아닌가. 다른 사람은 몰라도 초의만은 알아채야 하는데 눈치를 못 챘는지, 눈치를 챘으면서 속세의 일이라 모른 척 했는지 초의는 마치 바위가 된 듯이 별 반응이 없이 무심할 뿐이다.

더구나 병거사에 대한 답변은 그만두고 초의가 제대로 차도 보내주지 않는다. 초의는 선생의 재촉에도 아랑곳하지 않았다. 마치 선생이 젊었을 때 경주까지 먼 길 달려온 초의를 바람맞힌 것을 보복이라도 하듯이 초의는 선생의 마음만큼 편지도 보내지 않았고, 차도 보내주지 않았다.

이 편지를 보면 선생이 얼마나 급했는지 알 수 있다.

"편지를 보냈는데 답장도 없고, 생각하면 늙어 머리가 하얀 연령에 갑자기 이와 같이 하니 우스운 일이오, 달갑게 둘로 갈라진 사람이 되겠다는 건가. 늙은이를 이렇게 안달 나게 만들어 점잖지 못하게 만드는 것이 선이냐? 내가 스님을 보고 싶지도 않고, 스님의 편지도 보고 싶지 않지만 차의 인연을 끊은 수가 없으니 빨리 보내주시게. 편지도 필요 없고, 두 해 동안 쌓인 빚을 한꺼번에 보내주게나. 안 보내주면 아마 각오해야 할 거다."

그런데 초의한테는 소식이 없고 선생의 애타는 걸명에도 아랑곳하지 않고 무관심하기만 하다. 마치 중간에 편지 전달 사고가 났는지 몇 번이나 확인했다. 소식을 나르는 하인들을 책망하기도 했지만 소식이 없는 것은 그들의 잘못이 아니었다. 그 안달하는 마음에 진짜 병이 날 조짐이었다. 갑자기 초의가 밉다.

학질은 하루를 걸러도 견디기 어려운데, 차를 마시지 못하니 아침저녁 오한과 열이 번갈아 일어난다. 산에 있는 중이 중생이 찾으면 가고, 중생이 아프면 병을 고쳐주는 게 맞는 게 아닌가.

내가 진정 지금 병에 걸려 죽을 지경인데 의왕의 손을 아끼는 것이 어찌 중이라 하겠는가. 당신이 가지고 있는 차가 관음의 구고단임이 분명한데 그 관음의 구고단을 빌려주지 않으니 몹쓸 중 같으니라고…

선생의 중얼거림은 끝이 없었다. 이 정도면 차를 마시고 싶어 병이 들었다 해도 될 성 싶었다. 이제는 핑계로 자처했던 병거사가 정말 병이 난 거사가 되었다. 거사의 병이 깊으니 병거사로다.

'내가 병을 핑계로 들인 것인지, 아니면 정말 병이 든 것인지 정말 모르괘라!'

병든 세상을 핑계로 시작한 병이었지만 이제 정말 병이 된 것이다.

그런데 그러던 어느 날 초의로부터 좋은 차가 왔다. 반가운 마음에 편지 내용은 보이지 않고 차만 보인다. 차포를 받았는데 차의 향기에 감촉되어 문득 눈이 열림을 깨닫겠으니 편지가 있고 없음은 본래 계산하지도 않았다. 초의가 스스로 만든 차를 보내왔는데 몽정차나 노아차 못지않았다. 그 차를 마시니 반로환동返老還童 효과가 있다는 몽정차蒙頂茶 못지않게 자신의 정신을 돌아오게 하고 있었다.

몽정차란 어느 연로한 스님이 오랜 병환으로 목숨이 경각에 달려 있었는데, 어떤 노인이 찾아와 춘분이 되기 전 번개 치는 날 몽산蒙山의 차를 달여 복용하면 나을 것이라고 일러준다. 사경에 이른 스님은 밑져야 본전이라는 생각으로 그대로 따르지 않을 수 없었다고 한다. 차를 정성껏 달여 다 마시기도 전에 병은 나았고 오히려 젊음까지 되찾았다는 것이다.

그렇게 재촉하고 받은 차를 먹고 무안했던지 선생이 편지를 보낸다. '이 몸은 차를 마시지 못해서 병이 든 것인데, 지금 차를 보니 나아버렸네. 혼자서 좋은 차를 마시고 남과 더불어 같이 못하니, 이는 감실龕室 속의 부처도 자못 영검하여 율律을 베푼 것이라 웃고 당할 수밖에 없네. 가소로운 일이로세.'

병이 나았다는 것이다. 병이 나았으니 한편으로는 병을 핑계로 은둔한 것을 풀고 세상으로 나올 명분을 찾은 것이다. 그래서 그의 은둔 시기는 아주 짧게 끝낼 수 있었다. 선생으로서는 고마움을 표하는 데는 글씨만 한 게 없다. 유마가 그랬듯이 그에게 비답을 내려야 병에서 완전히 해방되는 것이다.

그래, 당신은 '차로써 선에 들게 하는 사람이다.' 바로 명선^{도29}이다. 초의에게 명호를 하나 만들어 준 것이다. 호기號記를 옆에 적는다. 고마움 만큼 큰 글씨다. 선생이 받은 감동의 크기만큼 필력의 감동이 밀려오는 글씨다. 글씨에서 풍기는 기운은 곧장 보는 이를 무찔러 들어올 만큼 힘이 뭉쳐 있다. 당연히 병거사가 쓴다.

그러나 초의가 그 명호를 실제 사용했는지는 알 수 없다. 선생은 글씨 한 점 써주고 비답을 주는 척 퉁 치려고 했을지도 모른다.

[도 29] 〈명선〉
■ 115.2cm×57.8cm, 간송미술관

선생은 초의 하나로는 차를 받는 게 성이 차지 않았는지 만휴나 향훈, 관화, 만허 등 차를 만드는 스님들과는 친분을 유지하며 차를 공급받았다. 특히 차 만드는 공력이 높은 향훈에게는 또 '다선茶禪'이라는 명호를 지어 주었다.

세한도의 전조였다. 병거사를 자처하고 과천으로 물러나 있을 때 각박한 세상인심을 뚫고 다시 세상 속으로 돌아갈 명분을 찾아준 초의가 보내준 좋은 차에 대한 고마움으로 '명선'이 나왔다면, 제주 유배에 따른 세상인심의 조석변이를 비웃은 이상적의 의리에 대한 고마움이 세한도가 아닌가?

차후, 제자 소치 허련은 또 세상의 병 때문에 어떤 말 못할 고민과 시련에 휩싸였는지 스승의 병거사를 넘어 이름을 유維요, 호를 마힐摩詰이라 하고 유마거사를 자처한다.

이학, 학옹 김정희와
학천 유명훈의 공동 명호

　이학二鶴은 한동안 선생이 기생 명훈에게 그려준 작품이라고 회자되었던 난맹첩에 쓰인 명호다. 그러나 명훈이 기생이 아니고 추사의 제자이자 전담 장황사로 밝혀진 이래 지금은 기생 이야기에는 실소만 남아있다.

　유명훈에게는 금지옥엽 같은 아들 재소가 있었다. 더구나 비록 어리지만 이 재소에게 글씨를 쓰고 그림을 그리는 재주가 남다르고 특히 난을 치는 재주가 보여 다른 사람의 그림을 표구하는 장황사로서 명훈에게는 뜻밖의 귀한 선물이었다. 더구나 그의 곁에는 당대 최고의 예술가이자 학자인 완당이 있지 않은가? 재소의 꿈에 날개를 달아줄 사람이 자신의 최측근에 있었다는 것은 행운이었다. 아마 재소가 나중에 그림을 배우고 싶어 선생의 제자가 되고자 했을 때 난맹첩을 들고 얼마나 기뻐했겠는가?

1838년 무술년 새해가 밝았다. 과지초당으로 내려와 첫해를 맞는 새해다. 명훈이 인사를 왔다고 기별이 들어왔다.

선생의 집안으로는 지나온 몇 해가 매우 절박한 시간이었다. 안동 김씨 가문의 실권자 김조순이 죽자 이듬해 고금도로 유배 갔던 아버지가 해배되어 돌아왔다. 순조의 힘을 받은 아버지의 정계 복귀가 이뤄졌고 선생은 일상으로 돌아올 수 있었다.

그런데 순조의 급작스런 서거는 안동 김씨 가문들에게 기회가 되었고, 경주 김씨 가문들에게는 위기가 되었다. 헌종이 즉위하자 김조순의 따님이자 김좌근의 누이인 순원왕후가 수렴청정을 시작한 것이다. 더구나 왕비로 간택의 치열한 힘겨루기에서 간택된 여인은 이쪽의 노력에도 불구하고 다름 아닌 김조근의 따님인 효현왕후였으니 곧바로 위기가 돌아왔다.

모든 것이 물거품이 되었다. 그에 충격을 받았는지 아버지 김노경이 생을 마감하였다. 아버지의 죽음은 선생의 낙향을 서두르게 했다. 선생의 정치적 꿈도 일시 접어야 했다. 아버지의 시묘살이를 핑계로 과천으로 낙향하여 거사를 자처하며 은둔하고 있을 때 명훈이 찾아온 것이다.

생각해보면 선생이 맘을 터놓고 이야기하는 사람이 몇이나 될까? 학자로서의 고민, 정치인으로서의 고민들은 가볍게 털어놓고 싶지만 가볍게 털어놔서는 안 되는 고민들이다. 작은 파장이 나중에 어떤 파도가 될지 누구도 예측할 수가 없기 때문이다. 실제로 후에 선생의 제주 유배도 말이 소문이 되고, 허황된 소문이 커진 데서 시작되지 않았던가? 특히 시기가 시기인 만큼 선생의 행동거지 하나, 말 하나가 모두 예의주시 당하고 있을 때였다. 그래서 선생에게는 말을 조심하고, 말을 아끼고, 말을 하지 않음이 덕이었다. 선생이 유마거사를 자처하며 사람들의 만남을 꺼려하며 명호까지 그렇게 사용한 이유다.

그래도 사람에게는 임금님 귀는 당나귀 귀라고 말할 함지가 필요하다. 그 속 시원한 함지를 선생은 몇이나 가지고 있을까? 아마 둘 정도는 될 것이다. 그런데 공교롭게도 이 둘이 모두 난하고 연관되어 있다. 한 사람은 불이선란을 그려준 달준이고, 또 한 사람은 난맹첩을 그려준 명훈이다.

그들 간에 어찌 달준의 먹 가는 일과, 명훈의 장황사만의 일이었겠는가. 선생의 억지를 받아줄 사람들이요, 선생의 주정을 받아주고, 선생의 씨부렁을 받아줄 함지들이다. 선생의 농을 이해하는 사람들이요, 선생의 해학을 즐길 줄 아는 사람들이었다. 선생의 학문으로 보나, 집안으로 보나, 지위로 보나, 함부로 농으로라도 여자 이야기도 하지 못할 위치에서 그 말을 쏟아낼 함지가 특히 명훈이 아닌가.

달준은 옆에 두고 늘 농을 하고 직접 말을 했다면 명훈과는 사는 곳이 달라 주로 쪽지로 주고받았다. 수많은 쪽지가 오갔다. 긴

사연도 필요 없고 간단한 안부말도 쪽지로 주고받았다. 편지를 보내더라도 형식을 갖추거나 봉투에 넣어 수신자를 확실히 하지도 않았다. 그저 쪽지였다. 카운터에서 주방으로 음식을 주문하는 그런 쪽지였다. 그런 쪽지에 격식이 뭐 필요했겠는가. 명훈과는 글씨의 격도 따지지 않았다. 끄적거리는 글도 상관없었다. 그에게 보낸 쪽지는 글씨가 아니라 말이었기 때문이다. 그만큼 명훈은 같이 있지는 않았지만 늘 같이 있듯이 말을 전했다. 그런 명훈이었다.

그동안 뜸하던 명훈이 새해 인사를 온 것이다. 명훈이 그동안 매우 아팠는데 쾌차하여 다행인데다가 다시 걸음을 하여 집까지 왔다니 더욱 다행이었다. 선생에게는 반가운 손님이었다. 북적이는 새해였지만 터놓고 자신의 북적거림을 맛보지는 못했다. 선생은 평소 북적거림을 즐겼다. 스트레스 해소법이다. 명훈은 터놓고 북적거림을 맛볼 수 있는 몇 안 되는 사람이다.

선생은 대문 밖에 세함歲衝상을 내걸게 했다. 다른 방문객들은 부재중이니 이곳에 쪽지를 남기라는 뜻이다. 그만큼 명훈의 방문은 남달랐다.

선생의 집처럼 명훈의 집에도 경사와 애사가 겹쳤다. 애사는 집안에 큰 송사가 걸려 그 후유증이 컸고, 경사라면 재소가 드디어 재기가 보이는 것이었다.

그와는 격의 없이 지낸 세월, 격의 없는 대화 속에는 여자 이야기도 있고, 기생 이야기도 있다. 그날도 진하게 19금 이야기를 나누며 모처럼 둘만의 만남을 즐긴다. 모처럼 신기와 홍취도 취해 본다.

어느 정도 홍취가 일자 새해도 됐고 지필묵을 준비시켰다. 명훈이 예전에 글씨를 부탁한 적이 있는데 몸이 아파서 들어주지 못했던 미안함도 더했다.

"자네는 학천, 나는 우학일세. 그러나 두 학이 마음을 같이 해보세. 이인동심이면 그 향이 난과 같다 하지 않았나? 그러니 오늘은 난이라도 쳐서 금란지교를 맺기로 함세. 난 맹 말일세."

난을 치기 시작했다. 선생은 그동안 묵혔던 말을 난으로 풀어내고 있었다. 그래서 난맹첩은 말이 매우 수다스러울 정도다.

어느 날 공자가 천하를 주유해도 알아주는 이 없자 실망하고 돌아오다가 우연히 누구도 알아주지 않는 곳에서 묵묵히 피우는 향내를 찾았더니 그곳에 난이 있어 탄복하며 군자의 도를 얻었다 한다. 그래서 남이 알아주지 않아도 고결한 태도를 잃지 않는 모습을 난 같은 군자라 했으니, 거사를 자처하고 낙향한 지금 선생의 처지야말로 군자의 태도가 아니겠는가 하고 자신의 심경을 표하는가 하면 또한 농담을 꺼내기도 한다.

'자못 여자 이야기가 나와야 홍취도 인다네. 난을 그리는 데도

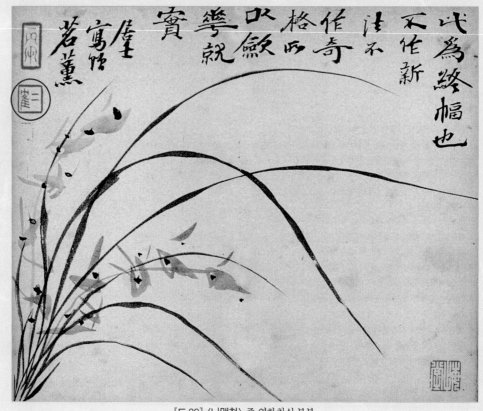

[도 30] 〈난맹첩〉 중 염화취실 부분

■ 22.9cm×27cm, 간송미술관

신기와 흥취가 있어야 하지. 특히 난도 아름다운 여자가 옆에 있
어 쓰다듬어 주고 가꾸어주어야 잘 자란다 하지 않던가.'

　선생은 난을 그리는 데 사란寫蘭을 주장하였다. 사란이란 난을
그리는 것이 아니라 사, 즉 마음을 베껴야 한다고 주장하였다. 화
법 또한 글씨를 쓰는 서법에 의해 그려야 한다는 것이다. 그래야
문자향과 서권기가 있다고 강조하는 데 아직 난에 대해 사寫하는

경지에는 도달하지 못했다고 생각했다. 그래서 아직 난을 완성하지 못했는데 난 그리는 법을 이곳에 썼으니 부끄럽기도 했다.

이때 선생의 해학이 나오는 데, 슬쩍 미인을 끌어들여 이목을 돌리더니 자신이 표현하지 못한 난을 채워 줄 여인을 옆에 세운 것이다. 본래 난이란 미인이 옆에 있어야 잘 자라기도 하니 옆에 미인들을 함께 해서 자신의 서툰 난 그림을 보충이라도 해야겠다고 신소리를 한다.

또는 명훈에게 신년 연하장을 만들어주기도 한다. 그동안 명훈도 힘든 일을 겪었다 하니 얼음이 난간을 이루고 온통 눈이 쌓인 산이라도 손끝에 봄이 오면 녹을 것이고, 아무리 짙은 안개가 있어 앞을 가려도 햇빛이 나면 사라져 앞이 보일 것이다.

"명훈아, 길상여의라 했다. 모든 것이 뜻하는 대로 이뤄지길 바란다."

마지막으로 이렇게 선생이 명훈에게 주는 신년 연하장은 마무리됐다. 어느덧 그려놓은 난이 열다섯 폭이나 되었다.

"두 사람이 마음을 같이 한 말은 쇠를 자를 수 있고, 그 향취가 난과 같다고 하지 않던가. 마음을 터놓고 사귀는 것을 금란지교라 하고, 이들의 모임이 난맹이라 일컬으니 가지고 가서 장황을 하되 그 의미를 살려 난맹첩이라 하세."

명훈에게 장황을 부탁한다. 모든 것을 마치고 자신의 명호를 붙이는 데, 바로 이학[도30]이다. 명훈의 호가 학천이고, 이미 선생은 우학산방을 거쳐 학옹이라는 명호를 사용하고 있었으니 두 학의 멋진 콜라보가 탄생한 것이다. 바로 이학은 선생과 명훈의 공동 명호인 셈이다. 거기에다 표지에 '난맹이학'을 음각하도록 하여 이학이란 명호 속에 나타난 의미를 더욱 명확하게 한다. 이렇게 탄생한 것이 바로 난맹첩이다.

훗날 명훈의 아들 재소는 선생의 늦 제자로 들어와 14살에 선생의 첨삭 지도인 예림갑을록에 참여할 정도의 재기가 뛰어났는데, 난맹첩을 아버지로부터 전해 받고 그의 호는 학석鶴石이 되니 돌로 된 학이 아니라 난맹을 함께 한 아버지와 스승의 두 학을 돌에 새겨두는 마음으로 잊지 않겠다는 뜻일 게다.

18

묵소거사, 벗의 애정 어린 충고를
알아채지 못하다

　묵소거사默笑居士라는 명호는 김정희의 호라는 설과 황산 김유근[6]의 호라는 설이 있다. 김정희의 명호라는 설은 '묵소거사 자찬'이라는 글에서 말 그대로 김정희가 쓰고 찬하고 스스로 명호도 붙인 것으로 보는 것이다. 어떤 이의도 달 수 없을 정도로 완벽한 논리다.

　묵소거사자찬서의 내용은 사람은 침묵해야 할 때 침묵하고, 웃어야 할 때 웃어야 한다는 취지의 글이다. 그러니 별호도 당연히 침묵할 默과 웃을 笑를 합쳐 묵소거사라 한다. 과연 상황과 처지의 키워드를 잡아내는 예리함이 선생답다. 더구나 당시에 선생은

---

　6 김유근(1785~1840년) : 문인이자 시인, 정치가. 호는 황산이다. 안동 김씨의 정치적 기반을 다진 김조순의 장남이다. 완당 선생의 가장 친한 벗이자 정적이었다.

거사를 자처하고 있었으니 더욱 그 논리를 뒷받침해주고 있다.

그러나 내용을 들여다보면 얘기는 달라진다. 이 내용은 선생의 얘기라기보다 벗 황산 김유근의 얘기라는 게 설득력이 있다. 정황상 그렇다. 김유근은 말년에 중풍이 걸린 탓에 실어증에 걸려 말을 못하는 시기가 있어 말을 닫고 그저 웃기만 하는 사람이라는 의미를 묵소거사에서 찾을 수 있다는 얘기다.

그래서 찾아낸 타협점이 황산의 글을 완당이 썼다는 것이다. 당시 황산은 풍중에 걸려 있어 실어증에 팔을 제대로 움직이지 못해 글씨를 제대로 쓰지 못하였으니, 친구를 불러 자신의 글을 옮겨 쓰도록 했다는 것으로 묵소거사는 황산의 별호일 가능성이 더 크다는 결론이다. 하나는 사실이고, 하나는 가정이다. 그러나 지금은 가정을 기정사실화하고 있다. 문제는, 그렇다면 왜 굳이 이 말을 선생을 불러 쓰게 했을까 하는 의문이다.

병석에 누워있던 황산이 모처럼 기운을 차렸다. 그동안 말을 못하고 손을 움직이지 못하는 것뿐 아니라 정신까지 스스로 잡아내기 어려웠다. 그의 기운은 생기와 병색이 번갈아 찾아와 주기적으로 잠시 동안 맑은 기운이 왔지만, 그때마다 점점 기운의 폭은 작아지고 있었다. 그 작게나마 남아있는 기운 속에서 무거운 마음으로 되살아나는 것이 완당이었다. 그는 자신을 가누기조차 힘든 지병 속에서도 벗에 대한 애처로움이 가득했다.

그와는 참으로 많은 시간을 시화詩畵로 교분을 두텁게 쌓아 금란지교를 이룬지 오래다. 그러나 정치란 처지와는 다르게 흘러간다. 당시 정치는 살아남기 위한 투쟁이었다. 집안과 집안의 싸움에서 당연히 집안을 대표하는 황산으로서는 완당 집안을 공격의 대상으로 삼을 수밖에 없다는 것을 잘 알고 있었다. 특히 김노경을 유배에 처한 것은 차라리 원망이라도 받으면 되지만 완당에게까지 화살을 돌린다는 것은 매우 마음 아픈 일이었다. 그래도 황산은 병이 오기 전까지는 어떻게든 막아 보았다.

황산은 두 마음이 교차해서 흘렀다. 하나는 그와 보낸 금란지교의 시간, 또 하나는 그에게 미안하고 안타까운 마음이었다. 그러나 지금은 중풍으로 쓰러져 아무 일도 할 수 없었다. 거기에다 실어증까지 왔으니 그는 이제 죽은 권력으로 벗을 보호할 수가 없었다.

황산이 보기에는 정세가 너무 급박하게 돌아가고 있었다. 실권을 놓지 않으려는 안동 김문들에게 누군가 빌미만 잡히기를 기다리고 있었고 빌미가 없으면 만들기라도 할 기세였다. 더구나 조금씩 기세가 살아나는 경주 김씨 가문을 그냥 놔둘 리 없었다. 가장 좋은 빌미를 찾기 위해 경주 김문, 특히 완당 집안에 촉을 세우고 있었다.

지금 모든 일은 동생들인 김좌근과 김홍근이 실권을 쥐고 있었다. 특히 김홍근은 완당 집안을 집요하게 파고들고 있었다. 그들은 이때 이미 끝이 난 '윤상도 옥사' 사건을 만지작거리고 있었을 것이다.

황산은 이제 정치 일선에서 물러나 있어 동생들을 막을 수도 없었지만 정치라는 거대하게 굴러가는 수레를 막을 수는 없었다. 그저 수레 앞의 사마귀일 뿐이었다.

내내 완당이 안타까웠다. 그런데 아차 하는 소식이 들렸다. 완당이 그동안 과천에 낙향하여 은둔하며 살던 거사를 거두고 형조참판 벼슬을 덥석 받았다는 소식이 들어왔다. 이어 동지정사를 임명 받았다는 소식도 들려왔다. 그렇지 않아도 김노경이 사망하고 완당이 경주 김문의 중심이 되는 것을 제일 우려했던 측에서는 그의 정계복귀는 마땅찮은 기세요, 잘라야 할 싹이었다. 더구나 동지정사로 청나라를 들어간다는 것은 그의 화살에 불을 당기는 격이었다. 그러나 완당은 청에 간다는 것에 매우 상기되어 있었고, 그 상기된 화려함 뒤엔 완당이 모르는 급박한 정치적 계산이 숨어서 돌고 있었다.

황산은 겨우 돌아온 작은 기운의 실마리를 붙들고 일어나 옥경산방玉磬山房에서 글을 아는 하인을 급히 찾아 완당을 불러오게 했다. 완당은 황산에게 이태동잠異苔同岑의 벗이었다. 서로 정치적인 견해를 달리했으나 언제나 완당의 학문을 존숭했고, 완당의 예술을 사모했다. 서로 글로써 응했고, 그림으로 답했다. 이재 권돈인과 함께 황산에게는 학문과 예술이 통하는 몇 안 되는 지우知友였다.

완당이 오는 동안 그는 없는 팔 힘을 동원해 글을 써나갔다. 글씨는 비뚤어 엉망이었고, 팔 힘은 점점 빠져 자신도 모르게 붓을 놓치고 있었지만 정신만은 더욱 또렷해졌다.

그가 간신히 글을 마치고 붓을 놓을 즈음 완당이 당도했다. 급하게 찾아온 하인 때문에 경황없이 달려온 선생에게 황산은 서둘러 자신의 글을 내놓으며 완당에게 이 글을 대필해주기를 청했다. 내용은 이러했다.^{도31}

> 침묵해야 할 때 침묵한다면 시류에 가까운 것이요,
> 웃어야 할 때 웃는다면 중용에 가깝다오.
> 옳고 그름을 판단할 때가 온다거나
> 살다 보면 굴신소장屈伸消長의 시기가 옵니다.
> 이럴 경우
> 행동할 때는 천 리에 어그러지지 말고
> 가만히 있을 때는 인정을 거스르지 않아야 합니다.
> 침묵할 때 침묵을 유지하고
> 웃을 때 웃는다는 (중용)의미는 실로 대단합니다.
> 말로 전하지 않더라도 나의 뜻을 알릴 수 있으니
> 침묵을 한들 무슨 상관이 있겠습니까.
> 중용의 도를 터득하여 감정을 발산하는데
> 웃는다 한들 무슨 걱정이 되겠습니까.
> 힘써서 자신의 상황을 생각한다면 화를 면할 수 있음을
> 알지 않겠는지요.

[도 31] 〈묵소거사자찬서〉

선생이 황산 김유근의 글을 대필한 것으로 알려졌으나 묵소거사가 누구를 나타냈는지 명확하지 않아서 혹시 둘 모두를 표시하지 않았을까 하는 가정에서 출발했다.

■ 32.7cm×136.4cm, 국립중앙박물관

병세가 더욱 악화되어 부른 줄 알았는데 다행히 기운을 차려 글을 부탁하는 황산이 그저 대견하기만 했지 다른 생각은 할 겨를이 없었다. 선생은 정성을 다해 대필을 했다. 어쩌면 서로 글씨를 주고받는 것이 마지막일지도 모른다는 생각을 했다.

상황이 상황인 만큼 정중한 해서로 대필을 마치자 황산은 묵소거사처럼 할 일을 마쳤다는 듯이 말없이 웃고만 있었다. 그 웃음 속에는 선생을 불러 대필시킨 까닭을 알았다는 의미가 담겨있었다. 그러나 그의 의미를 모른 채 선생도 흐뭇해하는 황산을 바라보며 자신도 할 일을 했다는 듯이 묵소거사처럼 말없이 웃고만 있었다.

안타까운 일이었다. 그 둘은 스스로 묵소거사일 수밖에 없었다. 그래서 선생은 글을 마치고 아려오는 마음으로 명호를 묵소

142

거사라 명했다. 묵소거사가 자신을 나타내는지, 황산을 나타내는지, 아니면 둘 다 나타내는지 알 듯 모를 듯…

그러나 찬찬히 들여다보면 이 글은 황산이 벗 완당에게 해주고 싶은 마지막 말이었다. 벗의 체면과 지위가 있으니 대놓고 얘기하지는 않았지만 글의 요지는 이렇다. 벼슬길에 나갈 때나 은거할 때나 모두 시기가 있다는 것이다. 자신의 상황과 정치적 상황을 잘 파악하면 화를 면할 것이니, 내가 말을 못해도 알아들을 것이다. 대강 이런 뜻이다.

한마디로 지금 벼슬에서 물러나 은거를 하여 예봉을 피했으면 한다는 것이다. 이 정도면 벗으로써는 은유를 피해 노골적으로 부탁한 것이다. 그러나 선생은 아픈 황산만 생각하여 자신의 아픈 몸이나 다스려야지 건강한 친구까지 걱정해주는 것이 안쓰러워 스스로 묵소거사라 쓰고도 미처 그 뜻을 챙기지 않았다.

동지정사로 다시 연경을 갈 수 있는 기회에 흥분해 이 뜻을 몰랐는지, 아니면 알면서도 시기를 놓쳤거나 알면서도 당했는지 황산의 글대로 행하지 못하고 일이 묘하게 꼬여 들어가자, 그제서 아차 하고 뒤늦게 1840년 6월에 금호 별서로 퇴거한 뒤 그해 8월 초 다시 은거지를 고향 예산으로 옮겼지만 이미 때는 늦었다.

다만 완당의 또 다른 금란지교인 조인영에 의해 목숨은 건지고 제주도에 유배되었다. 그리고는 그해 12월 추운 겨울날 홀연히 황산은 완당 곁을 떠났다.

19

정포, 여유를 삼킨
제주 모슬포의 모래바람

　정포靜浦[도32], 선생 유배지의 대표적인 명호다. 그러나 이 명호는 '정포에서'라는 발신지 표시일지, 아니면 '정포가 보낸다'라는 대명호인지 애매하다. 특히 이 명호는 작품보다는 편지글 봉투에서만 보이기 때문에 더욱 그러하다. 대개 편지글에서는 발신지를 표시하고 명호는 생략하는 경우가 많기 때문이다. 그리고 이 명호는 거의 가족에 보내는 편지에 주로 쓰인다. 물론 유명훈에게 보낸 편지에도 보이긴 하지만 명훈이 상을 당한 직후 보낸 조문 편지글이다 보니 멀리 떨어져 있어 직접 조문을 못하는 심정을 나타내기 위해 쓰였을 수도 있고, 워낙 명훈을 가족처럼 여긴 것이고 보면 격식이나 굳이 이름을 밝힐 필요 없는 가족 친지들에게 주로 사용했다고 봐야 할 것이다. 그럼에도 불구하고 정포를 발신지명이 아닌 명호 속에 포함시킨 것은 선생의 명호 운용 방식에서 비롯했다. 특히 자신의 처지나 상황을 나타낼 때 빌리는 형식으로 명호를 사용한 예가 많아 정포하면 선생의 힘든 제주 생활을 대표하는 단어가 됐기 때문이다. '정포'가 어떻게 선생의 고난의 상징으로 떠올랐을까.

선생이 모슬 포구를 끼고 있는 대정현 강도순의 집에서 유배 생활이 시작된 것은 유난히도 제주도의 가을 단풍이 곱게 물든 1840년 10월 2일이었다. 비록 유배자의 입장에서 가을 단풍을 감상하며 홍취를 누리는 여유까지는 부리지 못했으나, 그의 눈은 아직 모란꽃처럼 맑고 붉은 단풍이나 상록수가 아니어도 겨울날에 시들지 않는 남국의 정취를 담고 있는 기이한 푸른 나무들에서 시선을 뗄 수가 없었다.

유배객이지만 품위를 잃지 않고 정치인이자 시인의 눈으로 주변을 살폈다. 선생은 비록 유배객일지라도 자신의 포지션을 잃지 않기 위해 무척 애를 쓴다. 제주로 배 타고 올 때도 파도가 거세어 모두가 뱃멀미를 하고 난리를 났는데 유독 선생만은 소리 높여 시를 지었다. 이 모습이 마치 바다와 서로 시를 주고받는 듯했다. 선생이 운을 띄우면 파도가 한 번 받고, 파도가 한 번 운을 띄우면 선생이 받아 시 한 수를 읊으며 바다를 건넜다. 모두들 뱃멀미와 모진 풍랑에 쩔쩔매고 있을 때 오직 선생만 의연하게 버티

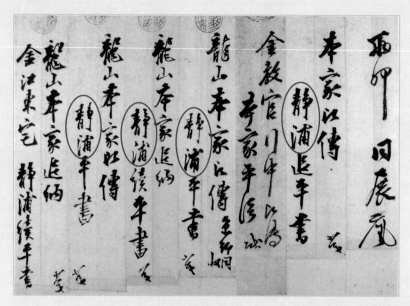

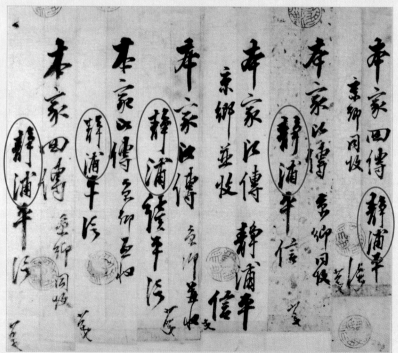

[도 32] 〈완당척독〉 유배 중에 선생이 집으로 보낸 편지

■ 40.2cm × 20.9cm

며 뱃머리를 지휘하며 나가는 것이 마치 긴 여정이 삶을 펼쳐 나가는 데 필연적으로 오는 고난을 헤쳐 나가는 선비의 포부같이 느꼈다. 그것은 낭만을 품은 고난이었다.

제주에 도착해서도 비록 한 칸 방을 빌려 서재도 만들고, 부엌도 내었지만 당시 대정현의 갑부로 알려졌을 만큼 강도순의 집은 그럭저럭 살만한 집이라 생각하였다. 탱자나무로 담을 경계 삼아 울타리를 쳤지만 너른 마당을 산책할 사색의 여분도 있었다. 따뜻한 방에서 밖으로 나온 직후에는 추위를 이길만하다고 생각하는 것과 마찬가지로 선생도 땅은 제주이지만 아직 육지의 기세인 소위 '대처발'이 남아 있었던 것이 여유로 나타났다. 집에 편지를 보내 막상 와보니 사람들도 순박하고 불편한 점은 있지만 그 정도야 참을 수 있다는 자신감도 표한 선생이다.

그러나 그때까지였다. '정포'가 선생의 모든 여유를 깨트렸다. 짧은 가을이 가고 먼저 찾아온 것은 모슬포의 긴 겨울이었다. 모슬포는 비록 남쪽이었지만 제주에서 가장 추운 곳이었다. 겨울이 닥쳐오자 바다에서 몰아치는 바람은 모래를 날려 앞을 볼 수 없게 만들었고, 용하게도 빈틈을 찾아드는 바람은 방 안까지 후벼들고 있었다. 독풍毒風이었다.

날이 갈수록 이 바람이 쌓이고, 추위가 쌓이고 모래가 날리기를 수천 년이 지나 책을 쌓은 듯이 층을 만들어 보기에는 오묘했지만 모슬포의 용머리 해안은 순전히 바람의 덕이었다. 삼방산과

단산이 간신히 바람을 막고는 있었으나 오히려 막지 못한 바람을 휘돌려 세우고 있어 선생의 적거지는 늘 회오리의 중심에 있었다.

정포의 다른 이름, 모슬포의 '모슬'은 모래의 제주 방언 '모살'에서 그 어원을 찾을 수 있고, 이곳 사람들은 오죽했으면 모슬포가 사람이 '못살 포구'에서 왔다고 했겠는가. 그리고 또 다른 문제는 부인에게 편지 쓰기를 '이미 내 마음속에 찬바람이 불기 시작했다'고 알리고 있듯이 이미 선생의 마음속에도 독풍이 불기 시작한 것이다. 육신이 차더라도 마음은 따뜻할 수 있지만, 마음이 차면 언제나 육신은 더욱 차가운 법이다. 당연히 선생이 느끼는 심리적 추위는 더욱 추울 수밖에 없었다.

이때부터 느끼는 이 심리적 추위는 무더운 8월에도 불어와 세한도라는 세기의 명작을 낳았지만, 지금은 그 바람을 이용하여 풍력 발전소를 건설한다니 바람이 미래인지 사람들이 영악한 것인지 모를 일이다.

어찌 됐든 독풍은 정포의 상징이었고, 선생은 이미 독풍에 그 여유가 한풀 꺾이며 마음속에는 걷잡을 수 없는 찬바람이 일기 시작했다. 선생이 부르는 명호 '정포'는 바로 독풍의 다른 이름이었다.

또 하나 요란한 겨울이 지나면 또 빨리 찾아오는 것이 소란스럽고 부산한 남쪽의 여름이다. 여름철에 내리는 독우와 독열이 선생을 미치게 만든 것이다.

겨울철에 모래를 몰고 왔던 바람은 여름이면 축축하고 무거운 습기가 가득한 열기를 몰고 왔다. 독열毒熱이었다. 이 열은 피부에 머물면서 온몸에 열을 동반시킨다. 혓바닥에는 종기가 나고 코 주변은 헐어 숨을 쉬기만 해도 아플 정도다. 도무지 음식을 씹을 때도 아파서 입맛이 돌아오지 않고 설령 간신히 넘긴다 해도 소화력까지 떨어지니 과연 이 또한 정포였다.

비는 또 얼마나 많은지, 내려 쉬이 땅 속으로 스며들지만 습기는 지상에 그대로 놔두고 스며들었다. 지상에 남은 습기는 축축한 채 열기와 만나 육지의 건조한 바람에 익숙한 선생의 피부를 모두 갉아먹기 시작했다. 온통 피부병으로 뒤덮였고 가려워 잠을 잘 수가 없었다.

이뿐인가. 화산암 속으로 빠르게 스며든 빗물은 땅 속에서 미처 거르지 못하고 샘물로 솟아 샘물은 탁하고, 무거워 마셔도 청량하지 않았고 차조차도 끓일 수 없었다. 일부러 멀리 물을 뜨러 가야 했다. 먹는 것은 또 어떠한가. 제주 사람들은 산채는 먹을 생각도 하지 않았다 도통 입에 맞는 음식이 없었다. 바람, 모래, 물, 그리고 음식까지 모든 것이 선생의 몸을 요동치게 하고 있었다.

선생에게 정포는 이런 것이었다. 더불어 선생 또한 그러하였다.

이래서 정포였다. 사람들이 모슬포라 부르다가 지쳐 부른 이름이 또한 정포靜浦다. 큰 고요함이 필요한 곳, 큰 고요함을 기원하는 곳이 정포였다. 그러나 육지의 기운이 빠져나가고 모슬포의 거센 바람이 문틈을 지나 서서히 정포의 기운을 몸속까지 밀고 들어와 선생의 육신은 물론 마음까지도 고요할 수가 없었다. 선생의 유배는 이렇게 정포로부터 시작이었다.

정포는 이 모든 것을 포함하고 있는 명호이다. 정포라는 명호 속에는 무사함을 알리는 내용이었지만 본댁에서는 무사하다고 보지 않았고, 아프다고 보내온 정포 속에는 가족들의 마음을 찢어놓는 상상력이 있었다. 바로 정포는 지명이 아니라 상황인 것이다. 그리고 고난에 대한 호소였다. 그래서 명호이다. 가족 아니면 누구에게 정포의 아픔을 외치겠는가?

선생이 '정포'의 마음속의 찬바람에서 벗어난 것은 병오년 회갑이 지나면서부터였다.

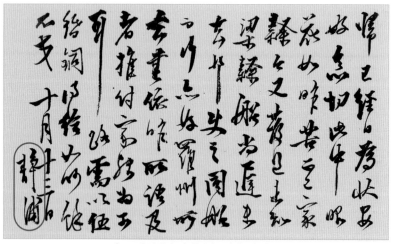

[도 33] 선생이 집에 보낸 〈편지〉의 일부

20

찬제, 아직도 애비는 참고 참는 중…

　　제주 시절 명호, 찬제羼提를 이야기하려면 상우를 빼놓을 수가 없다. 부자지간의 아픔을 공유한 명호이기 때문이다.

　　상우는 어느 여인과의 자식인지는 알려지지 않은 월성위 집안 완당 선생의 유일한 혈육이지만 서자였다. 예안 이씨와 혼인한지 9년이 지났지만 슬하에 자식이 없자 다른 여인에게서 얻은 귀한 자식이었다. 두 분 사이가 워낙 금슬이 좋아 다른 여자한테 자식을 얻은 경위가 궁금하지만 늦게 본 자식인 만큼 선생의 상우 사랑은 지극했던 것 같다. 선생에게는 혈육이라고는 오직 상우뿐이어서인지 손수 쓴 책도 만들어 주는 등 선생의 자식 사랑은 익히 알려진 바이지만 그 사랑과 기대만큼 배움은 성에 차지 않았던 모양이다.

그러나 서자라는 신분적 제한은 둘 간의 애정으로도 넘어설 수 없었던 것, 끝내 선생은 후사 없이 제주에 기약 없는 유배를 가고, 집안의 앞날은 풍전등화로 언제 꺼질지 모르는 위기에 다다랐다. 더구나 선생은 월성위로 봉사손으로 들어와 있었으니 대를 잇지 못한다는 것은 있을 수 없는 일이었다.

집안에서 나서서 미루고 미루던 양자를 들인다. 할 수 없이 양자를 택하게 된 것이다. 봉사손 상무가 그다. 그런데 상우로써는 아버지의 학문을 따라가지 못하는 것은 그렇더라도 난데없이 동생이 생긴 것이다. 이 동생은 단순히 동생이 하나 생긴 것이 아니라 상우의 전부를 덮어버린 하늘이었다. 그 수순은 당시 조선사회에서는 당연한 일이었지만 상우에게는 절망이 다시 한 번 그의 삶에 덮었으리라.

장맛비에 송두리째 휩쓸리는 급류의 토사처럼 힘없이 무너지는 희망 앞에선 울음조차 참아야 했고, 후사에서도 밀려나 절망만 더했을 것이다. 그래시 절망을 이겨낼 스스로의 길을 선택하지 않을 수 없었다. 그 선택 중의 하나가 예술이었다면 아버지가 마다하지 않으리라 생각했을 것이다. 양자인 상무보다는 서자이지만 상우에게 정이 끌리는 것은 인지상정이다. 상무를 팔로 안는다면 상우는 가슴으로 안을 수밖에 없었다.

그가 본격적으로 서예와 난을 배우고자 했다. 아마 그동안은 상우는 상우대로 학문이나 예술하고는 거리가 멀게 살았는지, 아버지의 기대에 미치지 못함에 대한 자책도 있었을 것이고, 사회 제도에 대한 울분이나 원망도 있었겠고 시시때때로 좌절을 맛보았을 것이다. 선생은 선생대로 연경의 친구 옹수곤이 대학자 아버지의 그늘 밑에서 얼마나 고독했는지를 알았는지 상우에게는 공부를 강요하지는 않았던 것 같다. 이미 옹수곤에게서 느낀 아비에 대한 열등의식을 알고 있었기에 안타까웠지만 대놓고 겉으로 드러낼 수도 없었다. 그런 상우가 서예를 배우고 난을 배우고자 했다. 늦었지만 기특하기도 했던지 그에게 서법과 난 치는 것을 가르치기에 이르렀다.

선생이 가르치고 상우가 배우고, 상우가 질문하고 선생은 자상히 답했다. 소위 원거리 통신교육이 시작된 것이다. 가르침은 자상했지만 평가는 혹독했다. 상우가 글씨를 써놓고 보면 서로가 따로 놀아 전체적으로 균형이 맞지 않는다고 투정하자 호되게 혼낸다.

네가 말한바 "겨우 두어 글자를 쓰면 글자 글자가 따로 놀아 마침내 귀일歸一되지 않는다."는 것은, 곧 네가 문에 들어갈 수 있는 진경進境의 곳에 다다른 것이다. 모름지기 잠심潛心하고 힘써 따라 꾹 참고 이 한 관문을 넘어서야만 쾌히 깨달음을 얻게 될 것이니, 절대 이것이 잘 이루어지지 않는다 해서 퇴전退轉하지 말고 더욱더 공덕을 쌓아나가야 할 것이다. 나는 육십 년이 되어도 오히려 귀일됨을 얻지 못하는데 하물며 너 같은 초학자이겠느냐.

이제 거의 다 왔다. 한고비만 넘기면 글씨의 물리가 트일 것이니 참고 정진하라는 것이다. 당근과 채찍을 함께 준 것이다.

그러던 중에 상우가 제주를 찾았다. 어머니가 돌아가시자 아버지를 위로하고 봉양하기 위해 온 것이지만 기실 그는 더 절망하고 있었고, 그 절망의 돌파구를 찾아온 것이다. 아비가 그것을 모르랴.

그는 그곳에서 난을 배우며 절망을 예술로 극복하고 있었다. 아비는 그가 글씨나 난을 치는 예술가적 재질이 없다는 것을 알면서도 그의 마음을 알기에 더욱더 채찍질하며 가르치기 시작했다. 그러나 상우는 애꿎은 먹과 종이만 없애고 있었다. 얼마나 힘을 줘서 먹을 갈았던지 먹물은 뭉쳐 이미 빛을 잃고 있었고, 종이는 화풀이 한 것처럼 뭉친 붓질 때문에 덕지가 되어 있었다.

선생이 보이기에는 구겨진 종이에서 상우의 심정만 보였다. 난을 그리는 것이 아니라 아직 그의 고통만이 보일 뿐이었다. 고통은 예술이 아니었다. 고통을 승화했을 때, 절망을 승화했을 때 비로소 예술에 이르는 것이다. 구겨진 종이 위에는 스스로 그 고통에서 헤어 나오지 못하고 허우적거리는 아들 상우의 모습이 그대로 투영되어 있었다. 상우는 마음을 속이고 그림만 그리고 있었다. 그동안 그렇게 강조했던 난을 치는 데 반드시 써야 할 붓을 세 번 굴리는(三轉) 묘를 살리기는커녕 붓을 한 번에 죽죽 그어 죽은 뱀처럼 늘어진 것에 불과했다.

선생은 상우를 잠시 뒷전에 물리고 스스로 붓을 잡았다. 그리고 천천히 다시 먹을 갈고 종이를 바꾸고 붓을 들어 말없이 난을 치기 시작한다. 백 마디 말보다 한 번 보이는 것이 더 좋은 가르침이 될 수 있었다. 그렇게 시작한 그림이 소위 '시우란'^{도34}이었다. 상우에게 보이기 위해 친 난이란 것이다. 시우란은 상우에게 보인 일종의 체본이었다.

아주 섬세한 가르침이었다. 아비의 정이 흐르는 난 그림이다. 체본과 함께 난법의 종지宗旨를 전수한다.

寫蘭亦當自不欺心始
사 란 역 당 자 불 기 심 시

一撇葉一點瓣　內省不疚　可以示人
일 별 엽 일 점 판　내 성 불 구　가 이 시 인

十目所見　十手所指　其嚴乎
십 목 소 견　십 수 소 지　기 엄 호

雖此小藝　必自誠意正心中來　始得爲下手宗旨
수 차 소 예　필 자 성 의 정 심 중 래　시 득 위 하 수 종 지

사란이란 마땅히 마음을 속이지 않는 데부터 시작해야 한다.
흔들리는 잎 하나, 꽃술 하나의 점을 찍을 때에도 마음을 살펴 거리낌이 없어야 한다. 그럼으로써 사람들에게 보일 수 있는 것이다.
많은 사람들이 주시하는 바요, 많은 사람들이 지적하는 바이니 어찌 엄정하지 않겠느냐? 난을 그린다는 것이 비록 작은 예술이지만, 반드시 난을 그리는 것은 진실한 생각과 올바른 마음으로 출발해야 손을 댈 수 있는 종지宗旨를 알게 될 것이다.

[도 34] 〈시우란〉

■23cm×85cm, 신효영

하고 싶은 말을 글로 말한 것이다. 그리고 글로조차 말하지 못한 것을 인장으로 남긴다.

《示佑兒屬提竝書시우아찬제병서》상우에게 주다 찬제 병서

일반적으로 글을 다 쓰고 인장을 찍는 것이나 이 경우 특별하게 글의 중간에 인장을 찍고 글을 마무리함으로써 인장이 하나의 문장처럼 인식하게 만들었다. 이는 자신의 명호를 강조함으로써 마치 이름을 넣는 효과를 내어 더욱 강렬하게 의미를 전달하는 효과를 노렸다.

찬제, 고통을 참는 거사라는 뜻이다. 상우보고 아픈 체 하지 말라는 것이다. 이제 다 왔다. 바로 문 앞에 다다랐다. 조금만 참고 정진하라. 더 큰 아픔을 안고 있는 아비도 참고 있다는 것이다.

상우에게 쓴 두 통의 편지를 보면 바로 완당 선생이 유배의 절망을 예술로서 승화시켰을 때 아들을 위해 쓴 것이다. 부자가 모두 절망에서 선택한 길이었다. 이 길은 삶의 몸부림이었고, 몸부림 속에서 얻은 희열이며 여유였지, 결코 문사文士의 여기餘技는 아니었다고 선생은 고백한다. 그러나 끝내 그 한을 예술로 승화시키지는 못한 사람이 불운아 상우였다.

21

단파 말고 찬파,
초의의 우정에 보답하다

선생의 명호 중에 불교 관련 호가 많은 데, 단파檀波, 찬파屬波도 마찬가지로 불교 관련 명호다. 찬파는 나를 미워하고 욕하는 사람들 속에서도 매사에 힘들어도 참고 인내하는 마음의 자세요, 단파는 항상 남을 위해 보시하고 헌신하는 정신이다.

아마 단파라는 호는 오래전부터, 어쩌면 초의를 만나기 시작할 때부터 사용했을지도 모른다. 이미 선생 50세 전후하여 동산桐山에게 써준 문학종횡각천성文學縱橫各天性, 금석각화신능위金石刻畵臣能爲^{도35}라는 대련에 단파라는 호를 쓰는데, 이 대련의 뜻은 문학으로 종횡함은 각자의 천성대로이나 금석에 글과 그림을 새기는 것은 신이 능히 할 수 있다는 뜻이다. 은근히 문학보다는 금석을 우위에 둔 글귀다.

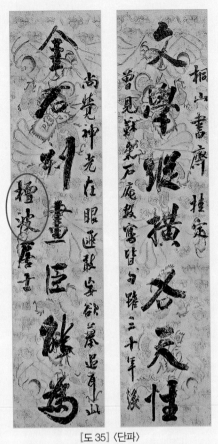

[도 35] 〈단파〉

■130.8cm×30.8cm(2), 부산시립박물관

이때만 해도 선생은 글씨와 학문에 대한 자부심이 하늘을 찌를 무렵이었으니 이런 문구가 성립됐으리라. 선생은 당시 이 대련을 동기창체로 멋들어지게 썼는데, 이 글은 옹방강의 글씨를 기억하여 쓴 대련 행서였다. 당시 선생의 입장은 글씨나 학문이나 선구자적 자세를 견지하고 있었으니 이를 베푸는 것으로 보았으리라. 그러니 보시하는 단파거사라는 명호가 스스럼없이 나왔었다.

찬파라는 명호는 초의 선사에게 써준 반야심경 탑본첩에 보이는 데, 글씨의 종획과 횡획의 변화 모습으로 보아 제주 유배 이후의 글씨임에는 이의가 없는 듯하니 그렇다면 이런 추리는 어떨까?

하늘이 무너지는 줄 알았다. 아내가 죽었다.

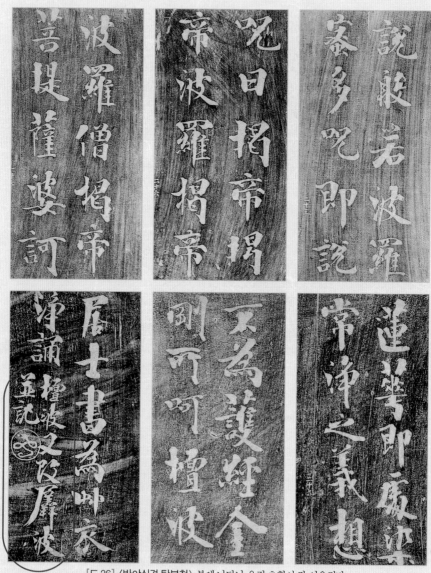

[도 36] 〈반야심경 탑본첩〉 본에 나타난 용정 초형이 잘 어울린다.

■ 32.5cm × 17.7cm

그렇게 아내를 허무하게 보내놓고 모든 것을 체념한 채 살아가고 있었다. 그렇게 두세 달이 흘렀다. 무엇을 했는지, 무엇을 보았는지 도무지 알 수 없었다. '어허! 어허! 나는 형틀이 앞에 있고 큰 고개와 큰 바다가 뒤를 따를 적에도 일찍이 내 마음은 흔들리지 않았는데 지금 부인의 상을 당해서는 놀라고, 울렁거리고, 얼이 빠지고 혼이 달아나서 아무리 마음을 붙들어 매자 해도 길이 없으니 어인 까닭인지…'

　'어허! 어허! 무릇 사람이 다 죽을망정 유독 부인만은 죽어서는 안 될 처지가 아니겠소. 죽어서도 안 될 처지인데 죽었기 때문에 죽어서도 지극한 슬픔을 머금고 더 없는 원한을 품어서 장차 뿜으면 무지개가 되고, 맺히면 우박이 되어 족히 남편의 마음을 뒤흔들 수 있겠기에 그 아내를 잃은 고통은 형틀보다도, 큰 고개보다도, 큰 바다보다도 더욱더 심했던지' 선생은 당최 움직일 수도, 일어날 수도 없었다.

　그렇게 무기력하게 제주의 봄을 맞이하는데, 겨울보다 더 추운 제주의 봄을 뚫고 초의가 왔다. 제주의 봄은 겨울보다 더 춥게 시작한다. 부인의 100일 제를 전후해서다. 식음을 전폐하고 몸져누워있을 선생을 위해 초의가 찾아온 것이다. 선생의 그런 심정을 알고 찾아올 수 있는 유일한 자유인이 초의였다. 초의가 가지고 온 차를 맛보고서야 겨우 몸을 가누고 정신을 가다듬고 그다음에 반가움을 표시했다.

초의가 온 이유는 또 있었다. 초의가 처음으로 선생을 만나러 서울 장동에 들렀을 때 차별없이 자상하고 친절하게 맞이해준 부인의 극락왕생을 빌기 위해서다. 초의는 인근 토굴에 자리를 잡고 기도가 시작되었다. 지금도 제주 사람들은 그 토굴이 산방산의 산방굴암이라 믿는다. 가끔 선생의 적거지에 와 차도 함께 마시고 담소도 함께하며 불경에 대한 선문답도 나누며 초의는 그렇게 제주에 들어와 6개월을 머물렀다.

그런데 어느 날부터 초의의 발걸음이 뜸해지자 이상하게 여긴 선생이 하인에게 물으니 초의선사가 아프다는 전갈이 왔다. 그래서 선생이 손수 그의 토굴을 찾아 그를 위문하고 돌아서는 데 그의 머리맡에 반야심경이 보였다. 얼마나 많이 넘겼는지 글씨는 홍진이 되어 날아가 버려 검은색이 이제는 누런색이 되어 그것이 반야심경이라는 것은 눈치로 알 수밖에 없었고, 종이는 다 낡아 이제는 넘기기조차 힘든 매미 속 날개처럼 속이 비쳤다. 얼마나 많은 독경을 했는지 알 수 있었다.

선생은 서둘러 산방굴에서 돌아와 고마움 외에 다른 생각을 할 겨를도 없이 반야심경을 쓰기 시작했다. 모두 1장에 2행으로 10자씩, 제목을 포함해 모두 31장이나 되었다. 이것이 「초의정송용 반야심경草衣淨誦用般若心經」[도36]이다. 글을 마치고 무심결에 반야심경을 초의에게 보시하는 의미에서 언젠가 썼던 명호를 꺼내 '단파檀波'로 쓴다.

그러나 아차 싶었다. 생각해보니 이 명호는 이미 문학종횡이란 대련을 쓸 때 쓰던 명호로 자신의 능력을 세상에 보시한다는 과만함을 보여준 명호가 아니던가. 죽은 아내를 위해 독송하는 초의의 마음에 자신이 부끄러웠다. 이 반야심경은 초의를 위한 것이기도 하지만 선생 자신도 마음을 추스르고 스스로 정진하는 데도 있었다. 이제는 모든 것을 참고 이겨내야 한다. 모든 인욕을 참고 견디며 감내해야 한다. 그런 의미에서라면 찬파가 맞다. 단파가 아니라 찬파로 고칠 것이다.

선생은 스스로 부끄러워 그렇게 고친 연유를 적는다.

『불경을 호위하는 금강역사金剛力士에게 비웃음을 받지는 않을 것이라 생각하여 단파거사가 초의의 독송용을 위하여 썼다. 그러나 단파라는 호는 또한 찬파라는 호로 고친 것이니 아울러 기록한다.(不爲護經金剛所呵, 檀波居士, 書爲艸衣淨誦. 檀波, 又改攅波, 並記.)』

그리고 마지막으로 확인하기 위해 불경 수호신인 나가 초형까지 배치함으로써 선생의 의지를 찍는다.

선생은 그 후 비록 찬파를 쓰고 '괴로움은 본래 지은 업에 반연해서 나온 것인데, 다만 그것에 얽매이지 않고 괴로움을 돌려 즐거움으로 삼는 것'은 하지 못했다고 어느 편지에서 고백하고 있다.

22

감옹, 자학을 은유하다

선생의 수선화 사랑이 남달랐다는 것은 익히 알려진 이야
기다. 평양에 있을 때 존경하는 다산 정약용 선생에게 화품이 좋
은 수선화 한 뿌리를 구해 고려청자에 심어 선물로 주었더니 다
산께서는 그 고마움에 시를 한 수 썼다는 이야기며, 선생이 직접
수선화에 관한 시를 쓰기도 했고, 간혹 청초한 수선화 그림을 그
리기도 했다. 감옹憨翁[도37]이란 명호 또한 '수선화부'로 전해지는
목각 탁본본에 쓰인 명호로 그 뜻을 직역하면 어리석은 노인이란
뜻이다.

그러나 수선화가 워낙 고귀한 기품을 안고 있는 꽃인 데다가
거의 중국 수선화만 있고 조선에는 없어 그것이 귀한 줄 알았는
데, 제주에 유배 와서 이른 첫봄을 맞으니 지천으로 수선화가 깔

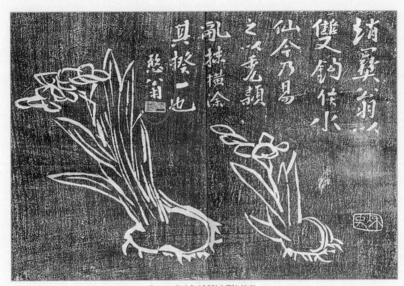

[도 37] 〈수선화부 탁본본〉

려있어 마치 '산과 들, 밭두둑 사이가 마치 흰 구름이 질펀하게
깔려 있는 듯, 또는 흰 눈이 광대하게 쌓여' 있는 듯했다. '매화
가 기품 있다 한들 뜰 안을 벗어나지 못하지만 마치 버선발로 바
람을 밟고, 가벼운 옷자락으로 눈을 덮은' 듯한 제주 토종 수선화
는 가히 청초한 신선이었다. 경황없는 유배생활이었지만 선생이
놀란 것은 당연했다.

　그런데 더 놀라게 한 것은 제주에서는 이를 수선화라 부르지
않고 물마농이라 부르는 꽃이 아닌 잡초에 불과했기에 천대받는
존재였다.

혹시 김춘수 선생의 '꽃'이란 시의 모티브가 이런 동기에 있었을까. 김춘수 선생이 사물의 존재 의식에 대해 이야기하기를

내가 그의 이름을 불러주기 전에는
그는 다만
하나의 몸짓에 불과했다.
내가 그의 이름을 불렀을 때
그는 내게로 와서
꽃이 되었다.

마찬가지로 몰마농이란 잡초에 선생이 처음으로 수선화란 이름을 불러 꽃이 되었고, 비로소 수선화는 사람들 앞에 와서 꽃이 되어 귀하게 된 선생의 봄철 완상물이었다. 문을 열면 툇마루 아랫목에 일찍부터 자리 잡은 수선화는 바람보다 먼저 향이 들어와 꽃샘추위를 밀어냈고, 아침이면 산책하는 탱자나무 가시 울타리 밑 길에도 수선화는 피어 갈색 탱자 가시를 무색하게 만들었다.

어느 날 제주목사의 호의로 제주를 구경 나가는 데 진귀한 것이 너무 많다. 그러나 '한라산 주위 4백 리 사이에 널려있는 아름답고 진기한 감柑·등橙·귤橘·유柚 등'은 물론 유배 오던 길에서 보았지만 흥취를 느끼지 못했던 푸른빛이 어우러진 기목명훼奇木名卉들은 모두가 겨울에도 푸른 식물植物로서 남국의 정취가 물씬 난다. 그런데 사람들은 이 진귀한 나무를 베어내고 땔감으로

쓰거나 마소의 먹이로 쓰고 있는 것이 아닌가.

"이런 것은 국법으로 금하는 게 옳지 않겠소?"

제주목사에게 말했지만 그저 껄껄 웃을 뿐이다. 이뿐인가? 사람들은 진기한 나무도 모자라 귀한 수선화도 마구 뽑아 마소에게 주고, 아이들은 보리밭 사이에 앉아 호미로 수선화를 캐서 내버리고 있었다. 제주 사람들은 이것을 귀한 줄 모르고 마치 원수 보듯이 하고 있었다.

"저런, 어리석은 사람들 같으니라고!"

제주목사는 그래도 웃고만 있을 뿐이었다. 서책은 알되 전답을 모르는 귀공자에게 무슨 말이 필요하랴. 목사는 말없이 웃고, 선생만이 뽑히고 짓밟히는 수선화가 안타까워 계속해서 소리 지른다. 그러나 농부들은 아무리 수선화가 귀하다고 얘기를 해도 콧방귀도 끼지 않는다. 그저 하찮게 길바닥에 내팽겨져 뭉개져 있는 꼴이 바닥 드러난 잡초나 다름없었다. 저런 사람들을 위해 법이라도 바꾸든지 해야지!

"어찌 이 제주에는 한라산의 신령스럽고 충만한 기운은 초목에만 모였는가. 그렇다면 어찌 그 기운이 물物에만 모이고 사람에게는 모이지 않는단 말이냐? 물物이 제자리를 얻지 못한 것이 이와 같구나."

미물도 주인을 잘 만나야 편하고, 수선화도 기품을 알아볼 줄 아는 사람들 속에 있어야 귀하게 대접을 받는다는 얘기다. 하물며 사람이야…

알아주는 사람 없이 뽑혀버린 수선화나, 알아주는 사람 없이 이곳 척박한 제주 땅에 버려진 자신이나 처지는 매한가지였다. 수선화가 제자리를 찾지 못한 것이나, 자신이 제주에 유배 온 것이나 모두 물物이 제자리를 얻지 못한 것 아니겠는가. 어느 순간에 이르자 땅바닥에 내팽겨진 수선화의 신세가 마치 자신 같았다. 생각이 여기까지 이르니 처량한 감회가 절로 일었다.

이쯤에서였을까? 바다에 잠긴 부표처럼 불쑥 황산 김유근이 떠오른 것은 생각이 거기에 이르렀을 때였다.

오호! 황산, 왜 이렇게 서둘러 갔는가? 무엇이 그리 급하던가?

말을 먼저 놓고 육신은 나중에 갔으니, 하고 싶은 말이 어디 웃음뿐이었겠는가? 묵소거사자찬서. 황산과의 마지막 대화이자 우정이었던 것을 선생은 이 지경에 이르러서야 알았다.

아무리 수선화가 귀하다고 말을 해도 그것을 알아듣지 못하고 귀한 줄 모르는 제주 농부들이나, 묵소거사 황산이 내게 그렇게 애타게 자신이 있을 곳을 찾는 것이 중요하다고 충고한 그대의 충언을 듣지 못한 나 무엇이 다르단 말인가.

굴자屈子가 말하기를,

"내가 고인古人에게 미치지 못하니, 내가 누구와 더불어
이 방초芳草를 완상하리오."

라는 말이 내게 너무 가깝구나. 황산은 덧없이 가고, 나는 황산의
말에 미치지 못했으니 접촉하는 지경마다 처량한 감회가 일어나
서 더욱 눈물이 줄줄 흐르는 것을 금치 못하겠구나. 아, 어리석은
노인(憨翁)은 수선화를 뽑아버리는 제주 농부들이 아니라 바로 내
가 아닌가?

감옹, 선생은 그렇게 자학을 은유하며 유배의 세월을 보내고
있었다.

23

동해순리, 민망함으로 동생으로부터
명호를 구하다

　힘든 유배 중에서도 선생에게는 몇 가지의 즐거움과 몇 가지의 기쁨이 있었다. 강위, 박혜백 등 제주에서 만난 제자들을 만나 정포의 찬 마음을 열고 가르치는 것은 즐거움이었고, 이상적이나 집에서 보내는 책을 받아보거나 맛있는 반찬을 받아 보는 것은 기쁨이었다. 특히 며느리가 손주를 낳았다는 것은 위안이자 큰 기쁨이었다. 그리고 또 하나의 기쁨이 있다면 바로 인장을 보는 것이었다.

　유배 생활이 생각보다 길어지고, 안동 김씨들이 틀어진 물꼬 정국은 쉽게 풀릴 기미가 보이지 않자 선생의 짜증은 늘어만 갔다. 부탁하는 것도 많아졌고, 괜히 채근하는 것도 많아졌다. 아내가 이 세상을 떠나는 등 집안에는 자꾸 좋지 않은 일이 벌어지고 자신도 병색이 심해지자 조바심도 나 있었다. 이런 조바심을 뒷바라지해주는 사람은 다름 아닌 두 동생들이었다.

한 달이 멀다 하고 제주에서 올라오는 편지들을 검토해서 보낼 물건을 챙겨야 했고, 친지들이나 지인들이 보내는 편지들을 모아 내려 보내야 했다.

그날도 여전히 형님이 부탁한 물건들을 챙기고 있었다. 그러나 마땅히 형을 위로할 만한 물건들이 없었다. 심히 걱정되었다. 그때 명희는 문득 떠오르는 게 있었다. 바로 장요손이 새긴 인장이었다. 마침 명희가 장요손이 새긴 '동해순리東海循吏'도38라는 인장을 받은 것이 있었다. 이것이라면 형님이 좋아할 게 분명했다.

장요손이 누구인가?

청나라의 전각가로 중국 제일의 전각가인 완백산인 등석여의 제자이다. 등석여 집안과는 아버지 김노경부터 인연이 시작되어 그의 아들 등전밀이 김노경에게 아버지의 비문을 부탁할 정도로 긴밀했다. 이 등석여는 완원과 함께 청나라 비파碑派의 중심인물이자 전각의 일인자였다. 장요손은 그의 수제자였다. 선생은 장요손이 완백산인의 진수를 정통으로 이어받았다고 인정한 사람이다. 이들은 서법을 인장의 인문에 도입한 전각가들로 인장에서 문자향이 물씬 풍기는 전각을 도모했다.

그런데 장요손과 선생과는 직접 만난 적은 없으나 그 인연은 참으로 묘하여 세한도를 통해서 나타난다. 이상적이 세한도를 들고 중국 학자들을 찾아가 제영題詠을 받는 데, 이때 장요손도 세한도에 대한 극찬을 하는 시를 쓰는 인연을 맺는다.

　　외로운 구름 이는 먼 섬은 낮에도 어둑한데
　　외로운 귀양객 깊은 시름으로 수염이 세었겠네.

라고 추사의 유배 생활에 대한 애환을 노래하며
　'추사 선생의 글과 서화로 정신적 교제를 그리워하니 만나 인사할 것이 어느 날인지 몰라 매우 애모할 뿐이다.' 라며 선생과의 만나지 못함을 애태워한다.

[도 38] 〈동해순리〉

　　명희는 보내는 편지에 형님을 위로하기 위해 덧붙인 편지를 쓴다. 내가 장요손한테 이런 인장을 받았다. 찍어서 보내니 한 번 보시기 바란다. 바로 '동해순리' [도38]라는 인장이다.
　　그러면서 인장을 자랑한 것이 미안했던지 못 들은 척 지나가기를 바라면서 슬쩍 '나한테는 어울리거나 쓸모 있는 인장이 아니다. 동방의 순한 관리라는 게 도통 나한테는 어울리지 않는다.' 고 끼워 넣는다.
　어쩌면 명희의 말투에서는 자랑에 방점이 찍혀있고, 쓸모없다는 말은 지나가는 말이었을지 모른다. 그러나 선생은 동생이 자랑삼은 것은 들은 척 만 척하고 쓸모없다는 데 방점을 찍고 동생이 보내온 편지글을 훌쩍 뛰어넘어 인장으로 눈길이 갈 수밖에 없었다.

장요손의 인장은 고졸했을 뿐 아니라 선생이 그토록 가지고 싶고 보고 싶었던 그러한 인장이 아닌가. 또한 장요손의 고아한 인장의 글씨도 글씨려니와 새겨진 말의 뜻과 은유가 맘에 들었다. 동해순리라! 동방의 순한 관리라. 이치와 법에 벗어난 적이 없는 모범적인 관리라. 자신의 처지에 빗대면 유배자의 역설이 아닌가? 자신의 처지에 빗대어 명호를 짓고 사용하기를 즐기는 선생에게는 딱 들어맞는 역설의 명호였다.

이왕 명호로 받아들인 이상 이 편지를 받은 선생은 기다릴 여지가 없었다. 동생의 맘이 변할 염려도 있지만, 동생 것을 은근슬쩍 가져오는 민망함은 빠를수록 좋다. 재빠르게 명희에게 편지를 쓰고는 가지고 온 인편에 되돌린 즉답을 쓴다.

「너 필요 없으면 나에게 주라.」

명희는 그냥 한 번 흘려본 것인데 형이 그렇게 좋아하다니, 이제는 거절할 수도 없었다. 줄 수밖에 없었다. 일이 묘하게 꼬이고는 있었지만 형님이 좋아하니 명희도 어쩔 수 없었다. 실제로 인장을 받자 선생은 동생에게 민망했던지 다시 편지를 쓴다.

「동생이 필요 없다고 해서 그냥 한 번 달라고 했는데 진짜 보

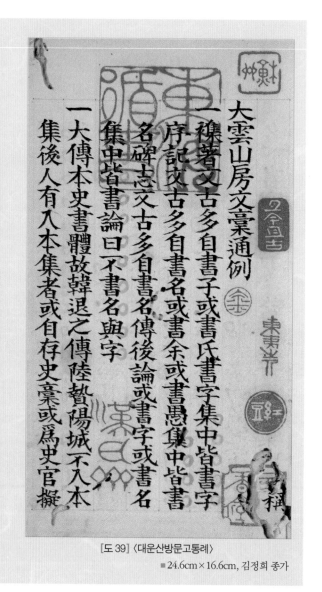

[도 39] 〈대운산방문고통례〉
■24.6cm×16.6cm, 김정희 종가

내주니 웃음이 나오네.」

자기도 한번 해본 말이었는데 보내주었다는 것이다. 진심이 아니다.

「이왕 보내준 거니 남겨두고 내가 쓰겠네. 직접 보니 새김과 글씨가 너무 좋네. 인장 옆에 새긴 글씨도 기막히게 좋네.」

이건 진심이다. 이렇게 진심 아닌 거짓 같은 진심을 보인다.

편지글 중에 '웃음이 나오네' 하는 부분에서 선생의 민망한 얼굴이 떠오른다. 가지고 싶은 욕심에 덜컹 달라고 해서 갖기는 해서 좋은 데, 영 동생한테 체면이 아닌 것이다. 그렇다고 돌려주기에는 너무 아까워서 주는 거니까 받기는 받겠다며 그저 민망하게 웃을 뿐이다. 이 웃음 속에는 선생이 아내에게 한글 편지를 쓰며 민망할 때마다 쓰는 단골 용어 '웃습'이란 단어가 떠올라 입가에 미소 짓게 한다.

이런 사연을 아는지 모르는지 선생과 장요손의 정신적 교제가 인장과 세한도를 통해 이뤄진다. 장요손의 인장은 선생에게 와 감동을 주고, 세한도는 장요손에게 가 유배객의 아픔을 공유하는 시로 화답하니 자신들도 모르는 체 정신적 교류가 이뤄졌으니 인연이란 참 알 수가 없다.

이렇게 얻은 명호였다. 그렇다고 단박에 그것을 명호로 사용하지 않는다. 필요한 곳에 필요한 상황에 인장을 찾아 쓴다. 선생의 치밀함이다.

자랑삼아 벗 권돈인에게 편지를 쓴다. 선생의 유배 시간 활용법이 기가 막히다.

동해순리인은 가중家仲이 돌려 보여준 것으로 들건대, 이것이 바로 장요손이 전각한 것이라 하는데 대단히 고아한 맛이 있습니다. 이는 바로 완백산인完白山人의 진수를 정통으로 전해 받은 것인데, 이것을 몇 개 더 얻을 길이 없어 한스럽습니다. 종전에는 유백린의 것을 가장 좋은 것으로 여겼는데, 이제는 그것을 제 이품으로 보아야겠습니다. 보시고 바로잡아 주시는 것이 어떻겠습니까?

24

병오노인, 적토마의 자유를 위한 몸짓

1846년 선생은 참담함의 극치인 모슬포 귀양지에서 회갑을 맞이하고 있었다. 하도 선생의 삶이 드라마틱하여 언젠가는 그래도 난다 긴다 하는 유명 명리가에게 미리 누구인지 말을 하지 않고 완당 선생의 사주를 보게 한 적이 있다.

그는 사주를 보자마자 팔자 한 번 세게 타고났다면서 몸이 고단하겠다고 했다. 사주에 너무 화기火氣가 많아 그의 몸에서는 뜨거운 피가 들끓고 있어 예술가가 아니었으면 타고난 싸움꾼이요, 여자면 연예인을 시켰으면 좋겠다고 한다. 학자나 선비는 어떠냐고 물었더니, 웃기만 하더니 천재냐고 묻는다. 누군지 일찌감치 모르지만 정계로 나가는 것도 몸의 불덩이를 풀어낼 것이라 진로 상담까지 해주었다.

그 들끓는 피를 만든 기운 중의 하나가 바로 적토마 병오생이고, 유월생이면 미월未月이니 또한 화기火氣이다. 그런 사주를 타고난 사람이 바로 완당이었다.

불같이 일어나 불같이 살아온 적토마 완당이 1846년 병오년에 회갑을 맞이하고 있었다. 그런 삶을 대표하듯이 그는 이미 '병오'^{도40}라는 명호를 사용하고 있었다.

누가 새겼는지 몰라도 그 병오는 사진에서 보듯이 뭉실거리는 불길을 상징하고 있었고, 그 명호를 사용한 곳이 난맹첩으로 자신의 이상과 선망을 나타내고 있는 기분이 물씬 든다. 그 제발이

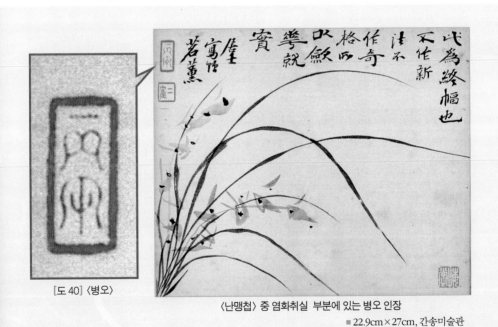

[도 40] 〈병오〉

〈난맹첩〉 중 염화취실 부분에 있는 병오 인장

■ 22.9cm×27cm, 간송미술관

병오 인장의 깊은 뜻을 알게 해준다.

"신법으로 그리지도 않았고, 기이한 격조로 그리지도 않았다. 그런 까닭으로 꽃이 지면 열매를 맺는다."

염화취실, 그의 평소 신념이었다. 이때의 병오는 자신의 탄생 년도를 나타내며 세상에 태어나서 갖게 되는 이상을 표현한다. 아마 그 명호는 잘 나가는 어느 해 생일을 맞아 누군가에게 축하 선물로 받았을지도 모른다. 인장에 활력이 있다.

그러나 제주에서 유배객으로 맞는 생일은 선생에게 의미가 남달랐다. 정리가 필요한 시기였다. 아내가 죽은 지도 벌써 4년이 지났고, 유배 생활도 벌써 7년째에 접어들었다. 이쯤 되면 이제는 유배 삶이 익숙해지고 소위 양반 물은 어느 정도 빠질 때도 되었다. 오히려 여유까지 생겼다. 유배 안정기에 접어들었다.

그러나 생활은 안정기에 접어들었으나 선생의 예술혼은 번신 飜身의 요동이 치는 시기였다. 선생도 회갑을 맞아 이제 새로 태어나야 할 때를 허물 벗은 몸으로 직감하고 있었다.

[도41] 〈병오노인〉

마침 회갑을 맞아 인장을 요구했다. 병오노인丙午老人[도41]이었다. 이 인장도 제주 전각가 박혜백한테 회갑 선물로 받았을

지 모른다. 회갑 선물로는 이만한 것이 없었다. 그에게 병오노인은 변화 의지의 표현이자 다짐이었다. 몸으로 직감한 것을 마음으로 표시한 것이 바로 병오노인이란 인장이었다.

회갑을 맞아 선생이 새긴 병오노인이란 인장을 보면 언뜻 병丙은 오는 사람의 형상을 하고 있고, 오午 자는 등짐을 지고 가는 사람의 형상처럼 보인다. 애초에 선생이 가지고 있었던 '병오'라는 인장과는 사뭇 분위기가 다른 것을 알 수 있다. 앞의 것은 뭉실뭉실 피어오르는 활기를 표시했다면, 뒤에 것은 어딘지 모르게 쓸쓸하고 처연한 느낌이 있다. 그렇게 그에게 병오년은 오는 사람과 가는 사람의 교착지였다. 인간성의 문제도 그렇고 예술의 세계도 그랬다.

병오노인은 난맹첩에서 얘기했듯이 자신도 이제는 열매를 맺어야 하는 시기가 왔음을 알린다. 그렇게 병오년 완당 예술의 새 장이 펼쳐진다.

60년 전 병오생 김정희는 6월의 뜨거운 열기만큼 화려한 축복 속에서 태어났다. 몹시도 가물었는지 우물도 마르고 초목도 시들어가는 뜨거운 태양 아래, 그가 태어나던 날 단비가 내렸는지 초목도 살아나고 우물이 다시 솟아나는 우연이 신화처럼 그의 앞날을 축복해주었다. 월성위가의 종손으로 화려한 벼슬에 그만한 학식에 거만하지 않으면 오히려 이상할 정도의 스펙이었다면, 그러나 60년 후 병오생 완당은 초라하지만 그에게는 예술의 자유가 맡겨져 있었다.

그의 편지 한 줄 보자.

"연일 바람이 무서운데 문을 닫고 조용히 지내는 것도 형
편에 맞게 지내는 하나의 방법이다.
이제 (나의 글씨 연습은) 팔뚝 안의 삼백구비가(309비) 일
상의 편지까지 미친다."

라고 외치고 있다. 이 말은 이제는 공을 들이지 않아도 그저 막
쓰는 일상의 글씨에도 삼백구비의 문자향이 미치는 지경에 도달
하고 있다는 말이다. 우연욕서다. 이제 글씨에 우연히 문리文理
가 트인 것이다. 후에 불이선란을 그리고 선생이 한 말 '우연사
출'이라는 말과 같다. 선생이 글씨의 문리가 트이고서는 한 아름
기쁨에 젖어 집 걱정도 잊을 정도였고, 난에서 천성을 보았을 때
는 아예 할 말을 잊었다.

그 뒤부터 김정희의 예술은 자유 그 자체였다. 그 삶 속에서 어
쩌면 추사는 예술의 길이 더 치열했을 수도 있다. 길들여지지 않
은 적토마는 가고 이제 스스로 길들인 적토마가 예술의 평원으로
달려오고 있었다. 적토마는 스스로에게 길들여지고 있었고, 자신
을 길들일 줄 아는 적토마는 자유였다. 그는 자유인이었다. 선생
은 비로소 회갑에 들어 자신을 길들였고, 비로소 자유인이 되었
다.

그렇게 60년 전 화려했던 외양의 추사는 가고 이제 초라하지만 자유로운 예술인 완당은 오고 있었다.

사주에서 강한 화기를 사瀉하는 방법으로 강한 한기를 내세운다. 선생에게 모슬포의 강한 추위는 그의 화기를 잠재우고 새롭게 변신하게 하는 한기였다. 그것으로 모자랐다. 궁이후공窮而後工이라 했던가? 예술이란 무릇 궁한 연후에야 공교해진다 했다. 몸은 초췌해지고 거친 땅에서 바닥까지 내려가는 궁함을 맛보고서야 작은 사물 하나에도 감동하고, 감동하는 감정만큼 토해내는 것이 진정한 예술이 아니겠는가. 그에게 늘 높은 벼슬, 안일하고 품위 있는 귀공자만 있었고 그러한 추위의 궁이 없었다면 어찌 공工을 체득했겠는가.

원교를 넘지 않고서는 자신의 서법을 조선에 심을 수 없다는 것을 직감한 「원교필결후」의 비판은 자유롭고 싶은 그의 몸짓이었다면, 세한도는 자신의 마음속에서 불어오는 추운 계절을 풀어냈지만 추운 계절을 이기는 방법이기도 했다. 그런 의미에서 세한도는 강한 화기를 억누르는 한기를 통해 얻은 차원 높은 자유였다.

25

소봉래, 이상향을 꿈꾸다

사람은 누구나 신선에 대한 동경이 있고, 사람마다 신선에 대한 시선 또한 다르다. 누구는 신선이라 쓰고 주색잡기를 하고, 누구는 신선이라 생각하고 바둑을 즐기는가 하면, 누구는 신선이라 말하며 걱정 없이 쉽게 돈 버는 것을 생각한다. 내게 신선이라 하면 걱정 없이 놀고먹는 한량이 최고의 신선이라 읽는다. 그렇게 신선은 늘 많은 사람들의 바람 곁에 있다.

그렇다면 선생에게 신선이란 무엇일까?

선생이 추구한 신선이란 속칭 우리가 얘기하는 허황된 신기루의 신선일까? 아니면 노장자가 추구한 무위의 세계일까? 아니면 선생이 신선기거법^{도42}을 기록했듯이 현실 속에 존재하는 이상향일까?

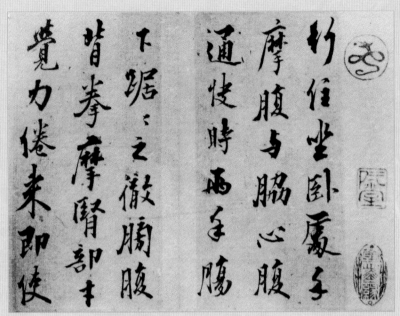

[도 42] 〈신선기거법〉

용정 초형이 함께 있어 의미를 새김에 있어 묘한 조화를 이룬다. 선생은 이 신선기거법을 통해 신선이 되는 법을 소개하고 있는데, 그 모습이 마치 요즈음 요가의 모습이다.

■ 5.4cm×5.0cm

연경의 옹성원에게서 귀한 선물이 도착했다. 「원사현천관산제영소재중무본元四賢天冠山題詠蘇齋重橅本」[도43]이었다. 이 서책은 조맹부가 축단양이란 사람의 천관산 그림을 보고 감동을 받아 시를 읊은 것인데, 이때 다른 세 명이 함께 시를 써 엮은 책이다. 모두 원나라 사람이기 때문에 원사현元四賢이 천관산의 그림을 보고 시를 썼다는 제목의 책이다. 옹방강은 이것을 얻고 기뻐서 석묵서루에 천관산 시석詩石을 세웠다.

선생은 연행을 통해서 얻은 것이 참으로 많았다. 수많은 책과

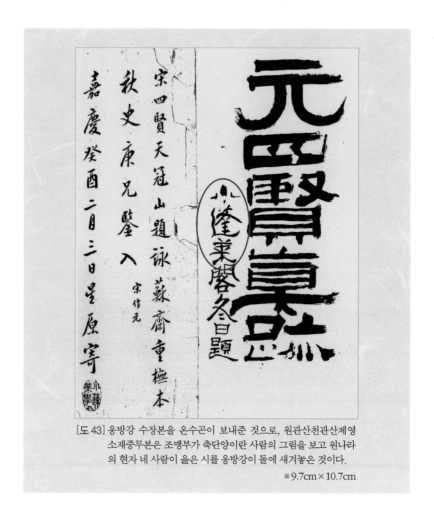

[도 43] 옹방강 수장본을 온수곤이 보내준 것으로, 원관산천관산제영
소재중무본은 조맹부가 축단양이란 사람의 그림을 보고 원나라
의 현자 네 사람이 읊은 시를 옹방강이 돌에 새겨놓은 것이다.

■ 9.7cm × 10.7cm

자료를 보았고, 놀랍도록 발전한 연경의 모습도 보았다. 그리고
향후 조선에 돌아와 그의 학문적 향배에 엄청난 영향을 미친 많
은 벗들을 만났다. 무엇보다도 두 스승을 만난 것은 말할 나위 없
이 행운이자 기회였다. 특히 옹방강의 석묵서루를 탐닉할 수 있
었다는 것은 최고의 기회였다. 그는 행운을 놓치지도 않았고, 기

회를 흘려보내지도 않았다.

그러나 선생이 석묵서루에 드나들 때 얻은 것 중 제일 귀한 것이 바로 옹성원이었다. 이미 옹성원은 연경 학자들과 교류할 때에도 알고는 있었지만 담계가 따로 불러 동갑인 그를 소개해준다. 상장지익相張之益, 연경의 학문과 예술에 관심이 컸던 선생과 조선의 고비에 관심 있던 아들에게는 최적의 친구였기 때문이다. 동갑인 둘은 만나자마자 의기투합하여 옹방강을 즐겁게 한다. 그리고 석묵서루의 소개를 그에게 맡긴다. 어쩌면 담계가 직접 했으면 감추었을지도 모를 귀중한 것을 옹성원은 모두 보여주는 행운을 선생에게 주었다.

하루는 천제오운첩을 보기 위해 소동파의 진적들과 자료들을 모아 둔 서재인 소재蘇齋를 지나는데 우연히 주련에 '봉래' 라는 글을 본 적이 있었는데 그 옆에 숨어 있는 돌이 있었다. 바로 옹방강이 세운 천관산 시석이었다. 옹성원에게 궁금해 물었는데, 그때 그에게 보여준 '원사현 진적' 이었다.

원사현이란 조맹부를 비롯한 우집, 왕사회, 원각 등을 이르는 원나라뿐 아니라 전후 세대를 아울러 최고의 서예가들이자 학자들이었다. 이들의 친필을 얻었으니 옹방강도 가히 봉래가 된 듯 기뻐 시석을 세웠던 것이다. 이것을 본 선생은 매우 감복하여 한 참동안 자리를 뜨지 못하였고, 후에 옹수곤이 그때 선생의 감동을 기억했다가 그 중무본을 보내온 것이다.

단번에 그는 제발을 썼다. 제발을 마치고 명호를 쓰는데 거침없이 소봉래小蓬萊였다. 그에게 신선은 마치 동파처럼 일정한 경지에 이르러 사념을 하면 시가 나오고, 시가 있으면 자연 그의 서정에 맞는 그림이 저절로 물 흐르듯 그려지는가 하면, 글씨를 쓰면 조송설의 경지요 학문하면 물음에 막힘이 없고, 만물의 이치를 단번에 깨치는 데 주저함이 없고, 유불선이 하나요 한송漢宋이 또한 하나임을 아는 선비의 모습이었다.

석묵서루의 문은 열기는 힘들었지만 한 번 열린 문은 선생에게는 연경에서 하나의 길이 되어 버렸다. 선생은 그곳에서 담계의 학문을 이해했고, 담계의 글씨체를 배웠고, 담계의 사상을 흡수했다. 그중에 선생을 제일 감동시킨 것은 유불선 교합이요, 유불선 불이 사상이었다. 담계는 석묵서루에서 유불선 교합의 이상향을 꿈꾸고 있었다. 그 이상향의 꼭짓점에 봉래가 있었다. 선생은 이 담계의 봉래를 이어받아 소봉래를 꿈꾸기 시작했다.

그렇게 시작한 첫걸음은 소봉래 학인이었다. 이상향으로 가는 길목에 가까이는 옹방강이 있었고, 그 위에 조송설이, 그리고 더 위에 소동파가 모두 봉래, 즉 신선이었다. 소봉래 학인은 그 길로 가길 바라는 사람을 뜻한다.

그의 꿈은 점점 확장되면서 고향 예산의 오석산 하에 소봉래의 선경을 꾸미기도 한다. 가화로 인한 유배로 제주에 와서는 때로는 좌절도 하면서 소봉래의 나무꾼이라도 할 듯이 소봉래 산초라는 명호도 쓰기도 하는데, 몇 차례에 걸쳐 소봉래를 쓰다가 유배 시절 제주에서 자의 반 타의 반 신선이 되는데 그 얘기가 재미있다.

제주도 유배 시절도 어느덧 몇 년이 흘렀다. 제주에는 선생 말고 다른 유배객들이 많이 있었다. 이들은 유배지의 열악한 환경의 고달픔을 떠나 학문과 시를 나누고자 하는 갈망이 더욱 유배객들의 정신적 허기를 겪게 했다. 가끔 제주의 문사들과 교류를 했지만, 선생이 말했듯이 일본 북해도의 야만인과 비슷하고 책을 읽는다는 문사들이 고작 통감이나 맹자 정도였으니 그것으로 유배객들을 만족시킬 수는 없어 스스로 시사詩社를 만들었다. 이러한 사정은 선생에게는 더욱 간절했다. 유배 생활이 힘들기도 했으니 서로 모임을 가지며 시사를 통하여 동병상련의 아픔을 나누기도 하면서 안식을 찾았다. 특히 그들에게는 유배지의 무지한 백성들 속에서 유일하게 학예의 연찬을 벌이며 위로가 되는 친목 모임이었다.

어느 겨울날 이 친목 모임에서 한라산을 오르기로 했다. 한라산의 설경도 구경할 겸 모처럼 시도 짓고 여유를 찾기 위해 눈길이긴 했지만 길을 나섰다. 그런데 눈이 너무 와서 중간에 그만두기로 하고 하산을 결정한다. 한라산에 오르는 길이 미끄럽고 험하고 눈이 많이 내려 앞을 분간할 수 없어 자칫 길이라도 잃으면 큰일이었다. 더구나 유배의 열악한 생활로 건강이 그리 좋지도 못하니 아쉽지만 돌아설 수밖에 없었다.

그러나 모처럼 나선 문사들이니 그냥 간다는 게 왠지 그들의 빈 가슴을 오랫동안 휑하게 만들 것 같았는지 누군가 제안한다.

"이왕 이렇게 올라왔으니 그냥 내려간다는 것은 허무한 일이니, 아쉬운 감정이나마 예서 시 한수로 표현하는 게 어떻소?"

그 말은 함께한 모든 사람들의 감정을 대신한 것이었던지 모두 동의한다. 일행은 잠시 시정을 떠올리며 머뭇거리더니 절반의 한라산을 감상했다고 절반의 시정만 있는 것은 아니듯 짐짓 서로서로 눈길을 주고받고는 누군가 붓을 들어 먹을 찾는다.

그런데 날씨가 너무 추워 땅은 얼고 물길은 이미 벌집처럼 구멍난 제주 화산돌 밑으로 자취를 감춰버려 먹을 갈 수가 없었다. 붓질에 난색을 표하는 사이 다행히 누군가 꾀를 내어 눈을 모으고, 벼루를 데워서 물을 만들고, 먹을 간신히 갈아 시를 쓰기 시작한다.

그러나 날씨가 얼마나 추운지 먹물이 얼고, 간신히 먹물을 찍어도 붓이 얼어 한 자도 나갈 수가 없었다. 글씨를 쓸 수 없어 모두 포기한다. 여러모로 아쉬움이 큰 시사였다. 모두들 좋은 기회를 포기해야 하는 것에 아쉬움을 표한다.

이때 선생이 나서 어디 내가 한번 해보자 하더니 다시 벼루를

[도 44] 〈묵란도〉

데우고 먹물에 언 붓을 적시더니 일필휘지하면서 그날의 정취를 써 내려가는데, 마치 신선이 아니면 어찌 이를 설명하겠는가 하곤 사람들이 놀라 하며 봉래산에 내려온 신선이라 추켜세운다. 그는 분명 신선의 경지에 이른 사람이라 모두 경탄해 마지않더라하니, 그는 자신이 원하든, 원하지 않든 간에 어느새 신선이 되어 버렸다. 선생은 어느덧 이미 다른 사람의 꿈이 돼버린 신선이 되어 있었던 것이다.

그렇게 자의 반 타의 반 신선이 되더니 이제는 그의 글씨에도 경지에 이르게 되었는데, 그것이 바로 우연욕서다. 우연욕서, 글씨를 씀에 있어 우연히 글씨의 신선이 아니면 쓸 수 없는 경지에 이르게 되는데 스스로 신선이라 칭할 수 있지 않겠는가. 그는 스스로 신선의 경지에 이른다. 바로 선락仙籙의 경지인 것이다. 애써 표하지 않아도, 애써 알려고 하지 않아도 알아지는 것, 그래서 모든 것을 알게 되는 경지, 우연의 경지, 즉 선락의 경지에 이르러 그는 진정 신선이 된다. 선락은 소봉래의 신선인 것이다.

26

용정龍丁, 龍定을 해학하다

초의 선사와 편지 왕래를 하면서 '나가' 라는 명호를 쓰던 선생은 어느 날부터 가끔 용정龍定으로 바꿔 쓰는데, 1840년(55세)경부터 해배가 되는 1849년까지다. 그런데 가끔 용정龍定이라 쓰지 않고 슬쩍 한자를 바꿔서 용정龍丁이라 쓴다. 선생의 주특기다.

그렇다면 용정龍丁[도45]은 무엇을 의미할까? 왜 하필 고모래 정 자를 썼을까? 오리무중이다. 그나마 다행인 것은 丁자의 흔적을 찾을 수 있는 작은 단서가 소치 허련의 일화 속에 남아 있다.

헌종은 선생의 글씨를 몹시 좋아했다. 유배 간 추사의 글씨를 갖고 싶어 직접 글씨를 요구하기도 했고 창덕궁 곳곳에 선생의 글씨를 걸어 놓았다.

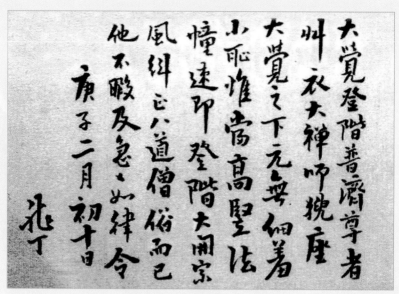

[도 45] 〈용정〉 초의에게 보낸 편지

1848년 8월 선생의 글씨를 워낙 좋아했던 헌종은 소치에게 추사 글씨를 가지고 상경하라고 명을 내리고, 그해 겨울인 1849년 1월 어전입시御前入侍, 헌종이 낙선재로 소치를 불러 그림을 그리게 한다. 기실 소치를 부른 것은 그림만을 위한 것이 아닐지도 모른다. 왕족의 일원을 멀리 유배 가 있는 것이 마음이 편치 않았던지, 아니면 선생이 그리웠는지 그림을 마친 소치를 불러 담소를 나누면서 바다 건너 추사에게 다녀온 소치에게 그의 안부를 묻는다. 소치가 답하기를, 약간 과장된 듯한 어투로 왕의 마음을 움직이기 위해 힘든 선생의 유배 생활을 보고한다.

"집은 탱자나무 울타리로 쳐져 있어 운신을 못하고, 벽은 도배도 하지 않은 방에서 임금님만 우러러 보고 있습니다."

그리고는 선생의 모습을 자세히 올리는 데 이렇게 표현한다.

"마치 고무래 정자 모양으로 좌장에 기대어 밤낮으로 잠을 이루지 못해 숨이 경각에 달린 듯합니다."

약간 과장됐지만 방안에 꼼짝 못하고 앉아 있는 모습을 고무래 정자에 비유한 것이다. 아마 소치는 스승이 '龍丁'이란 명호를 쓰고 있는 것을 알았는지 명호에서 빗댄 말을 다시 빗대어 말한 듯하다. 이 일화에서 '丁'의 의미를 읽을 수 있다.

용정龍丁은 좌선하듯이 고모래처럼 쭈그리고 앉아있는 자신의 모습을 고모래(丁)자 모양으로 비유한 한자로 용정龍定을 가차법으로 활용한 은유적이고 해학적 명호이다.

나가가 산스크리트어의 가차용어라면, 용정龍定은 한자로 의미 표기한 표현이다. 즉 용이 선정에 든 모습을 말하는 나가대정의 다른 말이다. 용정龍丁은 용정龍定을 같은 음 다른 한자로 가차한 완당식 표현이다. 선생만 할 수 있는 현학놀이다.

위 초형은 선생이 해배가 되면서 초의 선사에게 보낸 편지에서 보이는 용정龍丁의 한자 초형이다. 우선 첫 번째 그림은 여의주인[도46]으로 알려진 나가의 모습이고, 두 번째 용정[도47]은 龍丁을 도형화함으로 나가의 그림임을 명확히 했다. 이는 한자의 상형성을 가지고 용정을 표현한 용상정龍象定이다. 즉 나가대정이요, 용정龍定이다.

[도 46] 반야심경 탑본첩에 나타난 용정 초령

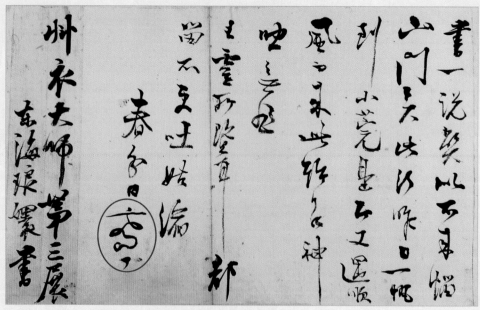

[도 47] 〈초의에게 보낸 편지〉

그러나 용정龍丁은 나가와 같은 뜻을 가지고 쓰기 시작했지만
적나라한 자신의 처지를 표현하는 다른 의미가 숨어 있는 명호이
다. 좋은 시절 쓰던 '나가'와 같은 뜻이지만 어렵고 힘든 시절 다
른 뜻으로 활용하여 사람의 마음을 아프게 한다.

또 다른 용정龍井^{도48}은 장황사 유명훈에게 보낸 편지글에서 나
오는데 춥고 아파서 옴짝달싹 못하는 자신을 빗대어 우물 안에
갇혀 수행하는 나가 모습의 은유적인 표현임을 유추할 수 있다.
그렇지 않으면 큰일 날 명호다.

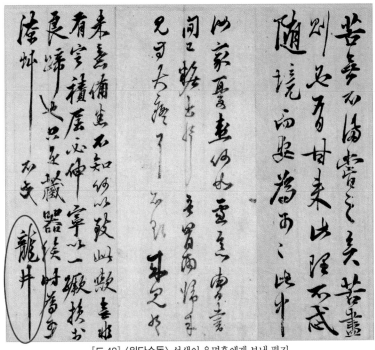

[도 48] 〈완당소독〉 선생이 유명훈에게 보낸 편지

■ 34.6cm × 42.8cm

27

삼십육구주인, 한구閒鷗를 역설하다

우리들에게 익숙한 갈매기에 관한 이야기는 한명회가 거센 민심을 피해 거취를 옮겨 갈매기와 놀며 지은 명호 '압구정' 이 있다. 선생의 갈매기와의 인연은 이미 선생의 나이 42세에 오승량이 부친의 회갑 때 부탁한 '구십구초당' 이란 당호를 부탁하는 데서부터 맺는다. 갈매기는 선비들이 유유자적하며 한가히 노는 것의 대명사로 쓰이는데 이렇듯 친숙한 갈매기 관련 명호를 선생은 또 어떻게 활용했을까.

강상시절 초기 그의 명호는 거의 대부분 한가하게 은퇴한 선비란 뜻을 가진 한유閒儒에 관계된 것이 많다. 그러나 그 명호 속에는 안분지족의 유유자적하며 한가히 은퇴를 즐기는 선비의 여유가 있는 모습이라기보다는 오히려 자신의 비개悲慨한 처지를 겉으로는 한가하다고 표현했지만 엎드려 시기를 엿보는 권토중래의 역설이 강하게 담겨있다. 칠십이구당, 삼묘, 삼묘노어, 삼십육구주인, 삼호어수, 노호, 조구, 동해한구 등이 그렇다. 그중에 삼묘노어와 삼십육구주인三十六鷗主人이 대표적이다.

어느덧 살을 에는 듯한 겨울, 설날은 다가오는데 선생이 지내는 곳은 창은 얇은 종이창이니 바람이 뚫렸고, 바닥의 거칠고 쓸쓸한 대자리 밑에는 온기라고는 없었다. 월성위 시절의 대감집의 위세는 이미 기운지 오래였다. 특히 눈병은 더욱 심해져 침침해져 오고, 살림살이는 주변에서 보내주는 물품들로 겨우 잇고 있었다. 특히 그의 종친이었던 황간 현감은 그의 끊임없는 스폰서였다. 스스로 봉록까지 털어 제수까지 보내주던 그는 강상시절 선생의 구세주였다.

월성위 궁은 몰수되어 선생의 제주 유배를 주도했던 안동 김씨들의 수중에 넘어가고 선생은 제주도에서 돌아와 예산에 머물면서 집안을 추스른다. 비록 뜰 안의 매화가 익어가는 계절인 6월이었지만 선생은 모진 맘을 먹고 예산에서 피폐한 가산을 정리하여 노호鷺湖, 즉 용산에 작은 거처를 마련하고 권속들을 모여 살게 한다.

가깝게 한강이 내려다보였고, 갈매기들은 매양 강물을 훑으면서 구파를 일으키고 있었다. 뒤로는 남산을 기대고 있어 바로 옥문(사대문)으로 들어가는 지름길로 궁과 가까웠고, 멀리 강 건너는 바로 노량이 보였다. 선생은 아버지의 신원과 자신의 정치적 복귀를 위한 거처로 이만한 곳이 없었다. 선생이 이곳에 거처를 잡은 이유였다. 그곳에 작은 정자가 하나 있었는데 일휴정이었다.

겨울의 한복판, 아래에서 올려치는 강바람에도 미동조차 하지 않고 일휴정에 앉아있는 선비가 완당 선생이었다. 옆에서 달준만이 씩씩거리며 먹을 가는 열기만 올리고 있었다.

강에서는 갈매기가 한가히 노닐고 있었다. 그러나 겉으로는 한가해 보이지만 쉴 새 없이 먹이를 찾고 주변의 적들을 경계하며 한시도 쉬지 못한다. 쉬는 게 쉬는 게 아닌 모습이 마치 자신과 같았다. 그러나 선생이 할 수 있는 일은 그리 많지 않았다. 그러니 한가할 수밖에 없었다. 그래서 선생은 오히려 그 한가로움에 역정을 내고 있었다.

마침 이재 권돈인[7]의 외로운 싸움이 시작되었다. 드디어 권토중래의 끝이 보였다. 선생은 이재의 싸움에 실낱같은 희망을 걸었다.

선생은 이재의 싸움이 무모한 것이라는 것을 알고 있었음에도

---

7 권돈인(1783~1859년) : 완당 선생의 벗이자 정치적 동지다. 조선 후기의 문신이자 서화가이다. 본관은 안동이요, 자는 경희이고, 호가 이재이다.

지는 게임에 동전을 던지고 있었다. 뿐만 아니라 적극 도왔다. 다른 사람들이 '나방이 등잔불로 달려드는 것도, 파리가 창문에 부딪히는 것을 현실을 모르는 무모한 짓'이라고 비난할지 모르지만 그는 스스로 나방이 되고 파리가 되었다. '나방은 밝은 곳을 찾으려는 것이요, 파리는 갇힌 곳에서 창밖으로 나가려는 것이므로 각기 의미가 지닌 행동'이라고 생각했다. 선생은 '사람들이 이재의 투쟁을 무모하다고 비난하지만 이는 절망에서 탈출하려는 행위'이므로 당연한 선택이라고 지지했다.

그러나 정세는 그에게 호락호락하지 않았다. 안동 김씨들의 유화 정책으로 영의정에 오른 권돈인이 오히려 조천의례를 들고 나와 권력 유지를 위한 안동 김씨들의 무리수를 에둘러 몰아붙이자 이에 당황한 그들이 권돈인을 코너로 몰기 시작한 것이다. 예상 못한 것은 아니었지만 정치권은 그들 뜻대로 흘러가지 않았다. 정치권에 또다시 차가운 기운이 감돌기 시작했다. 이재에게 불리하게 돌아가고 있었다. 선생의 실망감은 커져만 갔다.

강상에 몸을 의지한 채 1년을 아버지의 신원을 위해 뛰어다니고, 자신의 정치적 복귀를 위해 뛰어다닌 것이 '원금冤禽이 목석木石을 나르는 듯한 헛된 짓이었던가.'

정치권의 차가운 기운이 남산을 넘어 용산까지 다가오자 그의 마음을 더욱 얼어붙게 하고 있었다.

열세에 몰린 이재를 위해 동생들을 동원하고 제자들을 다독여 힘을 보태고는 있지만 정작 아무 일도 할 수 없는 자신이 한스러울 뿐이었다. 정치권의 이상한 기류는 선생을 더욱 한가하게 했다. 그 한가함은 한가함이 아니라 지독한 체념의 선택일 뿐이었다. 이 추운 날에 먹을 갈게 하고 글씨를 쓰려 하는 것은 그 한가함에 역정을 내는 것이었다.

그때 추운 겨울을 뚫고 홍한주가 위로차 찾아왔다. 선생은 급히 예를 갖추고 자리에 앉는다. 그러나 홍한주 또한 그 한가로움에 빠질 수밖에 없었다. 서로 말이 없다. 홍한주는 위로차 왔기 때문에 그의 한가로움에 낄 수밖에 없었고, 선생 또한 예를 갖추는 것 말고 그에게 마음을 보일 수는 없었다.

마침 제자 유상이 부탁한 당호를 준비 중이어서 달준의 부산스러움이 끼어들어 분위기를 녹이고 있었다. 유상은 선생의 제자로 호는 우범, 자는 청사로 알려져 있는데, 그의 또 다른 호가 소후였다. 일찍부터 유상은 선생에게 글씨를 배웠는데, 유배 후 선생을 위해 마련한 제자들간의 서화 배틀인 「예림갑을록」에도 참여한 전도 유망한 서예가이었다. 또한 유상은 얼마 전에 〈세한도〉에 첨부된 선생의 서문과 청조 문사들의 제사를 베낀 적이 있었다. 그런 그가 선생에게 당호를 부탁해 온 것이다.

먹을 갈던 달준이 걱정한다. 날이 추운지 먹을 가는 손에 힘이 더 간다. 먹색은 짙어지고 추워 먹물이 어는 데 선생은 미동도 하지 않는다. 이렇게 먹을 갈고 버리기를 몇 번, 마음을 다잡고 간신히 붓을 든다.

그에게 희망을 보았을까? 자신을 이어갈 금석학자로 유상이길 바랐을까?

그동안 그의 글씨와 학문에 관심을 가지고 지켜보던 선생은 좀 더 금석학문에 정진하라는 뜻으로 '오랜 세월을 거치면서 비바람에 깎인 볼품없이 깨진 빗돌에 희미하게 남아있는 몇 개의 글자' 라는 현판 '잔서완석루' ^{도49}를 짙은 먹색으로 쓴다.

이 글은 완고하지만 글씨는 매우 자유롭고 창의적이다. 개방적이고, 글씨체의 범주에 갇혀있지 않고 규격을 두지 않았다. 전서인가 하면 예서요, 예서인가 하면 해서요, 해서인 듯 곰곰이 따져보면 초서도 보인다. 장중함과 활달함을 잃지 않았으며, 글자의 변화는 심하지 않지만 바람처럼 자유로움이 돋아나며, 붓끝에

[도 49] 〈잔서완석루〉
■ 31.8cm×137.8cm, 손창근

서 누르는 무게감은 감히 누가 범접하지 못할 정도를 얻었다. 바로 학문의 길이 자못 그러해야 한다고 말없이 표하고 있다.

그러나 이 잔서완석루에는 그 의미가 쓰러져가는 완당 자신의 모습이 투영된 것 같아 더욱 쓸쓸해 보인다. 그리고는 천천히 명호로 자신의 심정과 처지를 담은 삼십육구주인이라 쓴다. 옆에서 그의 한가함을 지켜만 보고 있던 홍한주가 궁금했던지 물었다.

"삼십육구가 무엇입니까?"

"단순히 갈매기가 많다는 뜻입니다."

그러나 그 속에는 선생의 기막힌 역설이 있다. 다만 홍한주에게 말할 필요가 없었을 뿐이었다.

선생은 주역의 대가였다. 선생은 주역우의고周易虞義攷를 통하여 주역 해석에 주를 달 정도로 주역에 능통했다. 따라서 수에 대한 관념이 확실했고, 수를 쓰는데 주역의 수 개념을 도입했다. 물론 36이나 72는 많다는 의미도 함께 지니지만 모두 9의 배수이다. 따라서 36은 9와 관련된 수이다. 9가 가지는 의미가 더 크다고 볼 수 있다.

인생을 아홉으로 나누면 마지막 정리의 단계가 9다. 주역에서 이 9를 경계하기를 나서지도 말고, 벌리지도 말고, 대들지도 말기를 권한다. 부중부정不中不正하여 더 나갈 바가 없으니 나아가면 뉘우침만 남는다. 9는 이런 항룡의 수이다. 9란 수의 의미는 항룡으로, 늙은 용은 힘을 쓸 수 없는 의미로 회한을 나타냄으로써 여기서는 자조적인 자신의 마음을 에둘러 표현한 것이다.

그러나 자신이 항룡이 된 것은 자연스런 은퇴가 아니라 강제된 한가함이니, 동해 한구는 바로 그런 자신의 처지를 나타낸 역설적 표현이다. 삼십육구주인은 동해한구의 또 다른 역설이다. 칠십이구초당도 마찬가지다. 모두 강상 시절 선생의 강제된 은퇴에 대한 역설일 뿐이다. 36 또는 72는 한가한 처지가 점점 극에 달하면서 이 의미의 확대를 뜻한다. 그의 한가함, 유유자적, 은퇴는 강제된 것이었기 때문에 더욱 슬프게 들린다.

정치적 복귀는 어쩔 수 없지만 자신의 금석학문은 제자 유상에게 이어져 오래되어 깎이고 패인 빗돌처럼 오래가기를 바라는 마음이 또한 쓸쓸해 보인다.

28

삼묘노어, 적과의 동침

　완당 선생의 강상 시절 작품 중에 단연죽로시옥^{도50}이란 단정한 편액 글씨가 있다. 이 편액은 누구에게 주었는지, 어디의 편액인지는 알려진 바가 없다. 그 편액에 쓰인 명호가 바로 삼묘노어三泖老漁이다. 삼묘노어란, 삼묘에서 낚시나 하는 한가한 노인이란 뜻을 가진 명호다.

　이 편액을 볼 때마다 선생이 강상 시절 당시의 자유로운 필획 운용에 비추어 볼 때 대체 누구에게 주는 글씨이길래 이렇게 붓놀림을 점잖고 단정하게 썼을까 하는 궁금증이 일곤 한다.

　혹시 이 편액이 그 명호의 숨은 뜻으로 보아 안동 김씨 가문에 가지 않았나 하는 상상을 해본다. 그렇다면 선생과의 관계 속에서 제일 유력하게 떠오르는 사람이 바로 김병학이다.

그 상상으로 가려면 김병학과 선생의 만남부터 시작해야 하는데, 이 둘의 만남은 홍선의 소개가 아니면 힘들다. 홍선과 김병학은 나이도 비슷하지만, 안동 김씨들 중에 가장 긴밀한 내통자로, 안동 김씨들의 몰락과는 상관없이 마지막까지 한 배를 탄 인물일 정도로 서로 친밀하고 은밀했으며 도타웠다.

그것은 그의 성격 탓이기도 했다. 그는 거침없었고 성격이 괄괄하여 쉽게 웃고 쉽게 화내는 성격의 소유자였다. 덜렁거리면서도 자기 필요한 대로 해석하고 너털웃음으로 자기변명을 넘기는 사람. 일면 화통과 의리를 얘기하지만 자기 실속에 밝은 사람이 바로 김병학이었다.

김병학은 안동 김씨 가문이지만 완당 선생과도 말년까지 아주 긴밀하게 소통하는 인물이자 안동 김씨의 견제로부터 보이지 않는 보호막이었다. 젊은 시절 선생에게 황산 김유근이 있었다면, 강상 이후에는 김병학이 안동 김씨 가문과의 남아있는 작은 소통로였다.

선생은 그의 부인이 심하게 아플 때에는 위문의 글과 '봉래'라는 신선을 편액으로 보내주기도 했다. 선생의 과천시절까지 인연이 이어졌고, 선생이 쓴 디자인 조형 글씨로 유명한 '계산무진'은 김병학의 아버지 계산溪山 김수근金洙根(1798~1854)에 대한 선생의 억지 아부성이 담긴 중의적 의미의 편액으로 볼 수 있다.

차를 좋아하는 선생에게 용정차와 나무 필통을 보내주며 부채에 그림을 그려줄 것을 부탁한 적도 있고 김병학의 아버지 묘비도 선생의 글씨라는 설이 있으니 둘 간의 친밀함을 알 수 있다. 그렇게 선생의 말년까지 친밀하게 지냈지만 첫 만남부터 그런 것은 아니었다. 선생의 입장에서 보면 정적이었기 때문이다.

홍선이 먼저 선생을 만났고, 선생의 제자가 되면서 선생의 후원자 중의 한 사람으로 자리를 잡았다. 그리고 김병학을 선생의 품속으로 끌어들였다. 어쩌면 홍선의 치밀한 계산이 있었을지도 모른다.

하루는 홍선이 젊은 친구 하나를 데리고 와 인사를 시킨다. 예의를 잃지는 않았지만 소리가 크고 웃음이 호방하였다. 김병학이었다. 김병학은 안동 김씨 가문의 핵심 주류로 성장하고 있는 청년이었다.

선생은 아연 질색, 긴장이 흐르는 순간이었다. 팽팽한 긴장이 일휴정 정자 위로 흘렀다. 후아유? 이 웃음소리 크고 인사성이 밝은 청년은 누구인가?

세상이 약간은 변해 그들의 유화정책이 시작되었지만 선생과 그들과의 악연은 세상 사람들이 모두 알고 있는바 이목도 이목이지만, 무엇이 어디에서 어떻게 책잡힐지 모르는 판국이었다. 더구나 요즘 시절은 선생의 암중모색 시기이기도 했다. 권돈인, 신관희, 이학수 등 당여들이 속속 복귀되거나 해배되어 힘을 모으고 있는 시기에 안동 김씨의 핵심 청년이 선생을 방문한 것이다.

선생의 이런 반응에 홍선이 안심시키지만 그저 농으로 말할 뿐이었다. 얼버무려 돌려보냈다. 이렇게 김병학과의 만남이 시작되었다.

당시 선생의 심정을 잘 나타낸 '삼묘희청三泖喜晴'이란 시 한 편을 보면 얼마나 조바심하며 때를 기다렸는지 알 수 있다.

快覩堯醲舜郁天 쾌 도 요 농 순 욱 천	밝고 빛난 요순 세상 내 눈으로 친히 보니
太平霽象大江前 태 평 제 상 대 강 전	태평이라 갠 기상은 큰 강 앞이로세.
元知世界淸如此 원 지 세 계 청 여 차	세상이 이와 같이 맑다는 것을 본래 알았으니
一日霓霪抵十年 일 일 침 음 저 십 년	하루 장맛비도 십 년인 양 지루하다.

그해 가을 김병학이 다시 찾아왔다. 많은 물품과 함께 작은 편액하나 부탁한다는 핑계였다. 나중에야 알게 되지만 김병학은 그저 선생이 좋았던 것이다. 선생을 알고 가까이 지낸다는 것이 마냥 즐거웠고 자랑스러웠던 것이다.

그러나 그의 아버지 김수근은 달랐다. 완당에게 목매는 자식이 못마땅했고, 아직 완당, 아니 정확하게 말해서 선생과 권돈인을 중심으로 한 반反 안동 김씨 전선을 믿을 수가 없었다. 아버지의 생각은 아들과 생각이 달랐다.

"흥선은 요즘 뭐하더냐? 아직도 궁상이나 떨며 다닌다더냐?"

"파락호 짓이나 하고 다니지요. 뭐."

"추사, 그 사람은 요즘 뭐하며 지낸다더냐? 요즘 권돈인 당여들이 모여 모의를 자주 한다는데…"

"글씨나 쓰며 지내요. 뭐."

"그럼 글씨 한 점 얻어오너라. 그의 글씨가 괴하다는데 괴하지 않게 씀이 어떠냐고 전해라."

이런 대화쯤은 쉽게 상상할 수 있다.

김수근은 정치적으로는 완당이 못마땅하고 경계의 대상이었지만 그의 글씨는 좋아해 많은 글씨를 원했다. 그것은 김병학도 마찬가지였다. 단지 선생의 글씨가 귀하다니까 받아놓고 보자는 심사가 더 컸다. 김병학은 흥선과 달리 글씨나 난 치는 법을 배우려는 생각은 없었다.

선생의 생각과 김병학의 생각도 달랐다. 선생은 김병학 아버지 김수근의 생각과 같았다. 그래서 선생은 그가 오는 것이 매우 불편했다. 만날 때마다 긴장과 묘한 기운은 풀리지 않았다. 혹시 자신을 탐색하러 온 것은 아닐까. 더구나 요즘 들어 안동 김씨 측에서 보내는 예리한 감시 때문에 바짝 촉을 곤두세우고 있었다.

그런 와중에 김병학이 또 찾아왔다. 아버지의 글씨 요구가 있

기도 했고 솔직히 선생이 더 보고 싶었는지 모른다. 그러나 선생
은 의구심을 버릴 수는 없었지만 예의를 다해 맞이했다. 그는 아
버지를 핑계 삼아 고급종이를 엄청나게 싸들고 와 성질 급하게
편액을 부탁했다. 김병학다웠다. 선생은 언짢았다. 글씨라는 게
'잠깐 사이 만들어 응수應酬하는 것과는 다르니 두고서 며칠을
기다려 계획하겠으며, 또한 사소하게 걸리는 일이 있어 부득불
조금 지체하지 않을 수 없으니' 하면서 슬쩍 빼보지만 그의 청을
거절할 수는 없었다.

아주 단정하게 썼다. 선생 특유의 '괴' 함이 없는 글씨체다.
'단연죽로시옥' ^{도50} 단계벼루와 차를 끓이는 대나무 화로가 있는
시 짓는 집이라는 뜻이다.

그리고 명호를 삼묘노어라 쓴다. 편액 내용과는 이어진 하나

[도 50] 〈단연죽로시옥〉
강상 시절의 작품으로 본다. 벼루와 차 끓이는 화로가 있는 시 짓는 집이란 뜻으
로, 욕심을 버리고 자족하며 산다는 의미가 담겨있으며 명호 또한 그런 삼묘에서
낚시하는 늙은 어부라는 의미를 확장함과 동시에 강조하고 있다.
■81cm×180cm, 영남대학교 박물관

의 문장이라 해도 될 정도로 잘 어울리는 명호다. 그저 좋은 벼루
나 좋은 차만 있으면 정치보다는 시나 짓고 강가에서 낚시나 즐
기는 노인으로 자신을 표현한 것이다.

정적 김수근에 대한 답이었다. 안동 김씨들에게는 반가운 명
호였다.

석감石敢, 남은 먹으로 세운 장승

"이 나이에 우리가 **감당**할 수 있을까요?"

"아니, 그렇게 힘들다던 제주 유배를 **감당**했는데, 무엇이 걱정이겠습니까?"

"나야 예견했다지만 공에게 또 힘든 일을 **감당**하게 하는 거 같아 미안하외다."

"일찍이 나도 예견한 일이오. 그러니 당연히 내가 **감당**할 일이 아니겠소."

어쩌면 이재 권돈인과 완당 선생은 북청 유배 길을 앞두고 이런 대화를 했을지 모른다. 이때 둘의 대화 속에 나오는 '감당'이란 바로 '석감당'에서 온 말이고, 선생이 이재와 함께 만든 우정

[도 51] 〈지란병분〉

■ 54cm×17.4cm, 간송미술관

의 부채에 쓴 석감^{도51}이란 명호의 연원은 이 말속에 있다.

석감당이란 천하무적이란 뜻이다. 원래 석씨 성씨를 가진 천
하무적에서 비롯되어 후에 민중들의 염원과 맞물리면서 마을의
민속과 습합하여 천하대장군의 장승과 비슷한 마을 수호신으로
자리 잡게 된 신물神物이다. 이 신물을 선생이 역시 선생답게 남
은 먹의 세계로 끌어들인 것이다. 왜일까?

도성 밖 한강 변 용산, 강상은 뱃머리를 댄 포구의 악다구니 소
리를 빼면 조용하고 한가하다. 어느 때는 이 뱃머리의 소란함을
즐길 때가 있을 만큼 선생은 소일거리를 줄였다. 자유롭게 파도
를 타는 갈매기가 친구였고, 흐르는 강물이 세월이었다. 한때는
한쪽 귀를 언제나 도성으로 향해 열어놨을 때도 있었고, 용산이
란 지역을 택한 것도 언제든 도성에 한 발을 빼고 넣기 쉬웠기 때

문이었지만, 그것조차 헌종이 젊은 나이에 죽자 모든 기대가 물거품이 된 선생의 일상은 한가로움 속의 애처로움 그 자체였다.

그러나 도성 안은 벼슬에서 물러났던 이재 권돈인이 영의정으로 화려하게 복귀하면서 복잡하고 시끄럽게 돌아가고 있었다. 간신히 영의정을 되찾았으나 그들과의 싸움까지 끝난 것은 아니었다. 안동 김씨들의 견제는 마치 지는 햇빛이 발악하며 내쏟는 석양처럼 거칠고 강했으며, 그동안에 보였던 약간의 타협과 부드러움이 없어지고 홀로 정국을 농단하고 있었다.

이런 상황에서 영의정으로의 이재 권돈인은 정동중으로 정국의 기색을 엿보고 있었다. 그러나 그에게 예상보다 빨리 기회를 찾았다. 드디어 이재가 칼을 빼들었다.

철종이 안동 김씨들의 후광으로 왕에 오르자 진종조례를 가지고 들고 나온 것이다. 그의 반격은 의외로 허점을 잘 파고들고 있었다. 이 진종조례는 따지고 보면 이재가 왕통의 논리적 부재를 파고든 것이다. 특히 이재는 예학의 적손인 권상하의 5대손으로 예에 관한 한 뿌리가 깊어 자부심과 올곧음이 대단하였다. 이재가 다시 예송 문제를 들고 나선 것이다.

안동 김씨들이 정권을 유지하기 위해 강화도령 철종을 왕에 앉혔는데, 문제는 영조의 요절한 장남 진종의 천묘를 시행하면서 발생하였다. 이 진종은 왕의 대수로 따지면 철종의 고조이므로 천묘하는 게 맞아 안동 김씨 가문에서 천묘하려 했다.

이때 이재가 반대 논리를 편 것이다. 철종은 인륜의 항렬로 보면 진종의 증손이므로 아직 천묘해서는 안 된다는 논리다. 그러나 이 논리를 들여다보면 이재의 속내를 알 수 있다. 즉 철종은 항렬로 따질 때 왕의 등극이 불합리하다는 것을 말하는 것이었다.

이 논리가 퍼지자 안동 김문들의 사주를 받은 삼사三司는 물론 성균관 유생까지 이재를 코너로 몰기 시작했다. 이재는 단기필마로 그들과 대적하고 있었다. 선생은 동생들을 불러 모아 이재를 도와주라고 부탁했다. 그러나 중과부적이었다. 이재가 점점 코너로 몰리기 시작했다. 강상에 물러나 도울 길이 없는 선생은 마음이 안타까울 뿐이었다. 그저 헛헛함을 붓으로 희롱하는 것 밖에는 달리할 수 있는 게 없었다.

그러나 이재의 일에 직접 나설 수는 없어도 동의는 필요했다. 그의 고군분투에 위로가 필요했다. 선생은 먹동이 달준을 불렀다. 그리고는 좋은 부채를 하나 골라 난을 치기 시작했다. 난이 홀로 향을 내고 있지만 지초와 함께하면 그 향이 더욱 맑고 그윽하니 난을 치는 것보다 지초를 함께 해서 그 맑은 우정을 표시한다. 이렇게 헛헛함을 붓으로 희롱한 선생의 마음이 부채가 바람을 일 때마다 향기로 전해지기를 바랐다.

제목을 지란병분이라 짓고 무엇인가 발문을 쓰려다 멈칫한다. 남은 여백은 자신의 차지가 아닌 것을 직감한다.

자신에게 다가올 또 한 번의 풍파를 예감했을까? 눈앞에 온갖 자신의 풍파가 한순간에 지나간다. 이제는 더 이상 내게 이런 풍파가 오지 않았으면 좋겠다. 선생은 주저 없이 명호를 썼다. 아, 석감이로구나! 이 석감당이 이재를 지키고 나를 지킬 것이다. 아니 내가 비록 남은 먹으로나마 석감당이 되어 다 막을 수 있으면 좋겠다.

이렇게 석감은 선생이 남은 먹으로 세운 장승이 아니었을까.

그리고 지체 없이 그림을 이재에게 보낸다. 그러나 아쉽게도 이 그림을 이재가 본 것은 낭천으로 유배를 다녀온 후 퇴촌에 물러나 있을 때였다. 정국이 이재가 바란 대로 흘러가지 않고 있었기 때문이다. 결국 진종조례의 건은 안동 김씨들의 논리가 이겼고, 이재와 선생은 유배길에 다시 올라야 했다.

퇴촌에 물러나 있던 이재는 새삼스러울 정도로 늦게 도착한 선생의 지란병분을 보며 작품에 한 번 감동하고, 우정에 또 한 번 감동했다. 비록 그림이지만 마치 지란의 향이 방 안에 가득하여 맑고 깨끗하게 만들고 있었다. 선생에 대한 고마움을 잊지 않았다. 붓을 든다.

'백 년이 지난다 해도 도는 끊어지지 않고 만 가지 풀이 꺾인다 해도 향기는 사라지지 않는다.'

석감의 속뜻에 어울리는 제문을 쓴다. 그 후 그 틈을 비집고 들어와 홍선이 난과 지란을 꿰찼다고 감상문을 쓰고, 몇 년이 흘렀는데도 그 향이 변하지 않아 우연히 애사 홍우길(벽초 홍명희의 증조)를 불러 다시 보여주니 애사도 조심스럽게 지란병분도를 구경했다고 쓴다.

후에 제자 조희룡이 석감을 명호로 삼는데 그냥 그대로 쓰는 것이 아니라 스승의 석감에 마음(心)하나 더 얹어 조금 부족하다는 뜻을 가진 석감石憨이라 칭하며 겸손을 보이니 이들의 스승과 제자간의 돈독한 정을 누가 말리랴.

쌍수雙脩, 쌍수雙手 들어 환영하다

쌍수雙脩는 선생이 초의와 편지를 주고받을 때 쓰던 명호다. 그 명호에는 선생 특유의 유머와 해학이 들어 있다. 그 시간을 거슬러 올라가 보자.

선생과 초의 사이에 오간 편지를 읽다 보면 답신간의 미묘한 흐름이 나타나는 데, 불국사에서의 첫 만남을 선생이 바람맞힌 이후 거의 선생이 초의의 편지를 목말라함을 알 수 있다. 선생은 편지를 보내 놓고 목메어 기다리고, 초의는 뜸을 드린다. 선생이 재촉하면 초의는 해줄 것은 다 하면서도 짐짓 모른 체하니 선생의 재촉은 가끔 투정으로 변하기도 한다.

그날도 마찬가지였다. 선생의 답답증은 나날이 커져갔다. 초의만이 그의 답답증을 풀어줄 수 있었다. 갈등에 대한 해답을 누군가가 확신을 주어야 매조지 하는데, 그가 바로 초의였다. 보낸 편지에 사람은 오가고 있는데 답신은 없자 초조하게 소식을 손꼽아 기다리고 있었다.

사실 선생이 초의를 만나본 지가 그리 오래되지도 않았다. 해배되고 오는 길에 만나기로 한 백파스님과의 약속까지 깨고 초의가 머물고 있는 대둔사 암자 〈일로향실〉에서 하룻밤을 묵었었다. 그리고 곧바로 예산으로 가서 엉망이 된 집안도 수습하고, 가산을 정리하여 강상으로 올라와 겨우 자리를 잡으며 지친 심신을 달래고 있었다. 그러기를 서너 달이 지났을 뿐이었다.

이때 선생은 정신적으로 매우 지쳐있었다. 예산 향저에서 올라와서 겪는 힘든 생활에 대한 위로가 아니라 순전히 정신적 위로가 필요한 시기였다. 긴 유배생활로 메마른 정신은 당장 그에게 닥친 현실을 파악하기에도 버거웠다. 아마 현실과 이상 간의 갈등뿐 아니라 막상 유배에서 풀려나 보니 풍비박신된 집안도 일으켜 세워야 하고 아버지뿐 아니라 자신의 명예와 정치적 위상도 회복해야 하는데 뜻대로 되지는 않았으리라.

한편으로는 이런 좌절감에서 숨겨져 있지만 숨길 수 없는 자신의 현실적 욕망에 대해 매우 부끄러워하고 있었을지도 모른다. 모든 것을 초월했다고 믿었던 자신이 막상 강상에 올라와 보니 그렇지 않았던 모양이다. 초의에게만은 자신의 욕망을 숨기고 싶지 않았다. 초의에게 보낸 편지글을 보면 강상江上과 복중腹中의 고민과 갈등으로 나타난다. 강상에서의 선생의 심중을 살필 수 있다.

강상이란 강물이 아무리 깊고 도도히 흐르지만 그 더러운 오물이나 쓰레기들을 감출 수 없음이다. 복중은 그 가죽은 얇으나 배 속에 감춰져 있는 오물이나 역겨운 냄새를 감추고 있으니 속내를 들여다보면 강상이나 복중 모두 더럽고 냄새나는 것은 마찬가지인데 어찌 다르다고 할 것이냐는 것이다. 기막힌 은유다.

돌려 말하면 그렇게 선문답이지만, 기실 내 속에 감추고 있는 욕망이나 겉으로 드러난 욕망이나 같은 것인데, 저들은 그 욕망을 드러내 일신을 편하게 지내고, 나는 그 욕망을 감추고 초월한 듯 태연하지만 이렇게 욕망을 감춘 채 초라하게 보내는 나나 그들과 대체 무엇이 다르냐는 것이다. 초의에게 답을 구한 것이다. 문득 탈속하지 못한 자신을 본 것이다. 정혜쌍수定慧雙修[8]가 요구되는 자신이었다.

이런 상황에서 초의의 답을 가지고 편지가 당도한 것이다. 뜻밖에도 초의와 함께 무주의 편지도 함께 받는다. 때마침 초의가 자재의 경지에 도달했다는 소식이 더 반갑다.

초의가 선생을 위로한다. 초의는 너무 그렇게 자책하지 말라는 것이다. 이에 대한 초의는 '더러운 것이 밖으로 새어 나와 냄

---

8 정혜쌍수: 고려의 보조국사 지눌이 주장한 것으로, 선정과 지혜는 서로 따로 수행하는 것이 아니라 병행해야 한다는 수행법.

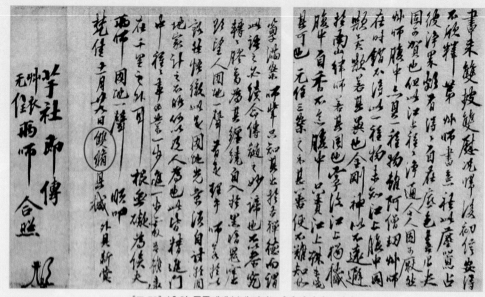

[도 52] 〈초의, 무주에게 보낸 편지〉 멋진 사인이 보인다.

■34cm×85.5cm

새를 풍기기 때문'에 사람들이 피하는 것이다. 서시와 같은 절세 미인도 냄새나는 오물을 뒤집어썼다면 역겨운 냄새 때문에 가까이 가기를 꺼린다는 것이다. 만약 '더러운 냄새에도 개의치 않고, 더러운 인분을 앞에서도 역겨운 냄새를 마치 난초의 그윽한 향기로 여기신다면' 보기 드문 어려운 경지라는 것이다.

위로도 위로지만 초의의 편지 그 자체가 더 반가울 뿐이다. 더구나 그동안 자신에게 화두를 던지며 공안公案을 제시했던 무주 스님의 편지도 같이 있으니 얼마나 반가웠겠는가?

선생의 표현대로라면 서래書來 쌍피쌍위雙披雙慰란다.[도52] 두 사람의 편지를 쌍으로 받아 쌍으로 펼치니 쌍으로 위로가 된다는 것이다. 얼마나 기다렸으면 이런 정도로 표현을 했을까?

편지를 가지고 인편을 되돌려 편지를 쓰고는 쌍피쌍위雙披雙慰했으니, 나도 쌍수雙手 들어 환영한다. 쌍수가⋯

이럴 때 명호는 당연히 쌍수雙脩다. 언어의 유희 같지만 자신이 해야 할 수행을 중의의 표현으로 쓴 멋진 명호다.

그리고 답장 편지도 초의와 무주 두 스님에게 각각 보내는 것이 아니라 한꺼번에 쌍으로 보낸다. 쌍수雙脩가 답을 쌍(雙答)으로 보내니 쌍으로 받으시게(雙授) 하시게. 재미있는 마감이다.

이쯤 되면 쌍피 쌍위가 쌍수라는 호와 얼마나 잘 어울리는지 알 수 있다. 말의 유희처럼 보이지만, 그대로 유희로 끝나는 것이 아니라 그 속에 심오한 의미가 들어있으니 가벼워 보이지 않는 이유다.

그 후 선생의 행보를 보면 이때 초의가 답해주고 깨닫게 해준 답을 가지고 나머지 일생을 살았다고 할 수 있다. 정조 사위인 홍현주 등에게 정계에 손을 대보려다가 이재 권돈인과의 조천의례 사건이 정치적 패배로 이어져 다시 북청으로 유배를 다녀온 후로는 과지초당에서 봉은사를 오가며 쌍수를 위한 삶을 살았다 해도 과언이 아니다.

그리고 명호도 쌍수에서 쌍수도인으로 살짝 바꿔 쓴다. 이제 도를 얻었다는 것이다. 물과 같이 자연스런 명호의 변화다.

31

삼연노인三硯老人,
아름다운 은유의 가르침

선생의 벼루 사랑은 극진했다.

그는 반드시 먼저 벼루부터 고른 후에 글씨를 쓸 수 있다 할 정
도로 벼루에 남다른 욕심이 있었다. 아울러 좋은 벼루를 가릴 줄
아는 감식안도 가지고 있었다. 서예의 필수품이기도 했지만 감상
과 수집의 대상이어서 선생의 벼루에서는 아름다움을 엿볼 수 있
다. 특히 그중에 선생은 동기창에서 옹방강을 거쳐 자신에게 온
단계 벼루를 좋아했는데, 그것을 제자 이한복이 그려 간직할 정
도였으니 어찌 문방사우에만 국한됐으랴. 지금은 그림이라도 전
해지고 있으니 그나마 다행히 감상할 수 있어 그 면모를 알아볼
수 있다. 삶의 치열함을 보여주는 그의 명호가 벼루를 그냥 놔두
고 지나칠 수는 없었다. 바로 '삼연노인'이 벼루에 관한 명호인

데, 이는 흥선대원군과의 인연이 깊다.

선생이 노호(용산)에 막 자리를 잡았을 때였다. 석파 이하응은 선생이 강상으로 거처를 옮겼다는 소식을 듣고 우선 위로의 편지와 함께 어려운 형편을 보탤 정도의 선물을 선생에게 보낸다. 이런 뜻하지 않은 귀인으로부터의 선물이 선생을 감동하게 만들었다.

아무런 이유 없이 받는 물품이었지만 선생은 물리치는 것이 오히려 불공이라 변명하며 마치 본디부터 자신이 소유한 것처럼 염치를 불구하고 받겠노라며 감격하기도 했지만, 또 그렇게 받을 수밖에 없는 자신이 부끄러워 몸 둘 바를 몰라 했다.

이렇게 서신과 선물, 그리고 고마움이 오가던 둘 간의 교류는 나이 서른의 젊은 석파가 조심스럽게 강상의 선생을 직접 찾아오면서 급격히 사제지간으로 발전하였다. 둘 다 현 정치권력인 안동 김씨의 견제를 받고 있던 터라 조심스러울 수밖에 없었다. 그러나 석파도 한량으로 파락호 짓을 하며 그들의 눈에서 벗어나 있었고, 선생 또한 삼묘노어나 삼호어수三湖漁叟라는 명호에서 나타나듯이 한가히 낚시나 즐기고 갈매기와 노니는 은퇴한 노인에 불과했기 때문에 둘의 만남이 세간의 이목을 끌지는 못했다.

그러나 둘 다 권토중래, 암중모색하는 시기였으니 서로 마음은 통했으리라. 따지고 보면 둘 다 현 권력에서 밀려난 왕족으로 동병상련의 아픔이 있었으리라 본다. 석파와의 만남은 이렇게 시작된다.

석파는 강상에 다녀간 뒤부터 난 배우기를 청한다. 선생은 난 치는 법을 가르치는 것을 매우 힘들어했을 뿐 아니라 자신도 난을 친다는 것을 극도로 꺼려했다. 그러나 석파에게는 정성을 다했다. 난화를 그리는 것이 어찌 보면 하찮은 기예지만 이에는 격물치지가 있는 것이지 단지 완물상지玩物喪志는 아니라는 것도 강조한다.

신명을 다하여 자신의 난화에 대한 신념을 전한다. 그리고 직접 난첩 체본을 보내면서도 그런 난화를 그리기에는 오직 연습과 연습뿐이라는 말을 잊지 않는다.

석파가 선생에게 난을 배운 지 1년이 지나자 마음이 급한 석파는 자신이 그린 난첩을 선생에게 보내 평을 부탁한다. 석파의 재주가 1년 만에 놀랄만한 발전을 가져올 정도로 뛰어났기도 했지만 이 평에서는 평소답지 않은 선생의 평이 내려진다. 어지간해서는 이런 칭찬을 하지 않는 선생이었다. 왕족으로 여유를 즐기기엔 이 정도면 충분하다는 생각이 들었는지, 어차피 예인으로 나서지 않을 것을 알고 그랬는지는 모르지만, 문자향이 부족하다는 생각은 숨기고 자신이 보기에는 압동 이후에 처음이라는 좀 과한 칭찬과 함께 평을 마친다. 그 칭찬이 과한 줄은 선생도 알았는지 아첨하는 말이 아니다 라고 하면서 아첨하듯이 그를 칭찬하는 선생의 모습이 더 재미있다.

과한 칭찬에 과한 폐백이 오갔는데, 문제는 이러한 칭찬에 석파가 겸손하지 못하고 약간 오버를 한 것이다. 마치 난을 치는 경지에 이른 듯한 자신감을 드러낸 것이다.

이때 선생은 석파의 과한 자신감에 대한 자제가 필요하다고 생각한다. 그렇지 않으면 석파가 속사俗師의 마계魔界에 빠질 것이 뻔했다. 선생으로서는 마지막 가르침일지도 몰랐다.

好古有時搜斷碣 옛것이 좋아 시간 나는 대로 조각난 비
호 고 유 시 수 단 갈   석을 찾아

研經屢日罷吟詩 경을 연구하다 보니 한동안 시 읊는 것
연 경 루 일 파 음 시   을 게을리한다.

백 마디 말보다 직접 석파에게 시범을 보이기 위해 대련구를 찾았다. 이 글은 언젠가 죽완과 토론하며 쓴 내용이었다. 서법을 말하기엔 이만한 대련구도53가 없었다. 마찬가지로 난법이 곧 예서법이니 난법을 말하기에도 이만한 문구가 없었다. 다만 이 대련은 고예체에 후한시대 팔분예서체가 가미된 문자향이 물씬 나는 서체를 선택했다. 이는 난을 치려면 반드시 예서 쓰는 법으로 해야 한다는 평소의 가르침을 글씨로 나타내고 있었다. 그리고 선택한 명호가 바로 삼연노인三硯老人이다.

[도 53] 〈호고유시〉
■ 29.5cm×129.7cm, 대련, 간송미술관

실제로 선생은 벼루 세 개를 가지고 있었는데 그 하나는 단계연이요, 나머지 둘은 보령 남포연으로 도철饕餮 무늬 벼루와 양면벼루가 그것이다. 양면 벼루에는 군자의 도를 시로 새겨놓은 멋진 벼루다. 실제 자신이 가지고 있던 세 개의 벼루를 빗대서 선생은 감사의 인사를 보낼 겸 이 대련을 보내면서 가르침으로 대신한다.

"천기가 아름다우니 난을 칠만한 기후다. 붓을 몇 자루나 소모하였느냐?"

자신 스스로 천 자루의 붓과 열 개의 벼루를 구멍 낼 정도의 연습량을 소화해낸 완당이었다. 그 연습량을 통해서 불이선란을 통해서 우연사출 할 수 있었고, 우연욕서하여도 모든 글자들이 귀일할 수 있었다.

「난초 그림의 뛰어난 화품이란 형사에 있는 것도 아니고 지름길이 있는 것도 아니다. 또 화법만 가지고 들어가는 것은 절대 금물이며 많이 그린 후라야 가능하다. 당장 부처를 이룰 수는 없는 것이며, 또 맨손으로 용을 잡으려 해서는 안 되는 것이다. 아무리 구천구백구십구 분까지 이르렀다 해도 나머지 일 분만은 원만하게 성취하기 어렵다. 이 마지막 일 분만은 웬만한 인력으로는 가능한 것이 아니다.」라는 선생의 말속에 삼연노인의 뜻이 숨어 있다. 참 아름다운 은유적 가르침이다.

재미있는 것은 선생은 난을 치는 데 벼루의 중요성을 강조했는데, 석파는 아버지 남연군의 묘를 이장할 때 가야사 터를 갖기 위해 충청감사에게 무마용 뇌물로 단계연이 쓰였다는 설이 있으니 참 알다가도 모를 일이다.

32

승련勝蓮, 만허를 위로하다

　승련勝蓮하면 선생의 명호보다는 제주 유배 시절 지은 시구 하나가 언뜻 먼저 떠오른다. 초의가 제주도에 위문 차 내려와 토굴에서 생활하면서 시간이 나는 대로 선생을 찾아왔었다. 그런데 어느 날부터 발길이 뜸하자 궁금했던 선생은 손수 그의 토굴로 발걸음을 옮겼다. 그런데 당연히 불법을 공부하고 아내의 극락왕생을 위해 불경을 외울 것이라고 생각하고 왔는데, 이 늙은 중이 염불은 하지 않고 호롱불 밑에서 연만 그리는 삼매에 빠져 친구가 온 줄도 모르고 있었다. 괘씸하여 한마디 하려는 데 그의 굽은 등을 받치고 있는 불빛이 마치 둥근 호롱불이 연을 이고 있는 형상인데다가 등 너머로 보이는 연 그림이 너무 아름답더라. 이놈의 중이 독송하라고 반야심경까지 써주었는데 참선하지 않고 매일 연꽃만 그려 먹에만 참선했구나 생각하니 심사가 뒤틀린다.

초의란 늙은 중이 먹에 참선하여
등 그림자 심지에 먹 그림자도 둥글었네.
등 불꽃 베어내기 전에 그대로 한 번 돌리니
천연스런 연꽃이 불속에서 솟아오르네. …

뒤틀린 심사치고는 멋진 시구다. 이런 시를 누가 썼겠는가?^{도54}
완당 김정희가 이렇게 썼을까, 아니면 추사 김정희가 이렇게 썼
을까. 당연히 승련만이 그런 시를 쓸 수가 있지 않을까. 승련이란

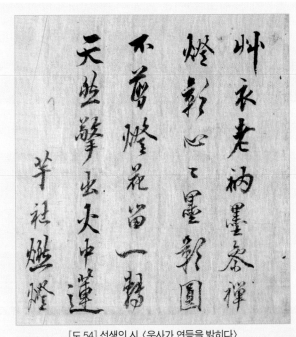

[도 54] 선생의 시 〈우사가 연등을 밝히다〉
■ 18.1cm×17.3cm, 손창근

석가에 근접한 경지를 말한다.

선생이 '승련' 이란 명호를 본격적으로 쓰기 시작한 시기는 유배에서 풀려나 강상에 머물면서가 아닌가 한다. 주로 스님들하고 소통하면서 쓴 명호다.

강상의 어느 날, 선생의 용산의 정자 일휴정에도 차가 바닥이 나고 있었다. 집안의 형편이 비싼 중국차를 들여와 먹는 것도 힘든 데, 참선에 들었는지 차를 보내줄 초의는 더구나 소식이 없다. 듣자 하니 쌍계사에 토종 조선차가 자생한다고 했다. 그러나 지금까지 조선차는 볶고 달이는 기술이 부족하여 향이 거칠고 맛이 떫고 은근하지 못하여 찻값을 치자면 그 차품에 내놓지 못하였는데 만허와 관화만은 달랐다.

만허와 관화는 쌍계사 육조탑 아래 거주하면서 차를 만들었는데 차 만드는 솜씨가 절묘하여 중국차와 비교해도 손색이 없을 정도라는 품평이 자자했다. 한양의 선비들도 그의 차를 대놓고 마시는 경우가 많았는데 선생도 우연히 그가 만든 차를 가져와 맛보는 데 용정과 두강의 차라도 이보다 좋을 수 없었다. 맛의 은근함은 입을 열게 하여 닫혔던 위를 열게 했고, 향은 코끝을 움직였으니 향적찬을 만드는 부엌에도 이러한 묘미는 없을 듯했다.

조선에 이런 차를 만드는 사람이 있었다니 놀라지 않은 수 없었다. 급하게 편지를 써 하인에게 이르기를, 편지를 읽거든 그 자리에서 주는 물건을 받아오라고 하며 은근히 만허에게 남은 차라도 있으면 보내주라고 조르고 있었다.

그러나 만허에게 돌아온 답은 선생을 더 안달 나게 했다. 답이 온 것은 원하던 차가 아니라 달랑 하인을 통해서 들려 보낸 전언뿐이었다.

아마도 만허가 찻잎을 따서 차를 만드느라 승려로서 전념해야 할 참선 공부에 몰두하지 못해 고민이라고 말했던 모양이다. 주변에서도 중이 참선은 하지 않고 차를 만드는데 공을 들이니 중이 할 짓이 아니라고 탓하는 사람들이 많아 선생의 부탁을 듣기가 곤란하다고 한 모양이었다.

이 말을 하인이 중언부언 변명하니 듣기에 답답한 선생은 다시 숨 돌릴 틈을 주지 않고 하인의 등을 돌린다. 하인의 기억력을 의심했으니 이번에도 편지를 쓴다. 자연 말이 많아진다.

그 차야말로 지리산의 일천 봉우리와 사나운 바위 용턱 밑에서 우렛소리 들으며 따온 차임을 누가 모르랴. 스님이 보내온 차 봉지에는 그곳의 솔향기까지 담겨있고, 차 봉지를 열어 그 운치를 한껏 누릴 수 있는 행운을 내게 달라.

쌍계사의 봄빛에 차 인연은 길고 길어 육조六祖 고탑 광휘 아래 으뜸가는 두강차頭綱茶이니 이 식탐 많은 노인이 욕심을 부리는 거다.

내가 중국에서 가지고 온 귀한 찻종지를 한 벌 선물로 보낼 터

[도 55] 〈화법유장강〉
승련노인을 명호로 쓴 대련 중 하나다.
■ 129.3cm×30.8cm, 대련

이니 제일 맛 좋은 차는 육조탑(부처님)에 헌다 하시고, 다음 차품를 내게 보내주기 바란다는 내용이었다.

그리고 추신하길, 선생은 그의 고민을 즉시 되받는다. 차 만드느라 참선 못한다는 만허의 고민을 해결하기 위해 선생의 선지식을 동원하기 시작한다.

요즘 참선한다는 중들은 장님처럼 방 안에 들어박혀 꼼짝도 않고 앉아 있는 것을 공부라고 생각하니 한심하기 짝이 없다고 나무랐다. 법의 안목 없는 선승들이 이심전심이라는 방편의 말을 제대로 이해하지 못하고 착각하고 있는 무지한 선승들의 말을 들으니 한심한 큰 웃음이 나와 마시던 차를 내뿜고 말았다. 선승들의 참선이 마시다 내뿜은 차보다 못하니 오히려 차

가 아깝다는 것이다. 그에 비해 만허야말로 차 일을 하면서 참학
參學도 하니, 자신이 주는 찻종지를 가져가 육조탑 아래 차 공양
을 올려 모든 사람들이 탑의 둥근 빛을 마시도록 권한다면 그 공
덕이 과연 얼마나 크겠느냐고 위로한다. 그런데 참 궁색하다. 안
달하고 궁색하니 말이 많아진 것이다.

이렇게 편지글을 마치고 말미에 명호를 붙이는 데, 차에 관한
편지니 당연히 '승설'이어야 맞다. 그런데 승설을 쓰기 위해 勝
을 쓰다가 곰곰이 생각한다. 갑자기 선생의 장난기 어린 농담기
가 발동한다. 이런 장난기가 발동할 때면 선생은 꼭 '戲贈희증'이
라 한다.

승설은 중국 최고의 차에 대한 동경의 의미가 있으니 그리 쓰
면 관허의 자존심을 건드리기 십상이다. 관허가 만드는 차는 자
긍심에 관한 한 승설을 웃돈다. 지금은 걸명을 해야 할 때다. 결
심한 듯 승련이라 명호를 쓴다.

최고의 차품은 육조탑 부처님에게 공양 헌다하는 것이 당연하
다. 그렇다면 다음 차품은 누구인가? 석가에 이어 가장 근접한
경지가 승련이다. 그러니 당연히 다음 차품은 승련에게 줌이 옳
다. 농담이지만 내가 승련이다. 선생은 다급한 나머지 스스로 생
각해도 웃기는 명호를 끌어들여 자신에게 차를 보내야 하는 당위
성을 합리화 시키고 있다. '승련'이란 명호는 농담 섞인 채근거
림으로는 화룡점정이었다.

이렇게 '戱贈'으로 시작한 '승련'은 마지막 봉은사 시절 남호 영기 스님과 화엄경 판각을 펴내면서 진실로 승련이 되는데, 후에 호봉 스님이 화엄경 80권에 대하여 평할 때 선생을 '승련노인'이라 호칭함으로써 완당 자신이 아닌 다른 사람이 진정으로 그가 불가의 뜻을 넘어선 승련을 인정한 것이다.

승설, 눈을 끓여 차품을 시험하다

승설도 차에 관한 명호이다. 차와 연관된 명호가 승설 외에 고다암도 있다. 선생이 차를 좋아하는 것에 비하면 오히려 명호는 적은 편이다.

선생은 처음에는 조선의 차가 쓰고 떫고 그 맛이 거칠어 싫어했고 주로 중국차를 즐겼는데, 중국차는 주로 이상적이나 오경석 등 역관 제자들의 발걸음을 빌렸다. 그러나 초의를 중심으로 남도의 스님들에 의해 만들어진 조선의 차 맛이 점점 깊고 그윽해지면서 초의와 그 제자 자훈과 향훈이나 쌍계사의 관화, 만허 스님들로부터 차를 공수해 마셨다.

선생의 차에 대한 애정은 중독을 넘어 선의 경지로까지 착각하게 만들 정도였다. 오죽하면 전다삼매[도11]라는 글귀를 남겼겠는

가. 제주에서 차가 없을 때는 빈랑이라는 일종의 마약류의 잎사귀를 차로 끓여 먹을 정도였다 한다. 선생이 다선으로 불리는 문제는 좀 더 생각이 필요한 칭호라고 보지만 사람들이 차에 대해 평하길, 다산은 차의 뿌리요 초의가 가지라면 추사는 꽃이라는 말에는 동의한다. 그러나 다산이나 초의가 차의 철학적 생산자라면, 선생은 입맛 까다로운 미각적 소비자라는 게 더 어울리지 않을까.

사실 선생의 그 까다로운 입맛은 당시 선비들 사이에 유행처럼 번지던 다음사색茶飮思索의 명상이 일조를 했겠지만 정점을 찍은 것은 완원이 첫길을 들여놨다고 해도 과언이 아니다.

연경길에 완원에게 대접받은 승설차 맛은 선생을 황홀경에 빠지게 했다. 승설勝雪은 눈보다 희다는 뜻인데, 엄선한 차 싹을 비벼 익힌 뒤 중심의 은실처럼 흰 줄기만 취해 만들었으므로 이렇게 불렀다. 그리고 그곳에 용의 무늬를 새겨 넣었으니 용단이란 이름을 붙여 용단승실龍團勝雪이라 했다고 한다.

완원에게 전도가 밝은 조선의 청년이 찾아왔다. 그동안 조선인들은 청학淸學의 본류를 꺼려했다. 아직 청에 대한 반감이 컸기 때문이었다. 그래서 청학을 조선에 심기에는 어려움이 있었다. 조선인과 잘 통하는 옹방강 노인이 있었지만 그는 청학의 본류는 아니라고 생각했다. 그러던 차에 조선의 천재 학자인 김정희가 제 발로 찾아왔다. 청학을 조선에 심을 만한 재목이라는 데는 연경에서 이미 이견이 없었으니 선생의 방문이 완원에게는 조선의 문을 열 기회였다. 그의 반가움은 주린 배의 위가 열리는 듯한 포만감이었다.

그 반가움에 선뜻 승설차를 대접하는 데, 그 반가움이야 얼마나 큰 줄 알겠지만 하필 이때 그렇게 귀하다는 승설차까지 대접하여 젊은 선생의 입맛을 버려놓을 것 까지는 없지 않았을까. 앞으로 계속 승설차를 대줄 수 있는 것도 아닌데 덥석 반가운 마음에 승설차를 대접한 것이다. 거친 맛으로 배우면 거친 목넘김에서 맛을 찾고, 향이 얕은 차에서 차를 배우면 점점 그윽한 향을 찾을 수 있었는데 승설차를 통하여 한 번에 영원히 추억으로 기억될 차향의 오르가즘을 맛본 것이다.

처음부터 맛이며 향이며 천하제일을 마셨으니 이때부터 차 맛은 이런 것이구나 하고 그 맛을 찾기 시작하고, 차향이 이런 것이구나 하고 향을 찾았으니, 그게 바로 승설의 시작이었다.

승설차는 차에 있어서 최상위의 포지션이자 추억의 오르가즘이었다. 승설은 선생의 기대이자 갈망이요 차의 완성이다. 그래서 명호도 승설보다 차를 배우는 과정을 나타내는 '승설학인' 이 먼저 등장한다. 차를 배우는 데 물맛을 아는 것이 기본이라 그런지 물맛에 대한 품평을 내리면서 쓴 명호다.

그러나 그 뒤로 선생에게 승설은 쉽게 찾아오지 않았다. 다만 기억만 있을 뿐이었다. 승설은 선생의 명호라기보다 차를 상징하는 기호일 뿐이었다. 승설이라 쓰고 차에 대한 갈망을 표현한다고 봐도 무방할 것이다. 그렇게 기억에서 사라질 무렵 참으로 우연히 그에게 다시 승설이 찾아왔다.

1851년 예산에서, 정확히 말해 덕산현의 가야산 아래에서 향후 조선 후기를 발칵 뒤집을 징후를 안은 일대 사건이 벌어진다.

석파 이하응이 지사 정만인의 풍수설을 믿고 가세를 일으키고 조선의 왕권을 세워 세도정치를 끝내겠다는 일념으로 가야사에 도착했다. 그는 아버지 남연군의 이장 터를 찾고 있었다. 터럭이라도 잡고 싶은 심정이기도 했고, 자신이 중심이 된 왕권회복의 신념에 대한 도전이기도 했다. 무엇보다도 절박함이기도 했다.

도착해보니 정말 좌청룡, 우백호, 북현무, 남주작 등 사세가 뚜렷하여 바람을 갈무리하고 있어 흩어지지 않고 모인 기운이 웅대하였다. 정만인이 말하는 이대二代에 걸쳐 천자가 나올 자리인지는 몰라도 누구나 탐낼 만한 자리임은 분명했다. 그런데 그 터의 아래쪽에는 가야사라는 절이 있었고, 그곳에 5층 금탑이 개연히 서 있어서 건드리기 어려웠다. 고려시대 탑이었다. 그래서 탑을 없애기 전에 우선 가야사를 불태워야 했다.

탐욕에 눈이 먼 주지와 결탁했는지 아니면 단계 벼루 뇌물로 충청감사의 묵인하에 불을 놓았는지 모두 설에 불과하지만, 가야사는 허망하게 불탔고 남은 스님들은 가야사 남쪽 서원산 기슭에 보덕사를 따로 지어 아버지 남연군 묘의 원찰 노릇을 하게 하였다.

이때 묏자리를 파기 위해 석탑을 해체하는 데 그의 절박함과는 별도로 이곳에서 귀한 보배로운 것들이 쏟아져 나왔다. 소동불과 사리, 침향단 및 진주 등 보물들이 나왔다. 이때 함께 나온 것이 용단승설 네 덩이였는데 송나라 때 만든 600년이나 된 소룡단이었다.

석파 이하응은 이 보물들을 마치 전리품처럼 사방으로 흩어지게 했는데 용단승설 중 한 덩이를 이상적을 통해 선생에게 보냈던 것이다.

이렇게 받은 승설차가 선생을 흥분하게 만들었다. 실로 갈망만 있던 세월이었다. 추운 겨울, 온통 세상은 눈으로 뒤덮였다. 땅도 얼

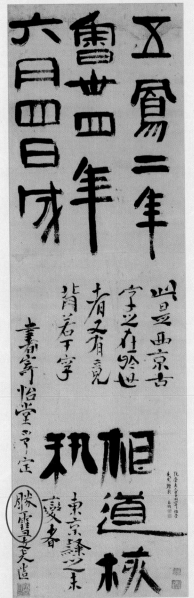

[도 56] 〈승설 노인〉
제자이자 생질사위인 이당 조면호에게 마침 남아 있는 승설차를 함께 마시면서 서법 전수의 핵을 전해주던 글일지도 모른다.
■ 30.5×101.5cm, 간송미술관

239

고 물도 얼었다. 세상은 고요하고 마음은 가라앉아 명상하기 좋은 날이었다. 차를 끓이기 위해 하인을 시켜 물을 떠오라고 부산을 떨기에는 명상의 방해가 컸다. 백설이 눈이 부시고, 백설이 마음조차 희게 만들고 있었다.

선생은 물 대신 백설처럼 흰 눈을 택했다. 맑고 청아한 흰 눈을 골라 오래된 백자에 담아 죽로에 올려 물을 끓이니, 이 또한 승설 아니던가.

눈보다 흰 차이니 승설이요, 승설을 귀하게 얻어 새벽에 내린 맑고 깨끗한 눈을 녹이니 또한 승설이요, 이 고요한 승설차로 명선에 들어 차와 선이 하나의 경지로 들어서니 선생 또한 비로소 학인學人에서 스스로 승설이 되었다.

찻물까지 가려가면서 차를 마시던 선생이었지만 눈 오는 날 눈을 끓여 차를 다리는 낭만이 또한 선생에게는 있었다. 흰 눈으로 찻물을 만들어 마시는 승설차에 선생은 벗이 함께 하지 못하는 안타까운 마음으로 초의에게 편지를 쓰는데,

　"큰 눈이 왔는데 차가 마침 이르러 눈을 끓여 차품茶品을 시험하려니 스님과 함께 하지 못하는 것이 안타까울 뿐이오."

그러나 정작 이 차를 얻고는 승설이란 명호를 쓰지 않는 반어를 보이는 데, 이는 사랑을 얻으면 사랑이라 쓰지 않아도 사랑임

[도 57] 〈영산〉

■ 26cm×77cm, 소장처 미상

을 알 수 있듯이 그는 이미 스스로 승설이 되어 있었다. 다만 영산詠山이란 사람의 호를 써주면서 그 기쁨을 표할 뿐이었다.

이후에는 거침없이 승설 노인에 이어 승설 도인이란 명호로 발전한다.

34

만향, 연역으로 증명하는 천성

　　불후의 명작, 불이선란을 명호로 감상하는 키워드는 '우
연'과 '성중천'이다. 이 두 단어의 이해 없이는 왜 불이선란이 학
예의 일치의 정수이고, 왜 그렇게 대단한 가치가 있는지 이해하
기 어려운 작품이다. 이 키워드가 불이선란의 제발에 나타나는
데, 내용은 이렇다. "난을 그리는데 내가 우연히 난에서 하늘의
본성(性中天)을 사출寫出하게 되었다." 여기에 나오는 이 두 단어
에 대한 이해가 있으면 이 그림에 쓰인 선락, 만향, 구경 등 난해
한 명호를 이해하는 데 도움이 된다.

　　우선 우연이다. 우연은 필연의 반대말로 인과 관계없이 뜻하
지 않게 일어나는 것을 말하는 데, 그렇게 이해하면 이 작품을 조
금 가볍게 바라보기 시작한다. 더구나 그려준 대상이 아랫사람인

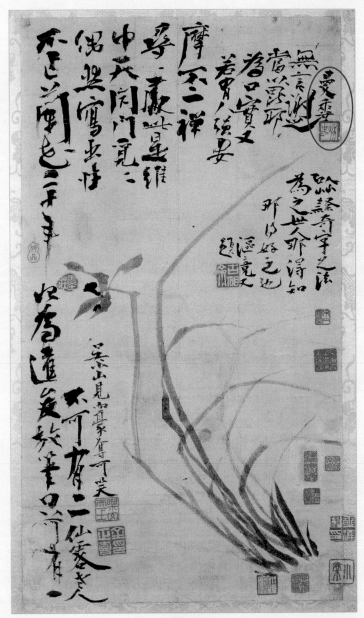

[도 58] 〈불이선란〉

■ 54.9cm×30.6cm, 손창근

달준이다 보니 더욱 그러하다. 그냥 그렸는데 우연히 길 가다가 동전 줍듯이 좋은 그림 하나 나왔다는 뜻으로 보기 쉽다. 더구나 두 번 다시 그릴 수 없다고 한 발을 빼고 있으니 더욱 '偶然'으로 우연을 이해하기 쉽다. 그러나 그렇게 이해하는 것은 이 작품의 가치를 떨어트릴 뿐이다.

한문을 배워본 사람이면 배울 때 선생님들로부터 이런 말을 자주 듣는다. '한문은 계속 노력하다 보면 나도 모르는 사이에 우연히 문리가 트인다.' 이때 말하는 우연이란 뜻을 음미해보면, 우연이 얼마나 속이 깊은 얘기인지 알 수 있다. 이때 우연은 계속된 노력과 인과 관계가 있고, 문리와 인과 관계가 있다.

그러니까 수많은 숙련과 노력을 하다 보니 어느 날 나도 모르는 사이에 한문의 문리가 트이듯이 난법에서도 이런 묘가 나왔다는 말이다. 이제는 자신이 그리고자 하는 생각 없이도 생각이 드러났고, 굳이 나타내려고 하지 않아도 철학이 드러나는 사란寫蘭이 불현 듯 나오더란 이야기다. 따라서 여기서 우연이란 필연을 내포하고 있다고 보면 된다.

이 우연은 '추사 우연욕서'에서 다시 한 번 나오는 데, 이미 이때는 서법으로서는 붓을 천 자루, 벼루를 열 개 이상 구멍을 낸 결과가 우연을 통해서 발현되는 신선의 경지가 되어 있었다.

다음으로 '성중천'이란 말인데, 이 말은 좀 복잡하다. 오래되고 케케묵은 성리학의 논쟁을 끄집어내야 하기 때문이다. 오래전부터 조선 후기에는 이 본성에 대한 해석과 실천방향에 대해 논쟁을 벌였는데, 인물성동이론쟁이 바로 그것이다.

천성은 하늘에서 부여한 성정을 말함인데, 이 천성이 사람에도 있고 물상에도 있다는 것에는 동의했지만 그 천성이 사람과 사물이 동일하냐, 동일하지 않느냐에 대한 논쟁을 벌여 왔다. 동일하지 않다는 측에서는 인간만이 가지는 고유한 존엄성으로 여겼고, 동일하다는 입장에서는 물성이나 인성이나 동일한데, 다만 기가 막혔는지 기가 뚫렸는지의 차이일 뿐이라는 것이다.

선생은 후자의 입장이었는데, 선생의 처가가 인물성동론을 주장한 외암 이간 집안이고 보면 그 학연이 있고, 당시 이간의 주장을 선생을 비롯한 경기, 서울 지방 학자들이 동조하며 받아들인다. 그 입장에서 청나라도 받아들였고, 북학, 고증학, 실사구시 학문도 그것을 바탕으로 한 것이었다.

그런데 선생이 바로 난에서 인간의 그 천성을 보았다는 것이다. 그 천성이 그림에서 나타난 것이다. 자신의 학문적 바탕이 사란에서 나왔으니 얼마나 기뻤겠는가. 다만 감상하는 것은 이 천성을 찾아가면서 이해하는 것은 보는 사람의 몫이니 구차한 설명은 필요 없다는 것이다. 따라서 여기서 천성이란 '인물성동론'의 본성을 말함이다. 그 과정을 살펴보기로 하자.

난을 사寫한다는 것, 아들 상우에게 60평생 물성이 인성으로 귀일하지 못한 것을 고백한 적이 있지만 선생도 가르칠 뿐 실현시킬 수는 없었다. 그래서 함부로 난을 쳐서 보이기를 꺼려했는데 이번은 저 무식한 달준이 꾀를 부리는 바람에 얼떨결에 난을 치게 되었다.

달준에게야 시를 씀에 운을 맞추지 않아도 됐고, 글씨를 쓰더라도 법에 맞추지 않아도 됐고, 난을 치더라도 사의에 맞지 않는다고 탓할지도 모르기 때문에 상관이 없었다. 놈의 꾀에 속아주는 척해야 놈이 즐거워하고, 놈이 즐거우면 선생도 농을 주고받을 수 있다. 그런 농이 오가는 가운데 비록 날씨는 차고, 부는 바람이 차고 스산해도 따뜻한 농담처럼 먹물도 그윽한데 달준이 지필묵을 들이대어 그린 난이다.

그렇게 시작한 난이다. 난을 치다가 바람이 불어오면 꽃대가 꺾이고, 추위에 손을 떨면 붓끝이 떨리고, 마음이 차면 난 잎이 휘고, 놓인 종이가 바람에 채이면 붓이 함께 넘어가는 것을 가다듬고 다시 심중의 의미를 쏟아낸다. 아들 상우에게 말했던 「必自誠意正心中來」이(반드시 난을 그리는 것은 진실한 생각과 올바른 마음으로 출발해야 한다) 바로 이런 것이었다.

이렇게 시끄럽고 부산한 날씨에도 삼매에 들어갈 수 있구나! 부산한 날씨, 촐싹대는 달준의 잔소리, 흩어진 기운들의 심란한 흐름, 대체 달준과 농이 아니었으면 참기 어려운 날씨였으나 이런 곳에서도 삼매가 가능하구나.

서진으로도 모자라 달준이 종이를 잡아주느라 먹을 덜 갈면 먹색이 연하고, 선생이 심취해 생각하는 동안 먹을 더 갈면 너무 진하게 되어도 먹물이 연하다고 탓하지도, 먹물이 진하다고 탓할 필요도 없이 다행히 꽃을 그릴 수 있었다. 그러다 보니 초예기자의 법이 그대로 나오는 것이 아닌가. 초예기자의 법이 마치 그렇게 생성되었다는 듯이 난 잎에 그대로 발현되고 있었다.

그렇게 우연히 달준의 꾀를 알고도 되려 달준을 놀리려고 그린 그림에서 마지막 꽃술(화심花心)에 진한 먹물을 두 점 찍고 나서 물기가 날아가고 먹색이 종이에 드러나기 시작하자 선생은 스스로 놀라 기함을 할 듯했다.

난에서 천성을 본 것이다. 천성은 본연지성으로 하늘로부터 받는 성정이다. 그런데 그 천성이 사람에게만 있는 것이 아니라 난에게도 있다는 것을 본 것이다. 그것은 희열이었다. 그동안 그렇게 찾고 찾았던 사의寫意의 진리였는데 이렇게 정말 우연히 찾아낸 것이다.

자신의 그림에서 사물과 인물이 다르지 않은 천성을 찾은 감탄, 그것은 옹방강의 유불 교유와 같고, 다선불이와 같고, 궁극적으로는 마치 유마가 말한 불이선과 같은 것이다. 그리고 선생의 삶의 궤적의 명분이 되는 것이다. 이것이 바로 그동안 그렇게 주장해왔던 사의寫意가 아닌가?

선생은 속으로 외쳤다.

그렇다면 나도 천성을 찾은 희열을 말로 다하지 않겠다. 유마가 선의 반열에 올랐으나 그 기분을 말로 하지 않은 것처럼, 마치 말을 하면 그 희열이 다 날아가 버릴 것 같았다. 굳이 말로써 그 뜻을 흐릴 필요가 없었다.

선생은 마치 다른 사람이 그린 것을 마주하듯이 다시 감상하기 시작했다.

풍란이 태어난 곳은 그리 절벽이나 척박한 바위틈은 아니었다. 마치 선생이 그랬던 것처럼 질 좋은 비옥한 땅에 튼튼한 뿌리를 박고 튼실한 새싹을 틔웠다. 기세도 좋았지만 애초에 더 좋은 햇빛을 향해 줄기의 방향을 잡았다. 그러나 잎이 무성하고 꽃이 필 무렵에 갑자기 강한 바람이 시련처럼 덮쳐왔다.

난 잎들은 바람에 의해 쓸리고 꺾이다 못해 이미 메말라 버린 잎이 간신히 버티고 있다. 마침 그 가운데 강한 품성을 가진 잎 하나가 끝까지 버텨보지만 강한 바람에는 도저히 견딜 수 없다. 누가 난이 고상한 품위를 가졌다고 했고, 누가 난 꽃이 우아하다고 했는가? 겨우 생명을 연명할 뿐이다. 곧 바람에 뿌리가 뽑히고 생명을 다할 것을 예감하고 있었다.

그러나 이때, 꽃대를 보라. 바람에 꺾이어 피지 못할 위기에 봉착하였어도 오직 꽃대 하나는 꿋꿋이 버텨내어 마침내 꽃을 피우고야 말았다. 더구나 이렇게 어렵게 피운 꽃은 더욱 꼿꼿이 서 있어 시련의 바람을 향해 머리를 내밀고 있지 않은가. 비록 꽃대가

두 번씩이나 꺾였어도 당당한 화심에 의연한 꽃술은 더욱 생생한 것이 아닌가?

사람이 이렇지 않다고 누가 장담하겠는가? 유마거사가 말했듯이 선이 둘이 아니듯이 사물과 인간의 천성이 둘이 아닌 것이 난에서 보여주고 있다. 세한도가 변치 않은 의를 나타냈다면, 이 난에서는 불굴의 의를 보여주고 있다. 선생이 그렇게 바라던, 즉 도에 뿌리를 두고 예술의 꽃을 피운다는 근도핵예根道核藝^{도56}의 표본이 되었다.

세한도에서는 보이지 않은 것 하나 더, 향이 스스로 묻어난다, 바람은 여전히 불고 있다. 그런데 저렇게 도도한 꽃에서 나는 향은 되려 바람 부는 쪽이 아니라 바람을 맞는 쪽으로 흘러 그 바람 폭만큼 퍼지고 있지 않은가. 향내는 온전히 시련을 당하는 쪽의 몫이다. 바람을 맞고 모진 시련을 당하는 세상을 감싸 안은 가장 아름다운 향으로 퍼지고 있었다. 그것이 바로 만향晩香이다.

기가 막힌 연역이다. 난은 시련 속에서 시련만큼 그윽함을 내품는 향이 만연히 퍼져 만향이 된다. 난을 그릴 때에는 모름지기 그리는 사람의 정심正心을 그대로 사의寫意해야 한다. 그렇다면 난은 선생의 마음이다. 따라서 이 그림에서 퍼지는 난향은 바로 선생이다. 이로써 선생은 난이 그윽하게 퍼져있는 모습인 만향이 된 것이다.

35

구경, 만향의 귀납적 결론

계절, 철은 봄이지만 스산하고 찬바람이 불어온다. 일찍 찾아
온 봄날이 따뜻하다고 너무 일찍 핀 것이다. 따뜻함 뒤에 쫓아오
는 숨은 바람은 생각하지 못했다. 바람에 꽃대가 꺾였다고 꽃까
지 시든 것은 아니었다.

꽃을 빼놓고는 모두 바람에 흩날린다. 꽃은 그대로 있어도 향
은 그저 바람에 실려 흐를 뿐, 오히려 꽃이 그냥 있으니 향이 흩
어지지 않고 고스란히 바람의 폭만큼 향기의 폭을 만들어 그대로
더욱 멀리 간다. 오히려 꽃은 바람에 도전적이다. 다가오는 바람
을 받으려고 고개를 돌려 바람에 다가가고 얼굴을 내민다. 좀 더
깊은 향까지도 몰고 가길 바라듯이.

시련도 마찬가지이듯이 바람이 부는 만큼 향도 켜켜이 쌓인

다. 이윽고 향은 누실명에 가득하다. 누실명의 향기는 곧 내 마음의 향기다. 누추한 집이란 뜻을 가진 누실명은 선생이 빌려다 쓴 과천집의 당호이다. 선생의 『누실명』이라는 시 한 편을 보자. 이 시를 보면 구경漚竟이라는 명호를 이해하는 데 도움이 된다.

산이 높다고 명산이 아니라
신선이 살아야 명산이다.
물이 깊다고 신령한 게 아니라
용이 살아야 신령수이다.
누추한 집이지만
내 마음의 향기가 있지 않은가.

시에서는 여기까지 말하고 있지만 '누실명은 내 마음의 향기가 있으니 군자의 인장仁莊이로다.' 라는 이런 결론을 쉽게 유추할 수 있다. 이미 만향이 곧 난향이고, 난향은 선생임을 밝혀졌으니, 내가 누실명이 있으니 곧 향이 겹겹이 쌓인 듯하다. 그 향은 아는 자만 맡을 수 있다. 또 맡은 자만이 좋아할 수 있다.

난 한 폭으로 누실명에 향이 가득 쌓이고, 그 향은 내 마음의 향기와 같으니 내 마음의 향도 겹겹이 쌓여 지극함에 이르러 구경을 이룬다. 그렇다. 만향의 지극한 경지가 바로 구경도59이다.

따라서 만향이 연역적 결론이었다면, 구경은 귀납적 결론이다.

시경은 문인 선비의 최고의 경지, 구경은 서예와 화의 일치, 사

의의 최고의 경지로 유마거사처럼 비유의 명호일 뿐이다. 이곳의
제발에서는 겸손이나 구도자의 모습은 보이지 않는다. 보이는 것
은 극도의 자신감과 성취감이 있을 뿐이다.

선생 스스로 희열에 미치고 구경에 이를 때 소산이 찾아왔다.

"이 난은 평소 우리가 즐기던 난이 아닙니다."

"자네는 난을 즐기면서도 그 고귀함을 모르고 형사만 쫓
는 이유가 아니더냐?"

"고귀함이 이 거친 난에 있단 말입니까?"

"자네는 이 난에 천성을 찾을 수 없더냐?"

"글쎄요? 제 눈에는 바람은 보입니다만…"

"너는 바람은 보이는 데 이 난에서 천성을 보지 못한단
말이냐? 그렇다면 향을 맡을 수도 없단 말이냐?"

"도대체 제가 아는 상식으로는 난이라 보기도 어렵습니
다. 향을 맡기는커녕 오직 바람만 심란하게 일고 있지 않습
니까?"

"자네는 어찌하여 사의는 보지 않고 형사만 쫓느냐?"

"도대체 어디에 이런 난 치는 법이 있단 말인가요?"

"그렇구나. 자네가 알 리가 없지. 초서와 예서, 기자의 쓰
는 법으로써 그렸으니 세상 사람들이 어찌 알 수 있으며, 어
찌 좋아할 수 있으랴. 허허허."

〔以草隷奇字法爲之　世人那得知　那得好之也.　漚竟〕

사람들이 모를 거라 얘기 해놓고, 누가 물어보면 말하지 않겠다고 해놓고 조금은 미안했던지 작은 힌트를 준 것이다.

선생은 그렇다. 그런 분이 선생이다. 알면 말하고, 틀리면 고치고야 마는 선생의 성격이다. 그래서 평생 사람들과 화광동진和光同塵하지 못하고 풍파를 맞은 것은 바로 그 성품 때문이었다고들 한다. 그런데 재미있는 것은, 또 그래서 지금 우리가 불이선란을 제대로 감상하고 있다는 것이다.

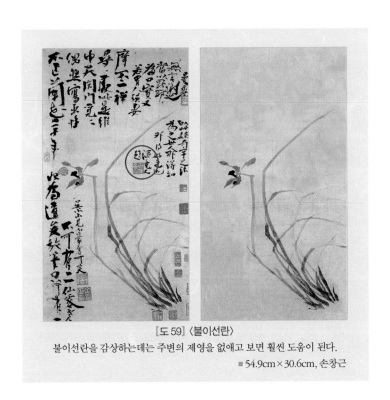

[도 59] 〈불이선란〉
불이선란을 감상하는데는 주변의 제영을 없애고 보면 훨씬 도움이 된다.
■54.9cm×30.6cm, 손창근

36

선락노인, 완당 성취감의 최종 선택

아직 날이 풀리지 않았는지 누실명의 남쪽 햇빛을 벗으로 맞아 달준과 남향 마루에 앉아 농을 주고받는다. 사람들은 무식한 먹동이와 농을 한다고 비웃지만 선생에게는 달준만큼 허물없는 사이도 없다. 선생이 놀리면 달준이 머쓱해하고, 달준이 놀리면 선생은 헛기침으로 큰소리 내며 농을 물리친다. 그러나 이내다시 농으로 달준을 놀린다. 함부로 선생 앞이라 하지 못하는 세간의 얘기를 전해주는 것도 달준이고, 무식한 눈으로 선생의 작품을 저평가하는 것도 달준이다. 글씨가 괴하다. 난에 문자향이 어디 있고 서권기가 또 어찌 있느냐. 난을 그리는 것이지 어찌 사寫한단 말이냐?

이놈은 도대체 귀한 것을 귀한 줄 모른다. 서로 말벗이라도 하려고 선생이 달준에게 공부시키려 하지만 책을 보기만 하면 돼지 우리 양지쪽에서 유달리 머리가 큰 쑥대머리를 꾸벅이며 졸고 있질 않나, 초등학생용 이야기 역사책을 몇 년이고 맹꽁이가 소리 내듯 반복해도 외우기는커녕 이해하지도 못하는 그를 보면 도대체 천성이라는 게 있는지조차 의심스럽다. 그저 외우지 말고 가슴에 품어 그려준 불이선란에서 자신의 천성을 찾기라도 했으면 좋으련만.

그때 오소산이 다시 찾아왔다. 전날 다녀간 뒤에 선생의 난을 다시 구경하기 위해서였다. 도저히 일손이 잡히지도, 잠을 이룰 수도 없었던 모양이다. 급한 발걸음에 달준을 불러 세워 다시 난 보기를 청한다. 어정쩡한 달준은 제 방을 뒤지더니 예상대로 그리 귀하게 여기지도 않은 듯이 헌 농짝 위에 올려놓았던 불이선란을 그의 손끝에서 펄럭이며 선생에게 갖다 준다.

오소산은 얼핏 이해는 갔으나 마치 귀한 것을 재차 확인이라도 하듯이 선생을 귀찮게 하고 있었다. 말을 너무 했나. 오소산이 와서 자꾸 궁금하다고 묻는 통에 말을 너무 많이 했다. 말을 하지 않는다고 다짐했지만 선생의 성격상 가만히 있을 수 없었다. 선생이 몹시 흥분했었나 보다. 그러나 자신의 마음을 알아주고 자신의 그림을 이해주는 사람이 있다는 게 얼마나 행복한 일인가. 하물며 소산에게야. 오소산은 아버지 오경석과 함께 그의 제자이자 당여였다. 조천의례 문제로 선생의 당여라는 이유로 함께 화를 당하기도 했다.

오소산은 마치 선생의 장황한 설명은 요식행위였다는 듯이 선생의 설명이 끝나기를 기다리더니 정색을 하며 선생에게 인사를 올린다.

"선생님! 저 난을 제게 주실 수는 없는지요? 달준은 아시다시피 저 난이 왜 귀한지, 그리고 왜 귀하게 여겨야 하는지도 모릅니다. 달준이 뭘 알겠습니까? 그림이란 그 그림을 이해하는 사람에게 있어야 가치가 있지 않겠습니까? 제가 선생님의 신품을 하나 얻어 귀하게 여기고 싶습니다."

"이해를 못 했구나. 난에서 천성을 보았고, 그 천성이 인성과 같다고 했거늘…"

"그럼 제게도 천성이 있음을 가르쳐주시기 바랍니다. 한 점 더 그려주실 수 있겠습니까?"

"이 그림은 처음부터 달준에게 방필로 그려준 그림이다. 오직 둘이 있을 수 없다. 우연히 물리가 트이고 눈이 열리고 손이 종이 위를 물 흐르듯, 세상을 흐르듯 흘러 그려진 내 마음을 그려내어 지경에 이르러 구경의 맛을 본 선락이 되었는데 다시 그린다거나 하는 것은 있을 수 없다."

선생은 단호했다. 그리고 선생은 선생도 모르게 '선락仙霧'을 내세웠다.

"선락이 무엇입니까?"

"선락이란 일찍이 내가 시에서 밝힌 바 있듯이 글자면 글
자, 글자 아니면 글자 아닌 불립문자에서라도 모든 것을 깊
이 아는 사람의 경지를 말한다네."

선생은 일찍이 서법을 익히고 모색할 때 문징명의 글씨를 보며
선생의 서체 중에 서법 외에 제일 중요한 부분을 터득한 바가 있
었다. 문징명의 글씨는 수근속직하여 바싹 마르고 굳세며 거칠면

[도 60] 문징명의 서법을 평한 글의 마지막 부분

서 곧은 훌륭한 서체임에도, 왜 그를 동기창이나 왕희지의 반열에 올라가지 못할까라는 의구심에서 바라보았다.

선생은 오랫동안 궁구한 결과 다만 그의 글씨에는 개성이 없다는 것을 깨달은 바가 있었다. 어쩌면 그때 그 깨달음으로 지금 우리는 서예의 경지에 이른 선생의 글씨를 보는지도 모른다. 문징명의 서체에서 그것을 깨달았을 때 선생은 스스로 '선락' 이라 이름 붙였다. 선생은 개성 없는 글씨는 물론 같은 글씨체로 두 번 쓰는 일이 없었고, 이는 난에서도 마찬가지였다. 오소산에게 다시 그려줄 수 없는 이유였다.

그리고 서체의 선락이 문징명에게서 깨달았다면 시에서는 왕완정이나 소동파 등 시성들로부터 한 글자가 한 번씩 구르며 나타내는 신운神韻을 뜻하는 일자일둔의一字一頓義를 깨닫고는, 또 스스로 동방에는 없는 '선락' 임을 내세운 적이 있었다.

그러한 깨달음으로 서예에서나 시에서나 선락의 경지에 도달하였는데, 오늘 다시 난을 그리면서 비로소 사란의 경지에 도달하는 희열을 받았으니, 이 또한 선락이 아니겠는가.

이렇게 모든 것을 깊이 성찰하고, 깊이 깨닫고, 깊이 아는 사람이 바로 선락이다. 선락은 문징명의 서체에서 추사체의 가장 강한 특징인 개성을 터득한 것이나, 왕완정이나 소동파를 통해 신운을 얻은 것이나, 우연히 그린 난에서 사란의 경지를 본 것이나, 모두 선생의 성취감을 표현할 수 있는 최종 선택 명호였던 것이다. 자신감이다.

이로써 만향에서 구경을 통한 선락의 결론까지 명호를 통한 연역에 마침표를 찍는다.

[도 61]

"그럼 정 그러시다면 달준 것을 제가 가져가겠습니다. 이를 가지고 뜻을 아는 선비들과 교류하는 것이 낙이 아니겠습니까? 저 무식한 달준에게 있어본들 무슨 소용이겠습니까?"

달준이 딱히 고집 피우는 것은 아니지만 머뭇거리며 주려 하지 않는다. 소산이 이를 보고 달준에게서 뺏으려 한다. 달준이 선생에게 의사를 묻는 듯이 쳐다본다. 소산이 달준을 달랜다. 달준이 넘어가려 한다. 그러자 선생이 다시 서명을 하며 달준 것임을 재차 확인시킨다.

이것을 탐낼 것이 아니라 뜻을 아는 천하의 선비들과 교류하는 낙을 찾아 강구해야 선비다. 뜻(神似)은 모르고(形似) 현상만 가져가려 하다니 가소롭구나, 소산.

지내면서 참 오랜만에 찾아온 선생의 여유와 유머가 짙게 배어나온다.

259

37

육식두타,
욕심 많은 스님을 은유하다

우리가 생각하는 김정희 선생은 근엄하다 못해 자못 위엄하기까지 하다. 그러나 그의 풍채와 학문, 그리고 집안에서 풍기는 이 가위눌림만 벗어나면 가히 아주 짓궂고 재미나는 노인이다. 순박한 대학자다. 때로는 질 높은 개그도 하지만 소박하고 게걸스런 농담도 서슴지 않는다. 평양기생 죽향에 대한 시를 보면 그만한 음담淫談도 없다. 먹동인 달준과는 농으로 시를 주고받으며 그려놓고 스스로 놀란 불이선란이라는 명작을 만들기도 한다. 그것이 그의 예술의 원천일 수도 있다는 생각을 가끔 한다.

유가 사상에서는 인욕이 경계와 절제의 대상이었다. 인욕에는 식욕과 색욕이 있으니, 식욕은 대욕 중 하나로 무릇 선비들은 식욕을 절제하는 데 덕목으로 삼았다. 그러나 선생의 식욕은 어쩔 수 없이 끊지 못하는 유혹이었다. 특별히 식욕에 관한 노도란 명호를 소개하니 그곳에 자세히 적는다. 그 끊지 못하는 식욕과 연관된 재미난 명호를 하나 소개할까 한다.

완당 선생의 불교는 처음에는 학문으로 시작하여 이미 대선사들과 마주할 정도로 불교 학식이 높더니 나중에는 선의 경지까지 바라보게 되었음은 누구나 다 안다. 그래서 선생의 명호에는 선사들 못지않은 불교식 명호를 많이 사용하였다. 그중에 육식두타라는 재미난 호가 하나 있다. 두타란 온갖 욕망에서 벗어나 불도를 수행하는 사람이라는 불교 용어다. 물론 그 욕망에는 식욕도 포함됨은 당연하다. 그러니까 육식두타는 고기를 먹으면서 수행을 하는 사람이란 왠지 부자연스럽고 어울리지 않는 역설적인 단어들이 조합된 해학적 명호다. 이 명호를 쓴 작품을 통해서 그 명호에 대해 추리해보기로 하자.

마침 식욕이 돋아날 좋은 날을 골라 고기를 굽게 했다. 어쩌면 그가 그렇게 먹고 싶어 하던 사제泗鯥와 하어河魚가 식단에 올랐을지도 모른다.

"사제에다 하어가 식단에 오를 테니 공연히 식탐 많은 입은 군침을 거두지 못하는구나."

선생은 침 넘어가는 소리를 그럴듯한 문자로 나타내니, 달준은 짓궂은 형상으로 고기 굽는 하인과 굽기도 전에 군침부터 흘리는 선생을 향해 농을 붙이고 있다.

구운 고기를 막 먹으려는 찰나 스님 두어 분이 황급하게 사립을 연다. 처음 보는 젊은 스님들이다. 고기반찬에다 먹음직스런 밥상을 보니 멋쩍은지 잠시 발걸음을 멈칫하더니 선생이 개의치 않고 부르자 그제야 누각에 오른다.

"뉘신지?"

차려놓은 밥상이지만 같이 먹자 하기도 그렇고, 때를 맞춘 밥상을 앞에 두고 가만있기도 그렇고, 고기 밥상 앞에 덥석 앉기도 애매한 손님이 들이닥친 것이다.

"저희는 해인사에서 온 수행자들입니다. 이렇게 급하게 찾아뵌 까닭은…"

다름이 아니라 해인사에 작은 소동이 일어났다는 것이다. 해인사엔 주변 암자인 원각가람이 있었다. 크게 쓰임이 없어 비어 두었던 암자여서 어느 날 수행을 하겠다는 스님이 부탁해 와 선방을 빌려주었는데, 그 스님이 열반하고 그 제자들이 계속 수행을 하더니 이제 와서 이 가람이 바로 자기들 것이라고 우긴다는 것이다. 속칭 재산싸움이 벌어진 것이다. 해인사 측은 본래 해인사 소속이었다고 주장하고, 수행자 측은 스승이 해인사로부터 인수받았으니 이곳에서 수행했다는 것이었다. 쓸모없어 주었다가 다시 뺏는 것은 부당하다는 것이다. 서로의 주장이 너무 팽팽하여 누군가 이를 판가름해 줄 사람이 필요한데, 이 소동을 잠재울 수 있는 사람은 오직 완당 선생뿐이라는 것이다.

이유인즉, 경상감사인 아버지가 대구에 임지로 내려가 있을 때 해인사가 1817년 경 화재로 인한 천여 칸의 손실로 잿더미가 되자 보수라기보다는 중창에 가까운 불사를 일으킨 적이 있었다. 이때 선생은 대적광전 중창을 위해 아버지를 도왔을 뿐 아니라 상량문을 금물의 멋들어진 해서체로 쓴 적이 있었다.

이로부터 아버지 김노경은 해인사의 절대적 위치에 있었으나 지금은 이 세상 분이 아니니 그것을 증명해줄 수 없었고, 다만 지금은 완당 선생만이 남았으니 이 원각가람이 해인사 소속임을 증명해주십사 하는 청을 하러 왔다는 것이다. 그때 그곳에 계셨으니 원각가람이 어디 소속인지 증명해줄 수 있지 않겠느냐는 것이었다.

생각해보니 원각가람은 해인사 소속인 것이 분명했으나 수행에 정진하는 스님들이 그 본질에서 벗어나 재산을 놓고 다투고 있다니 원각가람이 가지고 있는 본색인 원만한 깨달음의 절집이란 뜻이 무색해 보였다.

심기가 불편하기도 했고, 속세에서 싸우듯이 재산을 앞에 두고 다투는 모습이 언짢았지만, 사실이 사실인 이상 어쩔 수 없이 불편한 밥상을 앞에 두고 얼른 지필묵을 가져오게 한다.

선생의 표정을 보며 히죽거리던 달준이가 고기 밥상 앞에서 맘이 바쁜지 잽싸게 먹을 간다. 먹동인 달준이 능글맞게 웃는다.

[도 62] 〈육식두타〉
■85cm×62cm, 개인 소장

"원각가람, 해인광중권속"^{도62}

이 글은 본래 '지심귀명례 원각가람 해인광중권속' 이 전체 글이다.

"지극한 예로서 당신에게 예배를 올립니다. 원각가람은 해인광중에 속해 있습니다."

라고 증명을 마친다.

그리고 명호를 부치는 데 고기 먹는 선생의 붓끝에서 흐르는 글씨에서랴. 진중했던 글씨의 흐름을 바꾸더니 명호를 거침없이 토해내는 마음처럼 육식두타라 칭한다. 증명은 했으나 두타의 역할은 하지 않고 재산에만 눈길을 둔 스님들이 괘씸했던 것이다.

"그래, 나는 고기 먹고 수행하는 육식두타다. 하물며 당신들이야 수행하는 스님이 아니더냐?"

완당 선생의 해학과 역설적인 꾸짖음에 절로 숙연하니 돋보인다.

이렇게 해서 육식두타란 명호를 사용하게 되는데, 매화에 미친 조선 화가 조희룡趙熙龍(1789~1866)이 매화가 좋아 매화에 살다, 매화에 죽으니 매화두타란 명호를 쓴다.

이 뒤에 홍선 대원군인 이 하응이 이를 본떠 쓴 명호가 바로 운리두타다. 난 정치 일선에서 물러나 운현궁 속에서 정치하면서 수행하는 두타다 라는 뜻이다. 권력이 좋아 권력에 살다 권력에 죽으니 운리雲裏두타다. 어딘가 음험한 모색의 냄새가 난다.

신위는 병을 피해 정치 일선에서 물러나 산속의 별장에서 낙엽이나 쓸면서 심신의 휴식을 달래며 낙엽두타를 자칭했으니, 이후 두타는 일선에서 물러나 있는 사람들의 소일하는 사람 정도로 쓰인다.

그러나 얼마나 멋진 명호 릴레이인가. 장난스러운 것도 아니요, 그렇다고 심각한 학문을 논하는 것도 아니다. 스승과 제자 간의 명호 나눔과 명호 세습도 아닌 것이 이들은 낭만과 해학이 서려있는 명호 릴레이를 통해서 서로 함께 사는 세상과 삶을 교감하고 있다.

38

임어산방, 추사가 버리지 못한
세속적 양주학楊洲鶴

가을이 깊어가고 있었다. 보슬비가 내려 한층 가을을 재촉하고 있었다. 창가에 가을빛이 들자 푸른 대나무가 더 창연하다. 바로 이웃 친구네 집에서 가져다 놓은 죽분이다. 이웃에 마실 가서 보니 죽분이 멋지게 자라고 있었다. 탐이 나서 선뜻 가져오기는 했는데, 주인이 없어 말없이 가져온 게 미안한 마음이 들어 시한 수 써놓고 왔다.

秋暑銷殘已幾時	가을 더위 한물간 지 하마 때가 얼마더뇨,
추 서 소 잔 이 기 시	
綠雲深處雨絲絲	푸른 구름 깊은 곳에 가랑비 보슬보슬.
녹 운 심 처 우 사 사	
林塘宛帶瀟湘色	임당이 완연히도 소상 빛을 띠었어라,
임 당 완 대 소 상 색	

移取君家第
이 취 군 가 제   자네 집 제일지를 옮기어 놓았기에.

이왕 가져오는 김에 좋고 실한 것을 가져왔다. 소상瀟湘의 작은 죽림 같았다. 과지초당은 예산에 있는 향저 보다는 적지만 소박하고 아기자기하게 꾸며졌다. 선생의 노년의 꿈을 보는 듯이 작은 연못은 마당에 두었고, 소나무를 심고 주변의 정서를 꾸몄다. 비록 죽림의 대나무는 없지만 방 안으로 들어온 죽분에서는 선생이 이웃집에서 가지고 온 대나무가 소상의 색을 띠고 가을비에 그 색이 더욱 창연하니, 바로 그 방의 당호를 '임어산방', 즉 임당林塘이라 지어도 무색하지 않을 것이다.

소상의 죽림이라… 죽림이라 하면 선생에게도 남도에서의 잊지 못할 추억이 있다. 갑자기 식욕이 당기기 시작했다. 입안에 도는 군침이 그의 기억을 서서히 헤젓고 있었다. 소장시절의 일이지만 바로 어제 일처럼 생생하게 돋기 시작했다.

홀가분하다. 할 일을 다 마친 기분이었다. 명분이야 경상 감사 임지로 간 아버지를 봉양하기 위해 내려와 있었지만 내심 발길을 옮긴 차에 무장사비를 찾아보자는 심산이었다. 분명 기록에 의하면, 이계 홍양호가 무장사비를 탁본하였으나 그 글씨의 내력을 확실히 밝히지 못하였다 하니 반드시 확인해보고 싶었는데 뜻밖에도 한 편을 더 얻었으니 더 아니 기쁠 수 있겠는가? 의문스럽고 무거운 걸음으로 깊은 산중에 들어갔으나 기쁜 마음으로 나왔으니 마치 머릿속에 지고 있던 빗돌을 내려놓은 듯했다.

그렇게 홀가분한 마음으로 쉬고 있을 때, 때마침 남도 친구로부터 식사 초대를 받았다. 이런 홀가분 뒤에 늘 밀려오는 식욕감이라니 선생은 지방 유생들의 초대가 그 어느 때보다 반가웠다.

그가 당도한 곳은 대나무가 울창한 죽림의 한가운데였다. 죽림을 끼고 고목이 된 버들을 연리지 삼아 정자를 세웠고, 그 정자는 댓잎이 우거져 서늘한 기운이 감돌고 있었다. 정자에는 이미 예닐곱의 지방 유생들이 모여 있었다. 중국에는 죽림 7현이 있듯이 이곳에도 7현이 있으니, 잠시 세상사를 잊고 청담이나 나누면 어떠하랴 라며 죽림칠현을 자처하고 유유자적하는 한량으로 모두 부유한 지방 유지들의 자제들이었다. 고운 색으로 치장하여 입은 옷이나 하는 행색으로 보아 멋 꽤나 부린 처지였다. 한양에서 온 사람에게 기죽지 않으려는 듯이 꾸민 것이 역력했다. 보아하니 이들에게 대접받는 모든 것이 경상 감사인 아버지 덕인 듯싶었다.

드디어 호들갑스런 수인사가 끝나고 상이 펼쳐지는 데 죽순 요리였다. 그동안 소문으로만 들었지 보지도 먹지도 못했던 죽순 요리가 눈앞에서 펼쳐지기 시작했다.

육운陸雲의《소림笑林》에 보면

"한漢 나라 사람이 오吳나라에 가니 오나라 사람이 죽순 나물을 차려 주었다 한다. 그 맛을 처음 본 한나라 사람은 맛에 기절한다는 것을 처음으로 알았다. 그래서 무엇이냐고 물었더니 그냥 대〔竹〕라고 했다. 집에 돌아와서 그 맛을 잊지 못하고 대를 찾으니 아무 데도 없고 다만 대나무 평상만이 있을 뿐이었다. 그래서 이 상책床簀을 삶기 시작했다. 그러나 살평상의 대를 아무리 삶아도 익지 않으니 하는 말이 '오 나라 놈이 나를 이렇게 감쪽같이 속였다.'"

고 한 그 죽순이었다.

그것도 남팽의 죽순 코스요리였다. 고대하지 않은 뜻밖의 식단이었다. 하도 대단하여 그 가짓수를 세어보니 이러하다. 정자晶鮓, 빙순氷蓴, 옥판玉版, 앵주櫻廚, 금봉錦繃, 택룡簿龍 등등 점점 자경蔗境으로 들어가고 있었다. 맛의 점입가경이 이를 두고 한 말이었다.

그동안 무장사비를 찾아 경주를 떠돌며 식은 국에 찬밥 덩어리로 배를 채웠는데, 이 죽순 요리가 들어가자 허기에 메운 잡맛들을 모두 쓸어 내려갔다. 그리고는 마치 죽림의 봄 안개에 피어나는 죽순처럼 창자 속에서는 새 맛이 새롭게 파릇파릇 피어나는 듯했다.

술이 건해지자 서서히 농이 오가더니 누군가 소식의 소저와 분순을 얘기한다. 드디어 소저와 분순을 보게 된 것일까, 또 누군가는 동파의 양주학揚州鶴을 얘기한다. 드디어 양주학을 얻은 것일까.

한 순배가 돌자 시묵회가 열리고 누군가 운을 떼면, 누군가 받기 시작했다. 선생도 시를 썼고, 그들도 시를 썼다. 그들은 각자 자신의 글씨를 자랑하며 뽐내고 있었다. 그들의 글씨 속에도 비록 아직 글씨라고 보기에는 민망하였지만 마치 죽순 맛처럼 천연의 별맛이 들어 있었다. 아직 저 먼 시대의 글씨를 보지 못하고 지방에서 멋대로 쓰고, 멋대로 익힌 서당의 글씨였지만 매우 순진하고 천진한 맛이 있는 천연의 멋이 있었다. 어느 유생은 초서로 겉멋을 내기도 하는데 마치 초서의 달인인 장진의 글씨라도 보고 온 듯했다.

그때 유생 중의 하나가 지필묵을 내밀고 선생에게 글을 청했다. 선생이 붓을 들어 시를 짓고 일필휘지하는데 제목을 죽순이라 하고 마지막에 명호를 쓴다면 바로 임어산방이 적절하지 않겠는가. 그가 선뜻 지금 과지초당의 죽분에서 소상의 빛을 보며 임당이라 이름 붙인 것이 이상하지 않은 이유다.

소장의 시절에는 모이고 어울림이 아주 쉬운 것 같더니만, 나이 들어가면서는 모이고 어울리는 게 얼마나 어려운 일인지 알게 되고, 늙어 과천에 머물면서는 사람 만나기를 시 짓는 아동이나 옥수수밭을 매는 농부들로 줄이니 빈 몸이 가볍다. 되돌아보면 혹여 자신도 모르는 채 양주학을 원하지는 않았나 하고 피식거리

는 웃음을 감춘 채 선생은 다시 과지초당의 임당에 지긋이 눈길
을 주며 가을 햇빛을 즐기고 있었다.

39

노도, 차마 쓰지 못한 명호

선생에게 명호가 많다는 것이 바로 이 책이 나오게 된 이유이기도 하다. 그러나 단순히 많다는 의미로는 설명하기가 부족하다. 선생의 명호 속에는 선생의 철학은 물론 삶 그 자체가 녹아있다. 때로는 매우 진중한 삶의 자세가 표현되는가 하면, 때로는 해학적으로 표현하기도 한다. 처해있는 상황이 그려지기도 하고 하나의 이어진 문장 역할을 해 의사 표현이 되기도 한다. 그래서 선생에게 명호는 시그널이자 문장의 일부였다. 전하고자 하는 메시지였다. 그리고 선생에게 명호는 스승이나 제자와의 진한 스킨십이 있는 교류였다.

그런데 생뚱맞게 이런 상상은 어떨까?

선생은 명호처럼 수많은 삶 속에 수많은 현상이 반복되고, 반복되는 만큼 명호도 나타나고 없어지지만, 그렇다면 정해놓고도 끝내 쓰지 못한 명호는 없었을까?

아마 있었을 것이다. 만약 그렇다면 어떤 명호들이 있을까?

그 일 순위가 바로 노도老饕이다. 노도란 식탐 많은 늙은이란 뜻이다. 선생은 특히 음식에 대한 집착과 욕심을 많이 부렸다. 평소에 먹고 싶은 음식이 있으면 멀고 가까움을 가리지 않았고, 겨울과 여름의 시절을 구분하지 않았다. 시맹柿盟을 맺을 정도로 탐낸 풍기의 홍시, 광양에서 나는 동지冬至 전에 일찍 채취한 김, 서해안 지역의 생강 조림, 죽순, 예쁜 과부가 따라주는 막걸리를 뿌리치고 행전 매고 백 리 길을 마다않고 달려가는 세모승細毛僧 등 방방곡곡의 맛 좋은 특산물을 꿰고 있었고, 심지어 제주도 유배 갔을 때에도 아픈 부인에게 음식에 대한 간절함을 보이기도 했다. 선생의 식탐은 봉은사에서 판전 작업을 할 때도 고기반찬을 집에서 공수해서 절집에서 먹을 정도로 유별났다.

선생 스스로 자신이 식탐을 한다는 것을 알고 있었고, 그런 상황이 많았다면 선생의 명호벽에 의하면 당연히 그에 관계된 명호가 있었지 않았을까. 그렇다면 언제쯤 그런 명호를 생각했을까? 선생이 즐겨 쓰던 '분순'이란, 말대로 밥상 앞에서 먹던 밥알이 뛰어나올지도 모르는 웃기는 상상 한 번 해보자.

북청 유배 시절, 드디어 부탁한 음식이 왔다. 함경도 특산물인

과일도 함께 왔다. 빈파과頻婆果라는 별칭이 있는 사과의 일종이었다. 비록 유배객이었지만 선생의 입맛은 멈출 수가 없었다. 함경도의 사과는 불전의 무상품無常品이요, 선품仙品이라 할 정도로 귀한 과일이었다. 이런 과일이 있다는 얘기를 전해 들은 선생이 가만히 있을 리 없었다. 간절함을 담아 힘들게 부탁했는데 구해 보내기 어렵다던 과일이 온 것이다. 마침 함경도에 풍년이 들어 사람들이 쾌활하고 가을 들판처럼 인정이 넘쳐 그 기운이 선생에게까지 온 것이었다.

선생은 당신의 간절함에 부응해준 고마움에 답례하기 위해 서둘러 편지까지 마무리하며 현판을 쓰기 시작한다.

당연히 현판의 내용은 주자가 풍년을 노래한 「대호쾌활」이다. 글씨 또한 황금 들판에, 선들바람에 오곡이 넘실거리듯 부드럽고 충만하게 쓴다. 글씨도 마음에 들고 답례로 보내기에 손색이 없었다.

글씨를 마치고 평소처럼 과감히 명호를 사용하려는데 막상 선뜻 떠오르는 게 없다. 어울리는 명호가 없다. 그동안 쓴 명호에는 그런 욕심을 참는 명호를 많이 썼다. 찬제, 찬파, 단파 등등이 그것인데 그런 명호는 자신을 무안하게 할 뿐이다. 다만 생각난 것이 노도이다.

노도는 선생에게 매우 익숙한 표현이다. 그는 풍기 사는 이연묵에게 곶감을 보내달라며 노도라 표현했고, 만허라는 스님에게도 행반과 김을 부탁하며 노도라고 표현했다.

그렇다. 기실 선생은 미식가라기보다 노도였다. 자신만이 가진 독특한 맛을 찾기도 했지만, 당시 유행하는 맛을 좇기도 했고, 존경하는 스승들의 입맛을 즐기기도 했다. 이 즐거움을 찾는 자신을 스스로 늙은 탐식가 노도라 한 것이다.

선생은 스스로 노도임을 부끄러워하거나 감추려 하지 않았다. 선생은 사람이 갖는 인욕에 대한 확실한 입장이 있었다. 인욕에 대한 일정한 학문적 체계도 갖추고 있었다.

선생의 학문 연원을 살피면 조선에는 박제가가 있고, 박제가 위에 홍대용이 있으니 그 위에 김원행, 이재에 이르고, 중국학자로는 대진戴震의 논리를 받아들여 인욕에 대한 입장을 정리하고 있다. 즉 인욕은 인간의 가장 근본적인 존립 근거로 제시하고 있다. 선생은 일독이호색삼음주一讀二好色三飮酒^{도63}라 할 정도로 인

[도 63] 일독이호색삼음주―讀二好色三飮酒
■21cm×73cm, 개인 소장

욕에 대한 것을 독서 다음과 또 다음에도 두고 있어 인간의 욕망
에 대한 위치를 정하고 있다. 노도는 선생 스스로 인정하고 있는
호칭이었다.

차를 부탁하며 김까지 부탁하는 시 몇 수 감상하고 넘어가자.

雙溪春色茗緣長
쌍 계 춘 색 명 연 장
쌍계사의 봄빛에 차 인연은 길고 길어

第一頭綱古塔光
제 일 두 강 고 탑 광
육조六祖 고탑 광휘 아래 으뜸가는 두
강차頭綱茶라.

處處老饕饕不禁
처 처 노 도 도 불 금
욕심 많은 늙은이 곳곳마다 욕심부려

辛盤又約海苔香
신 반 우 약 해 태 향
먹거리로 향기로운 김을 또 약속했네.

內史黃甘大令梨
내 사 황 감 대 령 이
내사의 황감이라 대령의 삼백 배는

二千年墨尙淋漓
이 천 년 묵 상 임 리
이천 년의 묵적이 상기도 임리하이.

若敎一喫殷豐柿
약 교 일 끽 은 풍 시
만약에 은풍 땅 감을 한번 먹게 해준다면

曲水風流竟屬誰
곡 수 풍 류 경 속 수
곡수의 풍류놀이 뉘에게 속할는지.

摺疊赤瓊一錢大
접 첩 적 경 일 전 대
접어 포갠 적경은 하나하나 돈닢 크기

河豚贗本世滔滔
하 돈 안 본 세 도 도
하돈 같은 안본은 세상에 넘실대네.

三株寶樹河淮宅
삼 주 보 수 하 회 택
세 그루의 보수는 하회의 옛집이라,

一百封題爲老饕　　식탐 많은 늙은이에게 백 개만 봉송하게.
일 백 봉 제 위 노 도

그렇다면 당연히 대호쾌활 현판에 어울리는 명호는 음식을 보내온 사람이나 식탐을 보이며 요구한 사람에게 적당한 노도가 아닐까. 선생의 계면쩍은 모습이 엿보이는 장면이다.

이 정도면 선생에게 노도라는 명호 하나쯤은 있을 법하다. 그러나 선생은 정작 생각만 했지 노도라는 명호뿐 아니라 음식에 관한 어떤 명호를 어디에도 사용하지 않았다. 겨우 용기 내어 쓴 명호가 담면 정도이다. 그렇다면 왜 선생의 작품에는 정작 쓰지 않았을까?

아직은 격조를 지킬 선비임을 잊지 않았음이다. 선생이 추구한 시나 서예 등 예술은 인욕이 정제된 후에나 가능하다고 보았기 때문이다. 선생은 인욕을 정제하는 작업이 바로 불교에 귀의를 통해서 불법을 구하는 데서 찾기도 했고 참선을 통해 강구하기도 했다. 따라서 선생은 노도를 자처하면서도 끊임없이 인욕을 정제하려고 노력했고, 정제된 후의 시나 글씨에는 노도라는 명호를 사용할 수가 없었을 것이다. 그만큼 시나 서예도 구도의 한 방편으로도 삼았다.

완우, 취사取捨의 첫걸음을 내딛다

1851년 조선의 정세는 또 한 번 선생에게 변화의 시기를 요구하고 있었다. 선생은 살면서 수많은 변화의 시기를 맞는다. 주변 상황이 그렇게 만들기도 했고, 때로는 선생이 스스로 변화를 요구하기도 했다. 그때마다 적극적으로 그 변화를 주도했고 변화된 모습은 가일층 선생을 진화시켰다. 또 그때마다 여지없이 명호를 활용하여 자신의 입장을 나타냈다. 추사가 그랬고, 완당이 그랬고, 병오가 그랬고, 그리고 1851년의 명호 완우阮迂가 그렇다.

다시 북청 유배가 내려졌다.

이제는 무덥고 칙칙하던 지루한 여름도 가고, 가을 기운이 역력한 오후 그의 기분은 물기가 남아있는 짚신을 신는 격이었다.

애초에 힘겨운 싸움인 것은 알았지만 이재 권돈인이 막아내기에는 중과부적이었다. 선생도 주변의 당여들을 모아 힘을 보탰지만 감당하기에는 역부족이었다.

조천의례 논쟁에서 패한 그가 낭천으로 유배를 떠난 뒤 선생은 어이없는 하루하루가 벌써 열흘째 지나고 있었다.

당연히 올 것이 온 것이다. 북청 유배가 결정되었다. 그의 정치적 재기는 힘을 잃었다. 처신處身을 근신謹愼하였다면 어찌 찾아낼 만한 형적이 있었겠는가? 라는 철종의 안타까움과 진한 아쉬움이 배인 독백에서 볼 수 있듯이 선생은 근신보다는 마지막 정치적 재기를 노렸었다. 그래서 더 허탈했는지 모른다. 어리석은 농부들에게 뿌리가 뽑힌 제주의 수선화처럼 이재의 정치적 패배에 재기의 여지가 뿌리째 뽑히면서 넋을 잃고 있었다. 그러나 생각해보면 제주 유배처럼 억울하거나 황당하지는 않았다. 얼마나 명분이 있는 유배인가, 의와 예를 논하다가 유배 가는 것은 선비로서 제일의 명분이었다.

북청으로 떠나기 위해 마지막 기운을 차릴 무렵, 마침 남병철이 찾아왔다. 제자였다. 제자이기는 하지만 안동 김씨의 권력을 등에 지고 있던 사람이었다. 비록 안동 김문으로부터 미움을 받고 있는 터이기는 하지만 남병철은 선생을 북청으로 유배 보낸 안동 김씨 집안의 사위였다. 실세들인 김조순이 외조부이고, 김조근이 장인이었다.

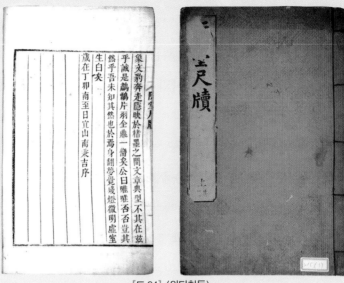

[도 64] 〈완당척독〉
남병길이 완당 선생의 편지들을 모아 2권 2책으로 발행한 책이다.

그러나 그와는 당색이 다르기는 했지만 서로 지향하는 바는 같
았다. 그는 조선 후기 천문학을 주도하는 사람이었다. 선생을 존
숭하고 있었고, 특히 그의 실학과 북학에 대한 것은 많은 공유를
하였다.

둘은 서로 한참 동안 말없이 차를 마시고 있었다. 남병철도 위
로하기 위해 왔지만 딱히 할 말이 없었다. 선생도 위로하러 온 줄
알지만 그의 마음을 알기에 굳이 들을 말이 없었다. 지금의 시대
는 옳고 그름의 선택이 아니라 안동 김씨의 선택(取)과 버림(捨)의
문제라는 것을 선생도 잘 알고 있었다.

그들의 침묵은 핵심을 놔두고 멀리 돌아가게 하고 있었다. 서
로 할 말도 없고 들을 말도 필요 없는 상황이었지만 먼저 남병철

이 옛일을 벗 삼아 말을 꺼냈다.

"범물개유가취凡物皆有可取, 어인하소불용於人何所不容.(사물에도 모두 취할 것이 있는데, 사람에게 있어 용납 못할 것이 어디 있겠는가.)"

"혹 이 말을 기억하시는지요?"

둘이 의기투합하여 시대의 흐름에 대해 논의하고 대안을 제시하던 혈기 왕성한 때였다. 벌써 20년이 넘었다. 선생이 40대 중반이었으니 남병철은 한참 어렸을 때였다. 그 어린 나이에 그런 선진적이고 개방적인 생각을 갖는다는 것은 아무리 가풍이 그렇다 하더라도 대단한 인재였다. 이 말은 노론 중에서도 특히 인물성동론을 주장한 낙론, 그중에서도 북학파들에게는 금과옥조 같은 명구이다.

[도 65] 〈범유개물〉

■ 29.7cm×124cm

20년 전에도 똑같이 남병철과 함께 이 문구를 보고 기쁜 마음으로 감상했었다. 그때는 사람과의 관계이자 서법 예술에 대한 포용정신으로 이 글을 기쁘게 봤다. 즉 청나라 문물, 서양과학 등 주자학 밖의 세상에 벌어지는 놀라운 일들에 대한 개방적인 자세와 이에 따른 훌륭한 사람을 받아들이는 자세 등을 포괄하는 문구였다.

그러나 지금 이 시기에 제자 남병철이 이를 다시 꺼내들은 것은 그때와는 사뭇 다른 뜻이 있었다.

"이제 내려놓으셔야 합니다. 이 기세를 누가 꺾겠습니까?
선생님의 말씀대로 지금의 시대는 옳고 그름의 선택이 아니
라 안동 김씨의 선택(取)과 버림(捨)의 문제입니다."

선생도 그때의 '범물개유'에 대한 기억이 있었다. 당시는 이 대련에서 앞 구절에 방점이 찍혀 있었다. 사물에도 모두 취할 것이 있는데, 사람에게 있어 받아들이지 못할 것이 어디 있겠느냐? 사람이 명나라의 한족이면 어떻고, 청나라의 만주족이면 어떠하냐의 문제였다.

그러나 지금은 뒤 구절에 방점이 찍혀있음 안다. 사람에게 있어 용납하지 못할 것이 어디 있겠느냐? 제자의 근심 어린 충언이었다. 스승의 정치적 욕심은 결국 자신을 스스로 옥죄는 모양새가 될 것이라는 위로와 정세 순응에 대한 애정 어린 부탁이었다.

그동안 해온 수많은 고집스럽고 속 좁은 일들이 얼마나 많았던 가? 융통성 없고 삼가 조심하지 않았던 일이 또한 얼마나 많았던 가? 그 고집이 자신의 것을 버릴 줄 몰랐다. 학문이면 학문, 예술 이면 예술, 정치면 정치, 주어진 삶이면 삶 그 자체를 버릴 줄 몰 랐던 선생이었다.

선생은 다시 지필묵을 들어 남병철에게 똑같은 대련을 써준 다. 물론 방점은 뒤 구절에 두었다. 그리고 명호를 쓰는 데, 바로 완우阮迂다. 어리석은 완당이란 것이다.

1851년 여름에 지었을 것으로 추정되는 이 명호는 제주 유배 가 그의 서예 세계를 바꿔 놓은 한 획이었다면, 북청 유배를 받고 이 완우라는 명호를 지을 즈음 그는 비로소 모든 것을 내려놓은 스스로 고졸의 세계 로 접어들지 않았을 까.

이 명호는 선생이 모든 것을 내려놓게 되는 첫 명호이다. 불 계공졸의 경지에 들 어서게 되는 계기가 되는 시기이기도 하 다. 북청 유배는 모든

[도 66] 〈진흥북수고경〉

것을 내려놓는 과정의 첫걸음, 취사의 첫걸음이었다. 이후 선생은 그는 무엇을 취할 것인가, 그리고 무엇을 버릴 것인가를 잘 구분했다고 봐도 무방할 것이다.

비로소 황산이 생각났다. 아니 황산의 묵소거사자찬서가 다시 생각이 났다. 그리고 회한의 눈물이 흘렀다. 그러나 모든 것을 내려놓은 이번의 유배 길은 제주 유배와는 달리 가벼울 수가 있었다. 그 가벼운 발걸음이 '진흥북수고경'[도66]이란 명작 글씨를 남긴다.

진정 졸박한 추사체의 진수는 북청 시절 이후의 글씨에서 볼 수 있다는 점에서 '완우'는 선생의 버림의 미학을 깨달은 명호라 할 수 있다.

조천의례 논쟁에 참여한 것이 어리석은 것이 아니라 붙들고 놓지 않은 자신이 어리석은 것이다. 추사체 완성의 마지막 방점이 욕심이 없는 졸박함이 아닌가? 이것은 무슨 법에서 나오는 것이 아니라 마음에서 나오는 것이다.

41

청성, 유배를 만끽하다

'청성青城'도67이란 명호를 들으면 마음이 짠하다.

그 많던 재산과 그 대단하던 권력을 자의 반 타의 반으로 내려
놓고 오히려 그동안 써왔던 거사라는 명호가 사치스러웠거나 겉
치레의 냄새가 났다면 이제 정말 야인이요 은둔 거사로 살 수밖
에 없는 심정에서 모든 것을 체념하듯 내려놓는 과정에 있는 명
호가 바로 청성이기 때문이다. 제주 시절 '정포'가 정치인이었다
면, 북청 시절 '청성'은 야인이었다.

청성은 선생이 두 번째 유배를 간 곳이다. 정확히 북청현 성의
동쪽이다. 이를 선생은 북청성동이라 표현했고, 이를 줄여 청성
이라 명호를 지었다. 청성에서 나온 또 다른 명호인 청좌는 북청
동성의 다른 말이다. 북청성의 왼쪽, 즉 동쪽이란 뜻이다. 따라서

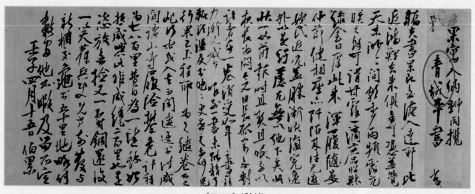

[도 67] 〈청성〉
북청에서 집에 있는 동생에게 보낸 편지

■28cm×75.5cm, 개인 소장

정포가 제주 유배를 상징했듯이 청성은 유배지 북청 생활을 대표
하는 명호이다.

그러나 이 명호에서는 제주에서처럼 육신은 지역 풍토에 당하
여 넌덜이 나고, 멘탈이 붕괴된 찌질하고 어쩔 줄 몰라하는 유배
객이 아니라 학습효과인지 몰라도 순흥으로 유배 떠난 권돈인에
게 주변 경관을 소개 등 조금은 여유가 있는 유배객의 냄새가 난
다.

떡 본 김에 제사 지내듯 먼 길 북청에 와 자신의 일을 한다는
점에서 제주 시절 명호 '정포'와는 여러 가지 면에서 차별성을
갖는다. 그래서 선생의 발길은 그리 무겁지 않았다.

물론 처음부터 그랬던 것은 아니었다. 먹을 것조차 없는 집안
의 뒤처리도 못하고 쫓겨나는 자신의 당여들을 미처 챙겨보지도
못한 채 황망하게 떠난 선생은 왠지 선비라기보다는 처량하고 쓸

쓸하니 처연한 처사 신세였다. 그러나 다행히 마냥 처져 있기에
는 어린 제자 강위가 함께 따라오니 마음을 다잡아야 면목이 서
게 되었는지 함흥에 도달해서 비로소 그의 마음은 열리고 유배객
이라는 패배의식은 닫히게 된다. 위엄 있고 꼿꼿한 완당이 된 것
이다.

그에게 무슨 일이 일어난 것일까. 선생은 유독 경주 김씨라는
것에 자랑스러워했다. 그의 명호 중에 계림이란 명호가 있듯이
신라 천년을 이어오고, 고려 오백 년의 기둥이 된 경주 김씨 가문
에 대한 자부심이 대단했다. 그런데 문득 만세교를 지나면서 진
흥왕이 화려한 수레를 이끌고 자신이 넓힌 신라 땅의 변방을 북
수北守하던 모습이 이입되면서 그에게 자신감을 불어 넣었을까,
제주에 도착하여 자신을 이국인처럼 바라보던 제주민들과는 달
리 자신의 조상이 넓힌 땅을 다시 밟는 회한이 그의 감정을 복받
치게 했을까.

어쨌든 이 만세교를 지나면서 심경의 변화를 일으키고 유배 생
활을 긍정적이고 적극적으로 활용하기 시작한다. 먹을 것이 없다
고 투정하지도, 몸이 편치 않다고 엄살도 하지 않고 먹을 것이 부
족하면 부족한 대로, 몸이 아프면 아픈 대로 상황에 맡기되 매달
려 가지 않았다.

선생이 북청에 도착하자 뒤이어 침계 윤정현이 함경 감사로 온
것은 그에게 더욱 긍정의 힘으로 작용했다. 그 둘의 만남은 삼십

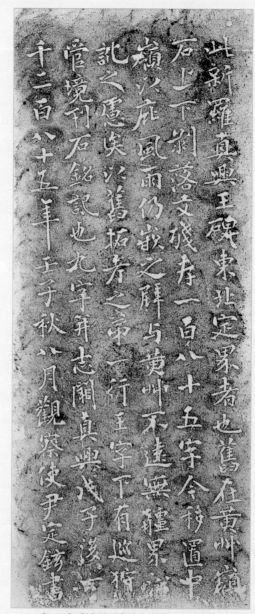

[도 68] 〈황초령 진흥왕 순수비이건비 탑본〉

북청 유배 시절 함경감사 윤정현과 황초령 진흥왕 순수비를 복원하고 비각을 세울 때 윤정현이
이건비를 썼는데, 이것이 그 탑본이다. 이처럼 선생에게 청성 유배는 많은 일을 도모하는 계기가
되었다.

■ 82cm×32cm

년 전으로 돌아가지만 그동안은 그리 긴밀한 관계로 지내지는 않
았다. 집안 간에는 걸러지지 않은 앙금 같은 약간의 껄끄러움도
있었고 서로 데면데면한 사이였다.

둘 간에 오간 안부를 추리하면 먼저 윤정현이 어떻게 지내냐는
전갈이 왔을 것이고, 선생은 「도덕신선」이라는 편액을 보내면서
동해낭환이라고 자신의 백수 처지를 전달하자 윤정현은 폐백으
로 몇 가지 편의를 보낸다. 그러자 선생이 또한 '조금은 구차한'
변명을 보태며 '침계'라는 윤정현의 명호를 써서 보낸다. 그러는
선생이 안 돼 보였던지 황초령 진흥왕 순수비 복구 작업과 현판
을 선생에게 맡긴다. 그럼으로써 선생의 필생의 작업이 완성되고
'진흥북수고경' ^{도66}이 쓰여진다.

다음으로 그가 청성에서 한 일은 시문을 많이 쓴다는 것이다.
그만큼 흥취가 일었다는 것인데, 그의 시 작업 중 청성 시절 시가
다른 시에 비해 많다.

마지막으로 그에게 낙이 있었다면 답사였다. 윤관 장군 유적
지, 발해의 역사지 숙신의 돌 화살촉 등 역사학자로서의 면모를
유감없이 보임과 함께 민족의식을 고취한다.

청성은 이 모든 것을 대변하는 밝고 맑은 명호였다. 정포가 3
독이었다면 청성은 금석문, 시문, 답사라는 3락이 있었다.

42

동해낭환,
백수의 아픔을 연민하다

　　아마 선생이 살던 조선 시대에도 백수는 존재했던 모양이다. 현대적 백수의 의미와 조선 시대 백수의 의미가 할 일 없이 놀고먹는다는 의미에서 크게 다르지는 않다. 다만 요즘의 백수는 아픈 현실을 반영하지만 당시는 슬쩍 안분지족의 명분이 숨어 있으니 조선 시대의 백수는 있는 집안 사대부가의 몫이었다. 그래서 그들은 백수를 백수라 부르지 않고 거사나 한유閑儒 등으로 멋지게 포장할 수 있었을지 모른다.

　　그 표현이 지금처럼 '루저', '찌질이' 등 노골적으로 자해하는 표현이 아니라 점잖은 은유로 묘사하는 경우가 많은 걸 보니 그 표현이 요즘보다는 좀 낭만적이고 여유가 있어 보인다.

　　그러나 요즘은 백수에 대한 은어들을 살펴보면 얼마나 치열한 낙오의 잔편인지 알 수 있다. 십장생, 이태백, 삼팔육, 사오정, 오류도 등 즐비하게 은어들이 생겨난다. 그 백수에게도 단계가 있는데 첫 단계가 하릴없이 바쁘다는 "하버드생"에서 그 기간이 길어지면 슬슬 '예일대생'이 되어간다고 한다. 이제는 바쁜 일이 없는 데도 예전처럼 일찍 일어난다는 것이다. 예일대생을 졸업하면 이제는 '동경대생'이란다. 동네 경치 관람하며 소일하는 상태로 접어든 것이다. 아마 선생이 북청으로 유배 갔을 무렵이 '동경대생'의 기분이 아니었을까. 이 상태에서도 백수가 계속 지속되면, 이제는 막다른 골목에는 '서울대생'이 기다리고 있다. 매사에 작은 일에도 서운하고 울적한 단계라 한다. 지금이나 예전이나 매한가지인 것은 이래저래 백수란 사람을 위축하게 만드나 보다.

선생에게도 북청 유배 이전에 몇 차례 백수가 찾아온다. 선생은 첫 직장을 얻으면서 '우사'라는 명호를 쓰며 설렘으로 세상 속으로 들어간다. 그 후 병든 세상을 바꿀 지혜를 얻기 위해 병거사를 자처하고 과천으로 물러나 있을 때라든지, 아버지의 죽음으로 시묘살이를 위해 잠시 물러나 있을 때, 제주 유배를 떠나면서 삭탈관직을 당했을 때라든지 자의든 타의든 백수의 길을 걷는다. 그러나 그러한 상황에서도 거사나 동해한유를 씀으로 정치적 복귀의 여지를 남겨두거나 의지를 보이기도 했다. 물론 간혹 선생은 벼슬을 버리고 휴직할 때 동해낭환을 사용하여 자신의 처지를 알리곤 했지만 금세 백수에서 벗어나 다른 명호로 처지를 바꾸는 등 진정 백수는 아니었으니 모두 그런 의미에서 쓴 명호들이었다.

그러나 북청으로 오면서 자신의 정계 은퇴를 정식으로 알리게되는데, 선생은 그 은퇴 명호를 '동해낭환'^{도69}으로 선택했다. 낭환이란 좋은 말로 천제의 장서를 보관한 곳이나 그곳을 지키는사람을 말하지만 기실 직업이 없는 한량을 뜻한다.

이때 쓴 동해낭환이 낭환시리즈로는 맨 나중에 섰으니 이때부터 쭉 백수로 지낸다. 그래서 낭환 이야기는 맨 마지막 사용한 시기를 택했다.

그 기세 당당하고 학문에서는 일세의 통유로 통하던 선생은 비록제주만은 아니지만 북청에서의 유배 생활도 만만하지는 않았다.

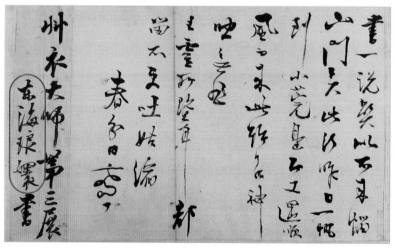

[도 69]
제주에서 초의 선사에게 보낸 편지에 보인 용정을 나타낸 초형과 동해낭환이 묘하게 어울린다.

그때 마침 친절한 도우미가 나타난다. 선생이 북청으로 유배를 오자 뒤따라 오듯이 부임하더니 유배가 끝나자 또 뒤따라 가듯이 임지를 뒤로하고 승차하여 떠났으니, 1851년 9월 찬바람이 불어와 가슴 시린 계절에 함경도 감사로 온 사람이 바로 침계 유정현이다. 그러니 철종이 완당을 보호하라고 보냈다는 이야기가 추리될 수 있는 대목이다.

경주 김씨 집안과 침계 집안과는 선대로 거슬러 올라가면 벽파와 시파로 나뉘는 서로 다른 당색을 가지고 있었고, 특히 천주교인으로 몰린 침계의 아버지 윤행임의 죽음으로 서로 어색한 관계였으나 침계가 선생의 제자로 들어오면서 묵은 원한은 엷어졌는지, 아니면 남으로 북으로 전패顚沛되어 유배를 떠돌아다니며 힘이 떨어진 완당에게 연민의 정이 있었는지 둘 관계는 북청에서 조우하면서 급속도로 가까워진다. 아니면 정말 완당을 보호하라는 철종의 전언이 있었는지 모를 일이다. 아무튼 이들의 관계는 선생이 유배에서 풀려나 과천으로 물러나 있을 때도 이어졌는데, 침계는 간간히 곤궁한 완당을 위해 물품을 보내주곤 했고 선생은 이에 매우 고마워했다.

그러나 처음에는 침계의 지원은 단순히 물질적 지원과 편의의 차원이었다. 이 편의는 선생이 바라는 바는 아니었다. 선생이 진정 바라는 바는 침계와의 학문적 교류였다. 정치인 윤정현이 아니라 학자 윤정현이 바라보는 함경감사 역할을 기대했다.

[도 70] 〈도덕신선道德神僊〉

■ 32.2cm×117cm, 개인 소장

선생의 속내에는 황초령비 복원에 있었다. 이미 이재 권돈인이 함경감사로 있을 때 그에게 부탁하여 황초령비로 불리는 진흥왕 순수비 파편을 찾아 고증을 마쳤고, 그에게 복원을 청했으나 여러 가지 사정으로 뜻을 이루지 못한 적이 있었다. 지금은 이곳저곳에 흩어져 땅에 묻히거나 사람들의 발길에 여기저기 훼손되고 있었다.

그러나 침계는 선생의 뜻을 헤아리지는 못했는지, 아니면 알면서도 정국의 묘한 함수관계에서 선생과 얽히는 것을 꺼려했는지 진흥왕 순수비의 복원은 아랑곳하지 않고 함경감사라는 직분을 십분 활용하여 선생에게 편의 제공만 퍼부었다. 다만 불편함이 없는지 계속 안부만 오갈 뿐이었다. 답답한 마음이 선생의 모든 움직임을 더디게 할 무렵 침계의 사람이 물품을 가지고 와 묻기를, 또 어떻게 지내는지만 답을 듣고 오라 했다고 전한다.

그때 선생이 그에게 준 답이 바로 칭송대자횡액 '도덕신선道德神僊'도70이었다. 침계를 도학道學으로써는 최고의 경지에 오른 것으로 칭송한 최고의 찬사였다.

그러나 정말 전하고자 하는 답은 그 뒤에 있었다. 그 뒤에 숨어 있는 은유의 극치, 동해낭환이란 명호로 답을 마무리한다. 침계가 도덕 신선이라면, 나는 그 신선의 서재를 지키는 하릴없는 사람일 뿐이다 라는 이음말이다. 그것은 나는 백수다 라는 자신을 향한 은유였다. 그리고 침계에게 받고자 하는 것은 단순한 편의가 아니라 학문적 교류에 대한 청이었고, 정식으로 정치적 은퇴를 알림으로써 예민한 정국에 불러올지도 모를 엉뚱한 논란을 미리 막고자 하는 선생의 선택이었다. 더 노골적으로 말하면 일거리를 달라는 요구였다.

이런 선생의 답을 이해했는지 그 후부터 침계와의 학문적 소통이 조금씩 넓어지며 가까워지고 있었다. 특히 둘 다 금석문에 대한 관심사가 같아 의기투합하는 일이 종종 일어나면서 더욱 긴밀해졌다. 그중에 침계가 그곳에 부임하고서 선생과 함께 이뤄낸 대단한 일이 있었으니 그중 여기저기 흩어진 진흥왕 순수비를 찾아내고 정비한 일이었다. 그때 선생이 쓴 '진흥북수고경' [도66]은 또한 명필 중의 명필이다.

그리고 또 하나의 명작 '침계' 가 탄생한다. 유배객이라기보다는 학문적 동지로 대해주는 침계가 고마웠고 다행이었다. 그만큼 침계는 대인배였다. 그러나 그런 고마움이 커지면 커질수록 선생에게는 항상 마음 한켠에 빚을 지니고 있었다.

침계는 잊고 있었고, 선생도 사실 잊고 있었지만 하필 유배길에 그를 만나 도움을 받는 처지에 그것이 생각났다.

30년 전의 일이었다. 유정현이 어떤 사람을 시켜 자신의 명호인 침계를 써달라고 부탁한 적이 있었는데, 선생은 본인이 직접 와서 부탁한 것도 아니고 또한 마땅한 글씨체를 찾지 못해 거절한 적이 있었다. 침계를 볼 때마다 늘 그게 걸려 숙지宿志로 남아 있었다.

선생은 지필묵을 들어 그 오래 묵었던 뜻을 갚기 위해 해서와 예서의 합체로 '침계' ^{도71}라는 명호를 썼다. 그리고 너무 늦어 미안했던지 두어 가지 변명을 한다. 부탁받을 당시 梣자를 썼는데 그에 맞는 글자를 찾지 못했다느니, 그런데 요즘 북비를 공부하

[도 71] 〈침계〉

■ 122.7cm×42.8cm

296

고 있는데 비로소 찾았다느니. 그런데 더 재미있는 것은 그것을 직접 부탁하지 않고 다른 사람을 시켜 부탁했다는 것을 상기시키며 슬쩍 책망까지 하면서 한껏 친분을 과시한다. 이로써 오래된 숙지夙志를 갚았다.

유배가 풀리고 정계은퇴 후 과천으로 내려와 낭환에서 낭경인 (1854년, 외롭고 한가한 백수) 으로 발전하면서 그의 백수는 점점 스스로 연민의 세계로 접어든다.

果山에서 須山으로,
아버지와 아들 간의 정으로 이어지다

선생이 북청 유배를 마치고 과천에 머물게 되었다. 그런데 마침 뒤이어 이재 권돈인에게서 편지와 함께 작은 물품이 도착했다. 이재가 보낸 그림이었다.

그의 영원한 벗이자 정치적 동지인 권돈인도 유배에서 풀려나 퇴촌에 작은 별서를 하나 마련해 쉬고 있었다. 퇴촌은 경기도 광주로, 지금 정약용 생가인 여유당이 있는 맞은편쯤 강가다. 한양과 가깝지도 멀지도 않아 예부터 은퇴한 관리들이 내려와 살던 곳이었다.

그곳에 작은 별서를 하나 장만하자 선생이 먼저 나섰다. 소식을 듣자 선생은 급하게 편지를 쓰는데, 이 편지에서 선생은 글씨를 사고파는 맹목적인 글씨를 신랄하게 비판한다. 아무리 왕희지라 해도 대가를 얻기 위해 글을 썼다면 그것은 속서다. 그 행위는 속사俗師, 자장字匠, 즉 학문을 파는 천박한 선생이나 글자를 파는 글자쟁이에 불과하다. 그러나 군자 간의 폐백은 도리다. 그래서 편액을 하나 더 보내게 되는 데, 이것이 지금은 볼 수는 없지만 전해진 편지 내용 때문에 유명해진 예서의 현판 글씨 '퇴촌' 이다

그러니 퇴촌은 비록 아픈 팔을 억지로 눌러 쓴 것이지만 군자 간의 도리로 바치는 것이니 공졸은 따지지 말아달라고 오히려 겸손을 표하지만 이것은 예의상 표현일 뿐 자신의 글에 대해 아주 자신만만하고 있다.

"그동안 쓴 글은 속서에 지나지 않지만, 이 글은 이제 막 속서를 벗어났다."

고 자랑한다. 귀일을 터득했다는 것이다.

상우가 "글자들이 따로 논다"며 귀일歸一의 어려움을 말하자, 완당은 "나이 60에도 아직 귀일을 터득치 못했다던" 선생이 칠십이 다 되어 비로소 귀일을 얻었다고 스스로 자랑을 한 것이다. 아마 어지간히 맘에 들었던 모양이다. 이런 확신에 찬 자랑이 선생의 글 속에 또 어디 있겠는가.

그러자 어느 봄날, 이번에는 이재가 퇴촌의 풍경을 그려 보내온 것이다. 아마 선생이 퇴촌으로 놀러 가기 위해 나섰다가 배를 놓치고 집에 돌아와 그 아쉬움을 편지로 보내니 그림으로라도 퇴

촌의 봄 풍경을 보이고 싶은 벗의 배려였으리라.

이렇게 시작된 둘 사이에의 말년 우정은 때론 서신으로, 때론 만남으로 쌓여만 가는 데 정작 멋이 있는 것은 학문과 예술에 낭만을 입힌 교우였다.

선생이 이 그림을 보고 서응書應, 즉 글씨로 응한다. 황산이 글을 쓰면 이재가 그림을 그리고, 이재가 그림을 그리고 추사가 글로써 응하던 교분을 뜻하는 '書應'은 이들이 가진 진한 우정의 표시였다. 특히 젊어서는 이런 교유가 잦았는데 나이가 들어 황산은 죽고 이재만 홀로 남아 선생의 위로가 되었는데 어느 날 이재가 퇴촌에 대한 경치를 그려 보낸 것이다. 수많은 기이한 꽃들이 심어져 있고 거기에 작약은 밭이랑을 꽉 채우고도 남음이었다. 그 가운데 잔 대나무들로 둘러싸인 작은 별서 창문을 통해 보이는 책상에는 책이 반쯤 놓여있는 그림이었다.

선생이 이 그림을 보고 글씨로 응한 것이 바로 이 대련^{도72}이다.

万樹琪花千圃芍 만 수 기 화 천 포 작	만 그루 기이한 꽃 천 이랑 작약 밭.
一莊修竹半牀書 일 장 수 죽 반 상 서	대에 둘러싸인 인장仁莊 안에 반쯤 쌓인 책상 위의 책.

이렇게 서응書應으로 이어진 대련 글씨와 함께 '완염합벽'^{도79}은 이들의 이런 완벽한 우정의 산물이었다.

그런데 모처럼 옛날을 생각하여 이재의 그림에 글로써 응했는

[도 72] 〈만수기화〉
■31.2cm×127.4cm, 간송미술관

데 이것이 명작이라. 행서이면서 예서의 맛을 표현하며 변화의 묘미를 담았다. 「자법에서 태세의 대비가 극명하고 고예필의가 있는」 최완수 선생의 감평처럼 스스로 만족하고 자랑해도 좋을 만한 작품이자 뒤에서 거론할 속천거사에서 선생이 말하는 〈괴〉를 제대로 표현해낸 작품이 된 것이다.

난을 사寫하는 것은 불이선란에서 터득했고, 글씨는 비로소 '만수일장' 이란 대련에서 속서를 벗어나는 귀일을 터득한 것이다. 아, 마침내 산에 들어섰구나. 그래서 과산果山이다. 선생이 추구하던 문자향도 있고, 서권기도 있는 추사체의 완성을 스스로 선포한 것이다.

그래서 그는 비로소 산이 된 것이다. 그렇게 선생은 모두의 숭산崇山이 된 것이다. 이는 또한 품이 넓은 청계산이 과천을 모두 안고 있음에 과천의 청계산을 은유적으로 표현한 것이라 한들 누가 탓하랴.

이후 끝내 귀일하지 못한 아들 상우는 명호를 수산須山이라 쓴다. 모름지기 산이어야 한다. 아버지는 그에게 매우 거대한 산이었다. 서자로서의 아버지에 대한 따뜻한 정을 느끼게 하는 명호다. 한편으로는 수산에서 작은 연민이 느껴지는 것은 상우가 과문한 탓인가. 예산의 지금 추사고택의 사랑채에 가면 해시계에 '석년' 이란 그의 예서 글씨가 남아 있는데, 그곳의 명호가 바로 수옹須翁이다.

44

속천거사, 추사체 산고를 은유하다

선생이 과천으로 돌아와 여름을 맞이했다. 얼굴에 화색이 돈 달준이 의기양양한 채 뭔가 잔뜩 지고 들어왔다. 며칠 전에 들어왔던 글씨 부탁에 대한 폐백이었다. 몸 상태가 좋지 않아 붓을 들 수 있을지 모르지만 그동안의 정리로 보아 거절하기 어려운 부탁이어서 받아두었던 것이었다.

그해 여름은 유독 더웠다. 선생에게는 이 무더운 여름에 대한 좋지 않은 기억들이 많다. 특히 제주도 유배 시절 무더위와 함께 온 피부병과 안질은 선생에게 참기 어려운 고통이었다. 특히 피풍증皮風症은 선생을 불면으로까지 몰고 갔다. 비늘처럼 반점이 솟아나고 가려움은 참을 수 없을 정도로 밤이면 잠을 잘 수가 없었다. 이 불면에서 오는 무력감은 선생을 더구나 힘든 유배생활에서 오는 좌절감과 함께 힘들게 했다.

이때 얻은 병이 다시 돋았을까. 선생은 과천의 무더운 여름에 다시 한 번 무력감에 빠진다. 가려움을 참지 못해 긁은 자국은 핏기가 밴 소름이 돋고, 몸에서는 기운이 빠져나가 붓을 들 수조차 없었다. 마치 제주에서 얻은 그 무력감과도 같았다. 그 무력감이 주마등처럼 지나간다.

시키지도 않았는데 달준이가 먹을 열심히 간다. 오늘따라 폐백이 푸짐하다. 이 정도 폐백이면 한참 동안은 지내기가 너끈할 것 같았다. 먹을 갈던 달준이 조심스럽게 세간에 퍼져있는 선생님의 글에 대한 평을 전한다. 딴에는 글씨 부탁이 줄어들까 봐 걱정이 들었던 모양이다.

"선생님의 글은 매우 괴하다 하더이다. 저쪽의 부탁도 있고 하니, 이번 글은 괴하지 않게 쓰는 게 좋을 듯합니다."

선생이 내켜 하시지 않는 것을 눈치챈 달준이 붓 나가는 길을 거들려고 펼친 종이 위에 목을 내민다. 선생은 그저 말없이 웃을 뿐, 이미 무거운 팔을 들어 자유로운 행서의 붓놀림이 많은 것을 말하고 있었다.

"結成珠光劍氣, 吐爲丹篆芝英."

그리고는 협서에 세간에서 자신의 글씨를 평하는 것에 대한 답

[도 73] 〈결성주광〉

■ 대련

을 써 내려간다. 선생은 처음에는 당신의 글씨가 괴하다고 하는 것을 매우 언짢아했다. 심희순에게 편지를 보내며 '본디 글씨란 고졸하되 괴하면 안 되며, 아무리 글씨가 천변만화하더라도 괴이한 글씨는 깊이 금절해야 된다.'고 주장해왔던 터였다. 그런 선생에게 글씨가 괴하다는 것은 참을 수 없는 모욕이었다.

그런데 선생이 마음을 바꿨다. 이제는 자신의 글씨가 괴하다는 것을 인정하고 들어간다. 다만 '괴'에 대한 해석을 달리한다.

"내 글씨가 괴하다면 글씨의 대가인 구양순의 글씨도 괴한 것이다." 구양순의 글씨에서 괴함을 찾은 것이다. 거꾸로 말하면 구양순 글씨가 괴하지 않으면 내 글씨도 괴하지 않은 것이고, 내 글씨가 괴하다면 구양순 글씨도 괴하다는 논리다. 선생다운 연역적 반박이다. 그리고 자신의 글씨가 괴하다고 비판하는 세간에 속 시원하게 한마디 던진다.

"구양순의 글씨는 괴하고, 저수량의 글씨는 아름다울 뿐이다."

이놈들아! 너희들이 괴함을 알아? 바로 괴란 객기 부려 잘난 체하고 거드럭거리는 비양飛揚이 아니라 자연스럽게 우러나오는 개성, 즉 허화虛和[9]가 바로 괴다. 일찍이 선생은 문징명을 평할 때 동기창과 글씨가 맞먹으나 개성이 없어 동기창을 따를 수 없다고

■
9 허화虛和 : 텅 빈 마음과 제 갈 길로 나아가려고 하는 글씨의 의지 사이에 어우러지는 화해和解의 경지. 이는 인력으로 이루어질 수 있는 것이 아니다. 천품天稟을 갖추어야 할 수 있는 것이다.

한 적이 있었다. 그 개성을 괴하다고 평한다는 것은 한마디로 무식하다는 것이다.

그렇게 써놓고는 성이 덜 찼는지 뭔가 한 마디 더해야겠는데, 선생이 찾은 덧붙인 말은 이렇다.

"내가 애써 글씨를 쓰려는데 팔이 말이 듣지 않아 법도대로 쓸 수가 없다. 이것은 병 때문도 아닌데 나 스스로 어찌하여 이러는지 모르겠다."

그 말이 자신을 한탄하는 말투처럼 보인다. 그러나 찬찬히 뜯어보면 엉뚱한 해석이 가능하다. 반어다. 그 엉뚱한 해석에서 선생의 속내를 읽을 수 있지 않을까.

이 말을 그대로 받아들이면 괴하지 않게 쓰려고 했다. 그런데 팔이 말이 듣지 않아 법대로 쓰지 못했다 이 말이다. 그런데 이 말을 조금만 돌려놓고 보면 이런 해석도 가능하다. 나도 내가 나의 개성을 어쩔 수 없다. 병 때문도 아닌데 내 팔에는 309비의 법이 있으니 몸은 따르지 않지만 법은 맘속에 있는 허화를 잡는다. 그 법대로 쓰려 해도 팔이 말을 듣지 않아 쓸 수가 없지만 우연히 법이 나오니 어찌하랴. 우연욕서다.

그리고는 한마디 더, 바로 촌철살인하는 명호를 부친다.

『속천거사가 더위 중에 쓰다.』^{도73} 정말 촌철살인하는 명호다. 속천粟泉이란 소름이 좁쌀처럼 샘솟는 모습을 말한다.

'바닷바람에 염전이 마르며 소금이 되듯 해풍을 쐬면 소금처럼 소름이 돋아난다. 그렇게 솟아난 소름에 가려움이 웅크리고 틀어 앉아 요동치기 시작하면 참을 수 없는 고통이 밀려온다.'

이 가려움증에서 오는 고통의 소름이 바로 속천이다. 바로 속천은 고통의 은유다. 자신의 글씨는 그저 평범에서 온 것이 아니라 치열한 고통의 산물이라는 것이다. 그저 한가로이 법만 따라 쓰는 그런 글이 아니라는 강변이다. 추사체란 자고로 그런 글씨다. 선생이 피부병으로 받고 있는 고통을 자신이 터득한 허화虛和의 정신세계로 승화시킨 것이다.

대련 글씨를 통하여 자신의 입장을 대변하고, 속천거사라는 명호를 통하여 자신의 처지를 은유적으로 빗대어 서법에 대한 입장을 드러낸다.

45

매화구주, 매화의 첫사랑

　　매화구주梅花舊主, 풀이하면 매화의 옛 주인, 또는 매화의 오래된 주인 정도가 적당하다. 매화구주는 누구의 명호라기보다는 당시 조선 선비들이 즐겨 쓰는 관용구를 선생이 명호로 끌어들인 보편적인 명호이다.

　　매화구주라는 말은 청나라 매화 화가인 고봉한의 매화신주梅花新主라는 말에서 나왔다. 완당 선생의 삶과 매우 비슷한 삶을 산 고봉한은 매화를 그리던 팔을 잃어 그릴 수 없게 되자 왼손으로 다시 매화를 그려 예전의 매화 그림으로 돌아올 수 있었는데, 그렇게 만난 매화의 새로운 주인이라는 뜻으로 쓰인 말이었다.

　　그러나 매화는 대를 잇거나 주인이 바뀌어도 자신을 처음 심어준 첫 주인을 변함없이 잊지 않고 좋아한다 하는데, 그 첫 주인을 매화의 친구이자 주인, 즉 매화구주라 자칭한 것이다. 매화나무의 잊지 못할 첫사랑이란 말이다. 매화는 조선 최초로 식물재배법을 저작한 강희안 선생의 '양화소록'에서 그 재배법과 특성을 잘 설명해두고 있듯이 지조를 뜻하여 조선의 선비들은 사군자 중에 으뜸의 자리에 놓아 매화에 고고한 인격을 매겼다. 매화구주라는 말은 강희안 선생이 매화의 고고함을 말한 이후로 선비들은 그 말을 일종의 관용구처럼 쓴 것이다.

그렇다면 완당 선생은 어떤 매화의 첫사랑이었을까. 그리고 왜 관용구의 매화구주를 명호로 사용하며 인장으로까지 파서 간직했을까?

선생과 매화와의 인연은 중국의 오승량과의 남다른 관계에서 출발한다. 그와의 인연은 아버지 김노경 때부터 시작되는데, 오승량은 매화를 무척이나 좋아했다. 연경에서 만난 오승량이 귀한 선물을 보내오자 이에 대한 감사의 마음으로 그의 생일에 매화감실을 만들고 감실 밖에 매화나무를 심어 그의 장수를 축원하면서 매화와의 인연은 시작된다. 그렇게 심은 매화가 벌써 40년이 흘렀으니 제법 맵시를 잡아가고 있었다.

매화꽃이 흐드러지게 핀 이른 봄날, 매화감실에 우봉 조희룡이 찾아온다. 우봉은 선생의 제자이지만 나이 차이가 얼마 나지 않아 같이 늙어가는 벗 같은 제자다. 우봉의 매화 사랑은 남다르다. 선생은 늘 우봉의 그림에는 서권기가 없다고 나무라지만, 그는 들은 척도 하지 않는다. 그런 나무람 속에서도 선생을 평생 따르고 평생 흉내 내는 따라쟁이이지만, 매화만큼은 양보가 없다. 대놓고 선생에게 말하지는 않지만 매화 그림에서는 매화의 감정을 느끼면 되고, 난에서는 난의 느낌을 내면 된다고 생각하는 우봉이었다.

"인생 뭐 있습니까. 우리 인생 그 어디서 밑도 끝도 없는 시름을 흩어 보내나요? 향기롭고 눈 같은 매화의 바다에 다락배 하나 띄우면 되지요. 허허허."

그는 매화에 미쳐있었다. 매화에서 서권기가 배어 나와야 하는 것이 아니라 그냥 좋아 미쳐있었다. 첫사랑이 그런 것 아닌가. 그냥 미치게 좋아하는 것.

「나는 매화를 몹시 좋아하여 스스로 매화를 그린 큰 병풍을 눕는 곳에 둘러놓고, 벼루는 매화시경연을 쓰고, 먹은 매화서옥장연을 쓰고 있다. 이제 매화백영을 지을 작정인데, 시가 다 이루어지면 내 사는 곳의 편액을 매화백영루라고 하여 내가 매화를 좋아하는 뜻에 흔쾌히 부응할 것이다. 그러나 그것을 쉽게 이루어 내지 못하여 괴롭게 읊조리다가 소갈증이 나면 나는 매화편차를 마셔 가슴을 적시련다.」〈석우망년록〉에 기록된 매화에 미친 그의 말이다.

그렇게 매화에 미쳐있는 우봉이 선생의 매감실에 피어있을 매화가 궁금했는지 느닷없이 찾아온 것이다. 둘은 서로 마주 앉아 차를 내오게 한다. 우봉이 왔다 하니 매화편차를 내오게 했다. 마침 매향이 퍼지는 데 매화차의 향인지, 매감실의 매화향이 강물처럼 흘러왔는지 알 수는 없었지만 아침 구름이 산봉우리를 감싸듯이 두 사람을 그윽하게 품고 있었다.

감흥에 취한 선생은 모처럼 감실에 왔으니 우봉에게 매화 한 폭 그리기를 청한다.

"꽃을 보려면 그림으로 그려서 보는 게 제격인 걸세. 그림은 오래 가지만 꽃은 쉬이 시들거든. 특히 매화는 더 그렇다네. 꽃은 심고 있는 본바탕이 얕아서 바람이 불면 바람과 어울리고, 눈이 휘날리면 눈과 어울려 따라가는데 그림은 오백 년이 넘지 않겠는가."

우봉은 스승 앞이라 몇 차례 사양하지만 끝내 거절할 수는 없었는지 지필묵을 들어 매화 그림 한 폭 멋들어지게 그린다.

그림을 다 그리고 나서 우봉이 선생에게 매화를 바친다. 멋진 그림이다. 서권기가 없다고 늘 우봉을 나무랐지만 오늘만은 매화가 매화라서 너무 좋다.

누가 매화가 향만이 그윽하다고 했는가. 그가 그려놓은 속이 빈 늙은 나무에 옹골차게 매달려 저렇게 화사하게 피운 꽃 속에도 있구나. 질서 없는 바람 같지만 흩어지지 않았고, 붉은 꽃이 달아나면 흰 꽃이 잡아주고, 흰 꽃이 숨으면 붉은 꽃이 지키면서 때로는 같이, 때로는 다르게 매혹한다. 서로 붙잡고 있으나 그렇다고 얽매여 있는 것도 아니고, 또한 서로 손을 놓고 있는 것도 아닌 자유를 가지고 있구나. 붉은 꽃이 동쪽으로 날아가 서쪽을 비우면 흰 꽃이 쫓아가 서쪽을 채우고, 위쪽을 수놓아 화려하다 싶으면 아래쪽을 흰 꽃이 수놓아 다소곳하구나. 농묵은 그 깊이를 알 수 없는 심해와 같아 자식에게 이어주는 부모의 매화구주의 마음과 같아 그저 생기가 꿈틀댄다. '은하수에서 쏟아져 내린 별무늬' 처럼 찬란하고 '오색 빛깔 나부산의 나비를 풀어 놓은 것' 처럼 생동하니, 이것이 너의 꿈이로구나.

사실 그렇다. 매화 그림이면 문자향이 아니라 매화향이 나면 되는 것이 아닌가. 그림을 보던 선생이 멈칫 놀란 기색이다. 우봉이 왜 그러냐고 묻는다.

"아!"

선생은 자신도 모르게 내뱉은 작은 신음 소리가 우봉에게 들렸을까 근심했다.

"아닐세. 자네는 맡지 못하였는가. 이 그림 속의 향이 매화의 향이로세. 꽃은 그려도 향은 그리기 어렵다는 말이 자네를 보니 틀린 말이구먼."

"아이코, 과찬이십니다."

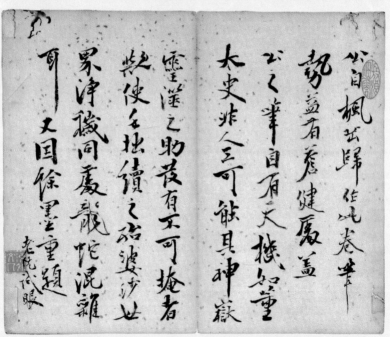

[도 74] 〈권돈인에게 보낸 글〉에 매화구주의 인장이 보여 그 뜻을 되새기고 있다.

314

"선생님의 제발 하나 부탁해도 될까요?"

선생은 제발을 쓰고 나서 명호를 붙이려는데, 놀랄 일이로세. 우봉이 감실의 매화만 뺏어가는 게 아니라 향기까지 뺏어가는구나. 아, 아니야. 저 매화는 내가 매화의 첫 친구여, 자네의 매화가 아닐세. 내가 매화구주 아닌가, 선생의 속마음이 매화의 그것처럼 명호에 그대로 나타나니 '매화구주'로다. 이 명호에는 첫사랑을 뺏길까 봐 조바심하는 듯한 그의 다급한 마음이 보인다.

매화구주로다. 선생은 항상 개성을 강조했지만 우봉의 화제에 빗댄 명호는 예전부터 선비들이 써오던 보편적인 관용구인 매화구주를 사용함으로써 우봉의 매화 그림을 인정한 선생의 속뜻은 아니었을까.

어찌 보면 선생이 명호를 이어 쓴 것은 완원에서 완당, 담계에서 보담같이 대부분 스승 등 존경하는 사람의 명호를 이어받았으나 매화구주만은 그렇다고 볼 수 없는 것, 이는 우봉의 매화에 대한 존경이 아니었을까…

선생의 육식두타를, 우봉이 매화두타로, 또 매화두타가 매화구주로 이어지는 명호 열전… 그들은 서로 존경하는 사승관계가 아니었을까… 그렇다면 그렇게 수많은 매화를 그린 우봉의 매화구주는 어떤 매형梅兄일까 자못 궁금해진다.

46

담면, 농어회 속에 숨은 해학,
완당 선생 삐치다

북청 유배에서 돌아온 선생은 과천으로 거처를 옮겨 여름을 나고 있었다. 마침 유산 정학연의 회혼이란 소식을 듣고 깜짝 놀라 축하의 붓을 들었다. 제주 유배 중에 부인을 잃은 선생으로서는 부러운 일이었다. 사실 회혼에 대한 축하도 축하지만 다른 속내는 유산이 과천에 한 번 놀러 왔으면 하는 것으로 초대상 형식이었다.

"선생이 세상을 다시 사는 새 일월이니, 다시 늙었다거니 병들었다거니 칭하는 것은 마땅치 않고 빠른 노와 경쾌한 배로 나는 듯이 왕림하여 새 면목을 옛 늙은이 앞에 나타내 주면 어떻겠소. 어떻게 생각하시오?"

그러나 생각해보면, 유산이 선생보다 나이도 많았고, 따지고 보면 오라 가라 할 정도로 친한 사이도 아니었다. 정다산과의 인연, 초의와의 인연 등으로 편지를 주고받았지만 그들은 서로 노는 물이 달랐다. 오히려 동생은 유산과 함께 시사詩社로 교류를 했다. 한양의 북한산을 중심으로 중인과 서얼 출신의 '송석원시사'가 있었다면 양수리에서 노, 소론 양반들을 주축으로 결성된 '두릉시사'가 유행했는데 선생은 송석원시사에 가까웠고, 유산은 두릉시사의 중심인물이었다. 정학연은 신위나 홍현주, 이상적 등과 교류를 자주 했고, 두릉시사도 함께하는 등 교류가 빈번했으나 완당 선생과는 교류가 적었다.

뿐만 아니라 다산의 유고 '여유당집'의 교열 과정에서 취사선택을 부탁했을 때 대학자의 논고에 이왈저왈 할 수 없다고 겸허히 사양했지만, 속내는 다산과 학문적 견해 차이가 있었기 때문에 선생이 단호히 거절한 사연은 내내 유산을 섭섭하게 만들었다.

편지를 보내놓고 저간의 이런 사정에 민망했는지 그러는 게 아닌가 싶어 선생이 제자를 앞세우고 배로 양평 두물머리에 있는 여유당 길에 올랐다. 마침 여름이 가기 전에 살진 농어회도 먹어볼 요량이었다. 특히 다산 집안은 농어를 좋아했다. 다산은 이 농어를 맛보고 감탄하는 시도 짓고, 귀한 손님이 오면 농어회를 대접했다. 농어회는 선생으로서는 맛보지 않고 넘어가기 어려운 유혹이었다.

정조 사위인 홍현주, 당대 최고의 조선의 미식가 홍현주가 여유당의 여름 농어회에 대한 소식을 듣고 고기 맛을 보여 달라고 졸랐다. 이때 먹어 본 농어회는 그저 맑고 깨끗하여 웃음 짓게만 할 뿐 그의 말문을 닫게 만들었다 하니, 누구나 한번 맛보고 싶은 여름 별미였다. 더구나 사람의 선비 하면 순채국과 농어회를 빗댄 장한의 낙향과 고향에서의 안분지족의 상징성까지 있으니 선생은 더 먹고 싶었을 것이다.

여유당에 도착한 것은 한나절이 다 되어서였다. 마침 유산이 있어 선생의 일행을 반갑게 맞이한다.

먼저 선생이 감사를 표한다. 북청에 있을 때 보내 준 편지에 대한 자신의 마음을 담아 다시 한 번 감사의 인사를 한다. 그 고마운 마음이 위로 이마를 뚫고 아래로 발밑까지 통하고 있으니 헤아려 달라며 도리와 예를 다 갖추었다.

유산은 선생 일행을 여러 별채 중에 새로 지은 듯한 강가의 경치 좋은 별채로 안내한다. 여유당은 다산 정약용의 당호인데, 별채가 여럿이 있었다. 그러나 여러 별채 중에 특히 이번 여정 길에 선생의 눈길을 끈 것은 단연 '소상연파조수지가沼上烟波釣叟之家', 즉 소상헌이 있어 안개 낀 호수에서 낚시하는 누각이었다.

여름 안개는 짧지만, 그래서 더 멋지게 핀다. 자못 선비란 욕심을 버리고 먹을 만큼만 잡는 게 도리다. 여름 안개가 필 동안만 낚시하는 게 선비가 물상을 대하는 도리요, 안분지족이다. 그러한 선비의 낚시를 권하는 정자였다. 아, 얼마나 멋진 낭만인가?

강가의 아담하고 아름다운 정자에 마주앉은 두 노 선비, 모두 다선들이니 차를 앞에 두고 시류를 얘기하고 학문에 대한 이야기도 한다. 황상이란 사람이 선생에게 시를 감평 받고자 했으니, 그의 시도 보고 두릉시사에 대한 이야기도 나눈다.

그러나 선생은 시에 대하여 말하지만 생각은 늘 입안에 머물러 있다. 뱃길을 재촉하여 왔는데 이미 안개가 없어서인지 낚시하라는 소리도 없고 농어회는 기미도 보이지 않는다. 어허, 그렇다고 대놓고 말할 수도 없고, 이미 때는 점심 먹을 때가 다가오고 있었다. 이제나저제나 기다리는 난처한 시각이었다.

드디어 때가 되었는데 이게 웬일인가? 그렇게 기다리는 농어는 아니 오고 하인이 상을 들고 나왔는데 국수만 있었다. 유산은 유산대로 국수가 손님을 완전히 환영하는 뜻으로 국수를 대접한 것이지만 선생의 생각과는 달랐다. 대충대충 그렇게 식사를 끝내고 다시 찻상이 펴지고 유산이 말문을 연다.

"보시다시피 이번에 강가에 조그마한 정자 하나를 마련했습니다. 물러나 앉아 시나 짓고자 하는 정자입니다. 김공께 이름을 붙어넣어 주시기를 청해도 될는지요?"

먹고 싶은 농어회는 주지 않고 글씨를 청하고 있으니 선생의 심사가 편치 않다. 살짝 삐진다. 이때 선생의 해학기가 발동한다.

아직 농어에 대한 미련을 버리지 못하고 있었다.

"강 아래를 보니 농어가 많기는 많구먼요. 그러니 사십로
각이 좋을 듯합니다."

사십로각[도75]이란 농어 사십 마리의 각이란 뜻이지만, 농어가
많은 정자라는 뜻이 있는 당호다. 그리고 짓궂게 명호를 '담면噉
麵'이라 짓는다.

"나는 국수나 말아먹는 할 일 없는 늙은이다. 그러니 내
명호는 바로 '담면'이다."

의 뜻이다.

선생이 삐진 것이다. 농어가 많은 곳에 와서 농어는 눈으로 보
기만 하고 국수만 먹고 가는 사람이라는 것이다. 이렇게 탄생한
게 사십로각의 현판이고, 이 현판에 쓰인 명호가 담면이 된 연유

[도 75] 〈사십로각〉

■ 122.4cm×30.0cm, 간송미술관

[도 76] 〈순로향〉

하면 억지일까?

아무튼 이렇게 담면이란 명호가 탄생한다. 완당 특유의 해학
이 담긴 명호이다.

그렇다면 그는 끝내 고향에 돌아와 자연과 벗하는 자신의 처지
를 빗댄 장한이 말한 순채와 농어회를 먹지 못했을까? '로향각노
인鱸香閣老人'이란 명호를 보면 대충 짐작할 수 있다.

47

시암노인, 케케묵은 시암을 꺼내
간신히 부끄러움을 면하다

시암노인詩盦老人이란 명호는 시암에서 왔고, 시암은 1812
년 선생 나이 27살 때 옹방강이 보낸 편액이다. 1812년경이면 가
장 활발하게 옹방강과 교류를 할 때다. 서신으로 묻고 답하면서
경학을 지도 받고 있을 무렵이다.

연경으로부터 소식이 왔다. 담계 선생의 소식이 제일 반갑다.
그런데 뜻밖에도 그 소식 속에 또 다른 소식이 있었고, 선생은 반
가움 속에 더 큰 반가움으로 소식을 열어 보았다. 시암詩盦이었
다.

지난 8월 16일 옹방강 생일을 맞아 "무량수경無量壽經" 및 "남
극수성南極壽星" 편액과 시 몇 편을 써두었다가 동지사 편에 발송
했는데, 이에 대한 답례로 행서대련과 시암이라는 편액을 써 보

내온 것이다.

이때 옹방강이 보내준 현판을 명호로 사용하고, 이는 다시 노년에 시암노인으로 발전한 것이다. 따라서 시암은 다른 명호와는 달리 선생이 만들어 쓴 명호는 아니다.

어떤 면에서 보면 시암은 옹방강이 직접 내려준 유일한 명호다. 보담, 보담주임, 보담재 등 다른 명호는 추사가 대학자 담계를 존숭하는 입장의 명호라면, 시암은 담계가 추사를 바라보는 희망의 마음으로 지은 명호다.

시암은 직역하면 시를 짓는 집 정도가 적당하지만 시가詩家, 즉 시를 함께하는 사람, 즉 동인同人의 뜻으로 해석해도 무방할 것이다.

그러나 속내를 들여다보면 옹방강의 의도(?)가 살짝 보인다. 당시 청나라의 문단을 보면 얼핏 옹방강의 의도를 눈치챌 수 있

[도 77] 〈시암〉

■30.8cm×116.0cm, 소장처 미상

다. 옹방강은 평생 5, 6천 수의 시를 남기는 등 시인으로서도 명성이 대단했다. 뿐만 아니라 시학에도 밝아 청나라의 시 이론을 주도할 정도였다. 당시 청나라의 문단은 네 파 정도로 갈라져 있었다. 그중 담계도 기리설肌理說이라는 시학 이론을 주장하는 한 유파를 형성하고 있었고, 때마침 시론에 대한 논쟁이 격렬하게 벌어지고 있었다. 네 유파의 종주들은 서로 자신의 학파에 끌어들이기 위해 젊은 시인들을 이끌며 유파를 넓히고 있었다.

담계는 자신의 이론을 바탕으로 시성 두보의 지위를 복원시키고 송대의 소식과 황정견 등 두보 계보를 확립하는 데 앞장섰다. 물론 이 논쟁은 조선에서도 그대로 반영되어 벌어지고 있었다. 그리고 조선 시단의 흐름을 자신의 유파 쪽으로 끌어들인다는 것은 담계에겐 매우 중요하게 받아들이는 사안 중의 하나였다.

그런 와중에 추사라는 조선의 초보 학자가 연경에 도착하여 자신을 찾아 대화를 나누는 데 범상한 인물이 아님을 한눈에 알아보았다. 담계로서는 조선엔 아직 자신의 이론을 스스로 짊어지고 시학을 이끄는 학자가 없었다. 그러니 자신의 시론을 정립시킬 인재가 절실했을 것이다. 조선에서의 그 적장자가 바로 추사였을 것이다. 추사를 경술문장해동제일이라고 칭찬하는 데는 그만의 안목이 빛을 발한 표현이었다. 이런 정황은 시암에 내재된 담계의 속뜻을 더욱 밝히고 있다.

시암을 전해 받은 선생은 그 뜻에 감동하여 옹방강이 소동파를 따르듯이 추사는 옹방강을 따랐으니 시를 써서 그를 위해 시감을 만들어 제를 지내기로 다짐한다.

그 뒤 선생은 약속대로 옹방강의 시감을 설치했다. 옹방강의 글을 모아 서재를 만들고 당호를 보담이라 짓고 시감을 설치하자, 기대에 부푼 담계는 감동한 나머지 다시 시를 지어 보내기도 한다. 나아가 선생은 담계의 '시는 소식으로 말미암아 두보에게 들어가야 한다.'는 소위 유소입두由蘇入杜라는 문경론을 지지하며 소식에 대한 예우를 조선에 퍼지게 함으로써 동파바람을 불게 하는 데 일등 공신이 되기도 하였다.

그러나 거기까지였다. 모든 것은 표면적인 것뿐이었다. 선생은 청의 문호 유파의 난립과 반목을 짚어 보면서 무조건 따르지만 않았으니 스승 옹방강을 존경은 했으나 추종자로 남지는 않았다는 말이 사실이다.

끝내 시 이론에 있어서는 옹방강의 기리설을 수용하되 매달리지 않아 스승을 애타게 만든 것이다. 그의 관심은 시보다는 서법에 훨씬 가까이 있었기 때문이다. 그는 스스로 고백하듯이 북경에 들어가서 제공들과 서로 사귀기는 했으나 시로써 계합을 다진 적은 없었다. 이런 이유에선지 옹방강이 오히려 이조묵의 시에 대한 애정이 있을지언정 시에 관한 한 추사에 대한 언급이 없는 것에서 알 수 있듯이, 선생은 시에 관한 한 옹방강에게 어필하지는 못하였다.

'시암'이라는 스승의 바람에 채울 수 없었던 선생은 그 부분에 대한 안타까움과 미안함에 그 명호를 제대로 사용하지 못하고 있었다. 담계의 바람에 비춰 선생이 그를 따르지 못해 활발하게 쓰지 못한 명호이기도 하다. 그런 와중에 선생의 명호는 보담에서 담연재로, 그리고 담연재에서 완당으로 빠르게 넘어가고 있었다. 그렇게 시암이란 명호는 묻히는 듯했다.

그리고 얼마나 지났을까. 남으로 북으로 모진 풍상을 다 겪고 과천으로 물러나 시 짓기를 즐겨하며 서서히 시에 대해 원숙해지고 깊이가 있을 무렵, 옹방강의 초상이 있는 시감에 절을 올리고 죽순과 포육을 마련하고 절을 올리는데 묵암이란 자가 찾아왔다.

불쑥 찾아온 것이 쑥스러웠는지 슬그머니 작은 책자를 내놓는다. 시집이었다. 시도 제대로 짓지 못하고, 학문도 만족지 못한 묵암이란 사람이 자신에게 와 제발을 부탁한 것이다.

그런데 따지고 보면 선생 자신도 시에 관한한 그리 내세울 것이 없었다. 선생이 평생 남긴 시는 고작 400여 수 정도이다. 담계의 요구에도 시를 쓰는 데는 정진하지 않은 것이 사실이다. 옹방강은 '시암'이란 별호를 내리고 현판까지 주는 무언의 압박을 가해왔다. 그러나 옹방강으로부터 받은 시암을 자랑은 했으나 실천을 하지 못한 것도 사실이다. 서얼들이 주축이 된 송원시사에 나가기는 했으나 그 기록이 없고, 양반 사대부들이 주축이 된 두릉시사는 다만 부러워할 뿐이었다.

그랬던 선생에게 제발을 부탁해왔으니, 어쩌면 묵암의 속내는 선생의 글씨가 탐나지나 않았나 싶기도 한다. 그런데 시를 읽고 보니 그 시가 선생의 안목으로도 탐탁하지 않았던 모양이었다.

"유풍에 실로 부끄러움이 없으며 그는 문인으로서 스스로 나타내려 하지 않고 시를 여사로 삼아 지묵紙墨의 능각稜角에 넘실넘실 발로되는 것에서 대개 볼 수 있다."

"문의 아름답고 궂은 것은 그대가 스스로 알 것이니, 또 어찌 반드시 남의 말을 기다리겠는가."

솔직히 시로서는 부족한 것이 너무 많다 보니 제발에 다른 말은 쓸 수 없고, 그 비판만이 능사냐? 자신이 좋으면 그만이지 라고 제발을 써주고 그는 고민한다. 그의 시에서 군자나 유학자로써의 면모를 칭찬하며 창을 비끼고 에두른 비판이다. 학문에 대한 추상같은 그의 피력을 거두고 있었다.

요즘을 얘기하면 누가 시평을 부탁해왔는데, 시를 보니 형편없고, 다만 그의 인간 됨됨이를 칭찬하는 격이다. 시를 여가로 삼아 즐기는 것 또한 좋지 않으냐? 하는 조다.

그러나 세상 사람들에게 비평의 칼을 피할 수 없을 것 같다며 아주 짧게 그의 글을 다듬는데, 그가 받들지 못한 옹방강의 이론을 들어 묵암에게 충고하면서 마무리한다. '문체의 묘체란 하늘로부터 받는 신운이 아니다. 그 문체의 적의함에 따라 마치 숨으

[도 78] 〈제묵암고〉
■ 25cm×27.5cm

면 그림자가 사라지는 것과 마찬가지고, 다니면 소리가 나는 이치와 같다' 며 마무리한다.[도78]

뭐라 명호를 쓸까?

그는 자신이 27세에 옹방강으로부터 받은 시암을 기억한다. 그때 써보고는 거의 쓰지 않던 시암을 꺼낸 것이다. 모처럼 시평을 해본다. 비록 맹점할비이지만 시론을 가지고 시평을 하니 시암노인이 맞다. 시에 관한 별호가 마땅한 것이 없어서 만들기도 뭣하고 케케묵은 시암을 꺼내 들어 별호로 삼은 것이다.

시암이란 별호를 받았으나 시암에 대해 간신히 부끄러움을 벗어나고자 한다면, 시에 능하지 못한 노인이란 숨은 뜻도 함께 묶어 적당하다.

48

염髥, 수염으로 주고받은 3개월간의 우정

북청 유배 후 완당 김정희와 이재 권돈인, 두 벗이 만났다. 어찌 보면 완당 선생의 북청 유배는 이재한테 붙은 덤 같은 유배였다. 강상 시절 잠시 정치권에 복원하기 위한 노력이 안동 김문들에게는 정권에 대한 도전으로 밉보여 이재의 유배에게 덧붙여진 덤이었다. 실로 그에게는 이 유배가 달갑게 받아들여지지 않았지만 제주 유배만큼은 억울하진 않았다. 그리고 그에게 덤으로 하나 더 받은 것은 권력이나 정치 등 많은 현실적인 것을 손에서 놓는 계기였다. 한때 모든 것을 포기하고 세상일에 뜻이 없다는 나객懶客이란 호를 썼다 하니 그 처지를 짐작할만하다. 그리고 그의 궁핍한 생활은 가끔 글씨를 팔아야 하는 처지에 놓이기도 했다. 그러나 그 궁핍이 선생을 초라하거나 구차하게 만들지 않았고 오히려 그를 초월하게 만들었다.

배를 타고 선생이 번상에 놀러 갔다. 지난번에는 배를 놓쳐 아쉽게 길을 돌렸지만, 이번에는 노구를 서둘러 배를 탈 수가 있었다. 그의 손에는 '퇴촌退村'이라는 편액이 들려 있었다.

이재는 유배가 풀리자마자 노구를 이끌고 마음도 식힐 겸 금강산을 다녀온 뒤였고, 선생은 이제 과천 생활에 여유를 찾기 시작한 때였다. 은퇴한 두 거두가 모여 글을 주고받으며 환담을 나눈다.

이재 : 이제 김공께서도 많이 늙었구려. 이제 머리도 많이 빠졌고 남은 것은 수염뿐이구려.
언젠가 우선 이상적에게 그려준 난을 본 적이 있소. 그곳에 김공이 염노인이라 칭했더이다.

완당 : 예. 맞습니다. 상공. 이제 남은 것은 하찮은 수염뿐입니다.

선생은 당시 대머리였던 모양이다. 후에 봉은사에서 기거할 당시 선생의 대머리에 관한 이야기는 상유현의 '추사방현기'에 잘 나타나 있다. 그곳에 보면 몸매는 작고 수염은 백설 같으나 많지도 적지도 않으며 눈빛이 빛나서 마치 칠과 같았고, 머리는 벗겨져서 머리칼이 없으나 라는 기록을 보면 알 수 있다. 선생이 계속 이어 말한다.

완당 : 일찍이 동파 선생도 늙어 남은 것은 수염뿐이니 염소髥蘇라 부른 적이 있습니다. 그러니 나도 염노인일 뿐이라오. 염이라는 것은 오직 수염을 가리키는 것이 아니라 수염만 남았다는 뜻이 더 맞을 겁니다.

염, 이제 수염밖에 없구나!

그 말에는 완당 선생의 쓸쓸함이 흠씬 묻어나고 있었다. 인생사 영욕도 없어지고 가진 것도 없고 남은 것도 없으니, 이제는 욕심도 없어지고 다만 수염만 남았다는 자조 섞인 명호가 염髥이었다. 그러나 선생은 당신이 무소유와 무욕과 무위의 세계에서 남긴 작품이 얼마나 큰지 당시에는 몰랐을까? '염'이란 명호는 그렇게 당시의 선생을 대변하고 있었다.

옆에 보니 이제 이재도 늙었다. 머리에는 숱도 없고 수염만 가득하다. 어느새 대머리가 된 것이다.

완당 : 권상공께서도 많이 늙었습니다. 마찬가지로 수염만… 하하하.

이재 : 맞소. 둘이 동시에 남북으로 귀양을 갔다 오니 두 집안의 서화는 모두 연기처럼 사라져 버렸소. 귀양에서 돌아오니 남은 것이라고는 하나도 없다오. 권력 또한 그러한가 보오.

이재는 완당에게 미안한 감이 없지 않다. 선생이 강상에서 정치적 재기를 모색하는 시기에 자신의 사건에 연루되어 그 뜻을 이루지 못한 채 함께 유배를 떠나게 되어 선생의 재기를 물거품을 만들었다고 생각하니 더욱 그러하다.

　이재 : 그래요. 김공이 염노인이라 칭하는 것도 이치에 맞소. 나도 또한 염노인(又髥)이 아닌가요?

　동병상련, 이렇게 그들은 처지가 같음을 위로하며 이렇게 염이란 명호를 공유하고 있었다. 그 후 마침 그때 공유한 명호를 쓸 기회가 없었는데, 늦 제자 석추가 이재에게 서법을 배우고자 하며 서첩을 만들어 번상으로 왔다. 20쪽이나 되는 서책이었다. 매우 고급스럽고 정성스럽게 만들어왔으니 거절하기도 어려웠다.
　이때 선생의 나이는 69세, 이재 72세가 되는 해 9월의 일이다. 이제 날씨도 제법 쌀쌀해지고 있어 따뜻한 윗목을 찾을 때였다. 어려움 모르는 어린 제자 석추가 권돈인에게 서법을 부탁한다. 어린 제자가 기특하기도 하고 만들어온 서첩이 비어있는 금낭金囊 같았으니 그의 기특함을 채워주고 싶었다.
　처음에는 미불에 대해 쓰고, 다음에는 당나라 서예가들의 예서법을 거론했고, 마지막으로 악의론이 서법의 입문서이니 반드시 보기 바란다며, 이미 옹방강이 설파한 글을 자신은 아픈 팔을 시험하며 썼노라 하며, 나머지는 과노果老(김정희)에게 신묵을 청하라 한다.

그리고 둘이 명호를 공유했듯이 서법도 공유하길 바라는 마음에서 우염거사라 칭한다. 그러나 자신은 수염만 남은 우염거사지만, 비록 가화로 풍상을 맞아 초췌한 채 늙어 과천에 머물지만 선생에게는 완당의 기개가 있으니 과노果老가 맞다. 수염만 남았다는 완당의 겸손의 '염'을 인정하지 못하겠다는 말이다. 선생을 제자 앞에서 치켜세우는 말이다.

글을 받은 석추는 쏜살같이 완당을 찾는다. 이재의 글을 내놓는다. 완당이 흐뭇해하며 다시 서법을 쓴다. 선생은 이재의 마음을 읽었는지 '노완'이라 쓴다. 그리고는 이재의 추켜세움을 그냥 지나칠 수 없었다. 남은 먹을 핑계 삼아 이재 또한 치켜세운다. 이재의 글이 금강산을 다녀온 후 더욱 강건해졌으니 당신이 용이라면 나는 뱀일 뿐이오, 그리고 이재가 아픈 팔을 시험해서 썼듯이 자신은 아픈 눈을 시험해서 썼노라는 대구로 겸손해하고 겸양 또한 서로 주고받는다. 참으로 멋진 칭찬 릴레이다.

그해 겨울(1854년 12월 27일), 선생의 서법을 받아든 석추는 다시 이재를 찾아가 가르침을 받고자 완당에게 신묵을 받은 서첩을 내놓는다. 이번에는 난이다.

석추가 벽에 걸린 난에 대해 묻는다. 이에 이재는 다시 완당과의 인연을 얘기하며 붓을 들어 난을 치기 시작한다. 예전에 완당이 백정의 난을 가지고 와 둘이 감상하고 감탄했는데, 완당이나 자신이나 유배를 다녀온 뒤로 집안의 모든 것이 연기처럼 사라졌는데, 오직 이것만은 남아있어 그 뜻을 빌어 난을 친다 하며 다시 '염' 이라 쓴다. 이렇게 이들은 명호를 가지고 서로 토스하면서 낭만을 이어갔다.

이에 이렇게 만들어진 작품이 '완염합벽阮髥合璧' ^{도79}이다.

이에 석추는 이것을 책으로 엮으면서 김정희는 완당으로, 권돈인은 염으로 정하여 완염합벽첩이라 이름한다.

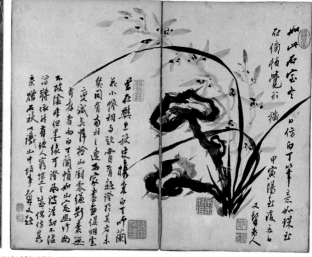

[도 79] 〈완염합벽첩〉 완당 선생과 이재 권돈인의 합작품

■ 26.5cm × 36.5cm

334

49

노과老蠣, 행농과 이별을 준비하다

행농은 선생의 어려운 과천 생활의 큰 조력자였다. 행농에게 남긴 대련 글씨와 선생을 통해 나타난 몇 가지 에피소드 등 정황을 살펴볼 때 단순한 스승과 제자 관계보다는 심신이 지치고 힘든 선생의 버팀목으로 기대고 있었던 듯하다.

과천에서의 생활은 비록 어려웠지만 강상 시절과는 달리 세속적인 욕구에서 벗어나 관조하고 달관하는 자세였기 때문에 시간적 여유나 마음은 매우 여유롭고 평온했다. 주로 과천 집이나 주변의 지인들을 찾아다녔고, 이때도 대부분 행농이 곁에 있었을 것으로 보인다.

그러나 어느 날부터 행농이 선생 곁을 떠났는지 보이지 않았고, 선생도 말년에는 판각 작업을 위해 많은 시간을 봉은사에서 지내느라 서로 만날 시간적 여유가 없었다. 그런데 이때 선생은 늘 작은 서괘를 주머니처럼 하나 가지고 다녔다고 한다.

선생이 돌아가실 때 유언으로 자신의 서궤를 행농에게 전해주라 했는데, 이 서궤 속에는 부람난취라는 예서 글씨와 대팽두부로 시작하는 대련이 들어있었다. 아마 행농에게 직접 주려고 했지만 그가 곁을 떠나 전해주지 못하고 혹여나 만나면 주려고 항상 몸에 지니고 다녔던 모양이다. 그만큼 행농은 선생이 보낸 마지막의 소중한 시간을 지킨 사람이었다. 그중 '대팽두부'의 명호는 칠십일과요, 부람난취란 편액에 쓰인 명호가 노과老蠰(蝶의 옛글)다.

이상적에게 그 의리에 대한 고마움을 표하기 위해 세한도를 주었고, 먹동이 달준에겐 불이선란을 주었다면, 행농에겐 바로 부람난취를 주었다. 왜일까? 그리고 왜 명호는 늙은 나나니 벌을 뜻하는 노과였을까?

선생이 이 세상에서 보낸 마지막 봄날, 모처럼 봉은사에서 판각 작업 중에 잠시 과천 집에 들렀다가, 요즘 조우가 뜸한 행농 소식이 궁금하여 기별을 넣을까 하다가 낮볕도 쏘일 겸 직접 행농을 찾아 나선다.

행농이 사는 곳은 아마 과천에서 이재가 사는 퇴촌까지 가는 뱃길의 중간 어디쯤일 것이다. 그가 사는 곳은 야트막한 언덕이 있고 그곳은 늘 푸르름을 간직하고 있었다. 그곳에는 늘 아이들 웃음이 끊이질 않았고, 작은 집이 늘 복작거리며 부산했다. 선생은 그런 분위기를 즐겼다. 행농의 집에서만 그런 분위기를 맛볼 수 있었기 때문에 늘 기대를 하고 찾는다.

그러나 선생의 기대와는 달리 행농은 요즘 세간에 몸을 의지하기 위해서인지 바쁘게 안팎으로 발길을 옮긴다는 이웃들의 전언만 있을 뿐 집에 없었다.

그가 살던 곳이 퇴촌이지만 행방杏坊이라는 마을이었으니 행단이 학문을 배워 익히는 곳의 비유라면, 행방이란 학문이 높고 지위 있는 벼슬아치들이 사는 마을이요, 행농杏農이란 그런 사람이 되고자 공부 농사짓는다는 이름이다. 명호로만 보면 아마 행농은 상당히 출세 지향적이었을지도 모른다. 마침 그에게 좋은 기회가 오자 기회에 몸을 의탁하기 위해 떠났을지도 모른다.

선생은 헛걸음에 허위허위 씁쓸한 마음을 간추리며 사립을 나섰다. 아비가 없는 아이들도 내내 쭈뼛대기만 했지 웃음이 없었다.

행농이 세속을 쫓고 권력을 쫓는다고 탓할 수만도 없었다. 그러나 세속에 몸을 적시고 홍진에 발을 담근, 마치 젊었을 때 자신을 보는 것 같아 씁쓸했지만 그것이 청운이라는 데 어찌하랴.

다독여 마음잡고 홀로 돌아오는데 문득 뒤를 돌아보니 언덕 위에 있는 행농의 집이 아지랑이 속에서 아스라이 보인다. 봄볕을 받은 신기루의 아지랑이 속에 노니는 행농이 보이는 듯했다.

그러나 지금이 그를 위해 덕담과 축원이 필요할 때인지도 모른다. 힘없는 늙은이를 따라 붓을 놀리고 몸을 의지한다고 그의 청운의 꿈을 이룰 수 있을까. 서서히 제자를 떠나보낼 준비가 필요했다. 행농도 이별을 준비했지만 미처 선생에게 죄송스러워 말을 꺼내지 못했는지도 모른다. 선생이 먼저 이별을 차분히 준비하기 시작했다. 행농의 발걸음을 가볍게 해주기 위해서다.

보이는가? 행농.

저 아스라이 신기루처럼 피었다가 사라지는 아지랑이가…

느끼는가? 행농.

만질 듯 만져지지 않는 저 푸른 언덕 위에 내리는 봄볕의 부드러움을…

모두가 보았고, 누구나 만지려 하던 것일세.

누구나 부람난취를 꿈꾸고,

모두가 더 넓은 들판을 달리기를 바란다네.

내가 자네에게 해줄 수 있는 말은 부람난취!

속 좁고 늙은 서생보다 그 푸른 언덕에 벌 한 마리가 맘껏 창공을 날 듯이 하고

좀 더 밝고 큰 스승을 만나 활개를 치라.

난 이미 늙고 날지도 못하는 나나니 벌, 노과老蜾에 불과하네.

그러나 행농, 자네는 저 푸른 언덕에서 마음껏 꿈을 꾸게…

　그렇다. 선생이 준비한 마지막 이별사가 바로 부람난취[도80]였다. 뭐 다른 말이 필요했겠는가? 그가 살던 푸른 창공의 언덕에서 행농 인생에 희망이 있기를 바라는 은유적인 표현이 바로 아지랑이가 피어오르는 봄날의 푸른 언덕을 뜻하는 부람난취였다.
　이별을 준비하는 글씨여서인지 어딘지 모르게 애잔한 분위기지만 아지랑이 모락대는 봄을 느끼게 하는 충분한 맛이 있다. 嵐자를 보면 아지랑이가 언덕 위에 오르는 기운이 보이는가 하면, 煖자 쯤에서는 눈곱만한 불 火변의 크기에서 덥지도 춥지도 않은 봄날의 따스함을 느낄 수 있다. 그리고 그 언덕에 정작 능선의 부드러운 선을 따라가던 글씨가 행농에 가서는 우뚝 솟은 기운이 창공을 박차고 나가는 듯이 힘을 북돋고 있다. 그리고 선생이 선택한 명호는 노과였다.

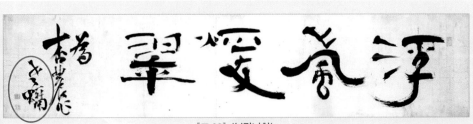

[도 80] 〈부람난취〉

■ 28.5cm×128.0cm, 개인 소장

노과!

행농, 자네는 젊은 꿈을 가지고 창공을 날게. 나는 이미 늙은 나나니 벌이다. 떠나는 행농을 두고 선생은 스스로 이렇게 노과를 자처하고 있다. 인생의 무상함과 연민의 정까지 느껴진다. 자괴감마저 드는 명호다. 행농의 부람난취 속에 품고 있는 청운의 꿈과 이미 늙어버린 자신을 바라보는 묘한 대조를 통해 해학적으로 풀어냈다.

50

果칠십, 살아있는 것 말고
무엇이 더 필요하랴

　과천에 내려온 지 삼 년, 모든 영욕이 끝나고 세간의 사람들도 더 이상 '추사'에 연연하지 않는다. 정치적 복권에 대한 의지도 없으니 견제도 없고, 나서지 않으니 더 이상 시기하는 자들도 없다. 선생 또한 더 이상 자랑할 것도, 더 이상 내세울 필요도 없이 말 그대로 불계공졸의 생활 그 자체였다.

　한 마디로 평범, 그 자체였다. 시를 짓거나 가끔 연경에 가는 사람들에게 부탁한 책을 구하여 읽고, 뜸하게 제자들이 찾아오지만 가르친다기보다는 함께 소일하는 것이 고마울 뿐이었다. 또 가끔은 가까이 사는 벗들을 찾아가고, 그래도 남은 기운이 있으면 글씨를 쓰는 것이 전부였다. 차분하고 담담하고 조용한 하루하루를 보내고 있었다. 그의 일생에 이런 시절이 있었는가. 이제는 평범한 가치를 볼 줄 알게 되었고, 자신의 인생을 마무리하면서 예술의 완숙을 마무리하고 있었다.

선생은 한가한 날이면 어린아이들과 시를 주고받으며 놀기를 좋아하는 것은 과천에서의 또 다른 즐거움 중의 하나였다. 어느덧 애들이 선생의 벗이 되고 있었다.

오늘도 과지초당으로 몰려와 기다리는 학동들과 시화답을 위해 서둘러 봉은사에서 집으로 가고 있었다. 오늘은 특히 모처럼 기운이 남아 오래전에 부탁받은 시첩을 쓰기로 맘먹은 날이다. 의미도 맞고 뜻도 맞아 아이들을 위해 게재한 왕유의 시를 모은 시첩을 쓰기로 한 것이다. 망천이십경輞川二十景이다. 이 시첩은 망천장이란 곳에서 왕유가 노래하면 배적이란 시인이 운을 받아 화답시를 쓴 망천의 경승지 스무 가운데를 노래한 40수의 시첩이다. 아이들이 시의 차운법을 배우기엔 적당한 교재가 될 수 있었다.

과지초당으로 들어가려면 작은 냇가를 건넛마을 어귀를 돌아야 하는 데, 마침 작은 냇가지만 늙은 몸을 이끌고 힘들게 건너는데 어디선가 희희낙락거리며 웃음 짓는 늙은 소리가 들려온다. 그 웃음소리가 마치 세상을 얻은 듯하고 모든 복을 모은 듯하여 시를 주고받듯이 웃음을 주고받고 있었다.

무슨 웃음이 저리 좋을까 궁금하여 고개를 돌린다. 보아하니 길가의 옥수수밭 가운데 집이 한 채 있는데 두 늙은 영감 할멈이

밭둑에 앉아 무엇이 좋은지 희희낙락하며 지내고 있다. 농사꾼인데다가 모습이라고는 꾀죄죄한 형색이 초라하여 좋을 일이 어느 구석에 붙어있을까 의문이 들 정도였다.

그래서 영감 나이가 얼마냐 물었더니 일흔 살이라 한다. 선생과 같은 하늘을 다르게 살아온 동갑이었다. 서울에 가보았느냐하니 일찍이 관아에도 들어가 본 적이 없다고 했다. 석 자가 안되는 시냇가 길을 넘지 못하고 이곳에서만 칠십 년을 살았다 한다. 그럼 무얼 먹고 사는가 하고 물으니 옥수수를 먹는다 한다. 더욱 궁금하여 무엇이 그리 좋으냐고 물으니 참 쉽게 대답한다. 그냥 사는 게 좋다고 한다.

허허. 저들은 옥수수 가을바람만으로 칠십을 살았구나. 저들은 비록 석 자 냇가도 건너지 못하고 옥수수만 먹고 살며, 옥수수 가을바람을 맞아도 저리 웃고 즐길 일이 많은 「과천의 칠십」 노인들인데, 나는 온갖 누릴 것 다 누려, 먹을 것 시시때때 차려 먹어도 웃을 일을 찾지 못하는구나. 아무리 '선'을 말하고 불경을 외우며 '승련'의 경지에 이르렀다고 해도 아직 '괴로움은 본래 지은 업에 반연해서 나온 것인데, 다만 그것에 얽매이지 않고 괴로움을 돌려 즐거움으로 삼는 것'은 하지 못한 채 아, 과천에서 칠십을 맞는구나. 선생이 망연자실한 이유다.

선생은 도포자락에서 급하게 쓴 메모장을 꺼낸다. 요즘은 기억력이 떨어져 생각날 때 적어놓지 않으면 잊는 것이 십상이라 생각나면 빨리 적어 놓는 게 버릇처럼 됐다. 그런데 찾아보니 적당한 메모지는 없어 글씨 쓰고 남은 종이 뒷면에 급히 쓴다. 마치 그 깨달음을 잊지 않을까 두려운 듯이 급히 시정의 모티브를 적었다.

시골 노부부의 즐거운 웃음 속에 묻어난 삶을 보고 어안이 벙벙하여 망연자실한 채 집으로 돌아온 선생은 먹동이가 먹을 갈았다고 알릴 때야 비로소 자신이 글씨를 쓰려 했다는 것을 알았다.

붓을 들 때만 남은 기운을 소진하는 선생이다. 그는 글씨를 쓸 때야 비로소 살아있음을 느낀다. 깨끗하고 맑은 해서로 망천이십경 시첩[도81]을 완성한다. 학동들이 읽고 익히기 위해 만든 시첩이니 애초에는 굳이 명호를 남길 필요가 없었던 작품이었다. 당연히 명호를 붙이지 않으려고 여유를 남기지 않았다가, 언뜻 오늘의 망연한 깨달음을 잊을 수가 없어 마지막 구절 오른쪽에 살짝

[도 81] 〈망천이십경〉 일부

■ 38.5cm×12.3cm, 개인 소장

끼워 넣는다. 이 또한 즐거움으로 삼을 수 있지 않겠는가. 촌로의 삶 속에서 평범하지만 소중한 가치를 느낀 과천에서의 칠십이로 구나. 과칠십果七十이다.

과로果老가 과천 시절 초췌하고 허허로운 자신을 자신 속으로 툭 던진 듯한 모습을 투영한 명호였다면, 과칠십果七十은 비록 평범한 삶이지만 그 일상이 소중하다는 것을 깨닫는 과천에서의 칠십이라는 명호로 변화하고 있다. 과, 노과, 과농, 과도인, 과숙, 과정, 과우 등 나머지 과천 관련 명호는 이 명호의 변형일 뿐이다.

51

과노, 나는 누구인가?

세상이 복잡해질수록 오히려 분명한 것은 자꾸 사라진다. 사람관계도, 사회관계도, 또 사랑하는 사람과의 관계 속에서도 그렇다. 자기 자신과의 관계조차도 마찬가지다. 그렇다 보면 내가 누구인지 모를 때가 많다. 특히 유명인의 경우는 바라보는 시선마다 관점이 다를 경우가 많아 더욱 그렇다.

한때 유명 인기 가수인 '소유'가 썸이란 노래로 인기를 끈 적이 있다. 이러한 세상 속에 던진 화두였다. 그 노래 가사가 특이하여 관심을 끌었는데, 그 내용은 이렇다.

"내 꺼인 듯 내 꺼 아닌 내 꺼 같은 너
네 꺼인 듯 네 꺼 아닌 네 꺼 같은 나"

확실한 자신의 포지션이 불확실하다는 것이다. 세상은 확실한 경계로 이뤄지는 게 아니라 이제는 서로 경계가 무너지며 나와 나 사이, 나와 타인과의 사이가 불분명해지면서 나도 확실하지 않고 타인도 확실하지 않다는 얘기다.

지금 보이는 게 나인지, 지금까지 보여진 게 나인지. 아니면 다른 사람이 나를 보는 게 나인지, 내가 나를 보는 게 나인지 분간할 수 없을 때가 있다. 내가 나이면서도 나 같지 않고, 내가 남 같으면서 남 같지도 않은 나를 본다는 것이 어떠한 심정인지 은유적으로 잘 나타내주고 있다.

그런데 이 노래 가사는 사실 완당 선생의 과천 시절 말년 감성이었다면 그에게 저작권이 있는지도 모른다. 선생도 과천에 있으면서 이런 심정을 느꼈나 보다. 선생은 당시 유명인사였다. 당연히 그에 대해 말도 많았고, 평가도 사람마다 달랐다. 보는 사람마다 관점이 다르다 보니 시중에서는 서로 자신의 관점이 맞다고 하기 위하여 '화려한 문장이나 현란한 글'로써 떠들어 대고 있었다. 선생의 평은 지금도 마찬가지로 다양하다. 제석천의 거울에는 인간이 평소 이승에서 보였던 모든 얼굴이 비춰진다고 한다.

학예의 예찬과 사람을 옴짝달싹하지 못하게 만드는 서리처럼 매서운 논리, 조선을 떠들썩하게 한 가화, 조선 500년을 지켜온 굳건한 서체를 바꿔버린 개성 넘치는 글씨, 그리고 그의 성품 등은 세간의 관심사였다. 남녀노소를 막론하고 정치하는 사람들은 물론 학문을 하는 사람들과 예술을 하는 사람들은 그를 보았건 보지 못했건, 말을 나누었건 말을 들었건 간에 누구나 한마디씩 거들었다. 기실 그것은 '큰 가마솥 안에서 고기 한 점을 먹는 것'과 같았지만, 그러다 보니 선생 스스로도 그런 시중의 말에 스트레스를 엄청 받았던 모양이다. 그러다 보니 정작 자신이 누구인지 선생 자신도 모를 때가 있었다.

그러던 차에 집에 돌아오던 중 평생 과천의 작은 냇가도 건너지 못하고도 옥수수 그늘 밑에서의 희희낙락하는 늙은 부부를 보고 망연자실한 채 집에 돌아왔는데, 제일 먼저 눈에 뜨인 것이 하필 벽에 걸린 초상화였다. 소치 허련이 그린 초상이었다. 거기에도 자신이 있었다. 저것이 나인가?

모든 이에게 인자했던가? 저렇게 온화한 표정에 봄 아지랑이처럼 은은한 미소라니…

아량이 저렇게 넓었던가? 편협이 있을 수 없었다. 넓은 이마는 모든 것을 포용할 수 있겠다.

내게 복이 많았던 일생이었나? 저렇게 크고 두터운 귓밥에는 어떤 고행도 보이지 않는구나. 몸에서는 귀티가 나는 풍채를 지녀 '인격은 달빛 아래 부드러운 바람 같구나.'

한참 동안 초상을 물끄러미 바라보더니 선생은 스스로 냉소가 흘렀다. 제자들의 그림에서는 품격 있는 노학자의 기품이 물씬 풍기는 것이 '옥과 금' 같아 평소 그림에 사寫하라는 그림에는 사寫하지 못하더니, 스승 초상화에는 사寫하여 존경하는 자신들의 마음까지 담고 있었기 때문이었다.

선생은 새로 들어온 거울 선물을 꺼냈다. 거울에 비친 자신을 곰곰이 들여다보았다. 거기에도 자신이 있었다. 다만 소치의 초상화와 거울 속에 비친 상과는, 비록 나이가 들었다는 것을 감안해도 아주 딴판이었다. 그럼 이 초췌하게 늙은 이가 나인가?

도대체 나는 누구인가? 저들이 현란한 말로 떠드는 게 내가 아니라면, 나는 남북으로 떠다니며 비바람에 휘날리던 신세로, 지금은 비록 과천에서 칠십을 맞고는 있지만 진실로 나는 누구인가? 또한 평생 나 말고 무엇을 찾아왔던가?

누구는 나보고 예술가라 하고, 누구는 나보고 학자라고 하고, 누구는 나보고 북학파라 한다. 누구는 내 글씨를 보고 괴하다 하고, 누구는 내 글씨를 보고 속서俗書라 한다. 누구는 나보고 의를 지키는 사람이라 하고, 누구는 나보고 오랑캐를 가까이한 사문난적이라 한다. 누구는 나보고 모화慕華주의자라고 한다. 누구는 나보고 근엄하다 하고, 누구는 나보고 웃기는 사람이라고 한다. 누구는 나보고 인생을 멋지게 살았다 하고, 누구는 나보고 처신을 잘못했다고 한다. 그런데 나는 나보고 누구라고 해야 하는가?

선생은 서예, 학문, 금석문, 불교 등에서 모든 것을 실사구시했지만, 진정 내가 누구인가를 실사구시 하지 않았다는 것을 직감했다. 그렇게 다른 대상들을 찾아 헤맸건만 정작 자신이 누구인가를 찾지는 않았다는 생각을 했는지 지필묵을 준비시켰다.

선생은 붓을 들었다. 직접 그려보기로 했다. 제자들을 불러 그리게도 할 수 있었지만 이 제자들은 자신을 '스승'으로 그리기 때문에 영 딴판의 그림이 된다. 그 그림은 걸어두기에는 적당할지 모르지만 자신을 나타내기에는 적절하지 않았다.

화법은 당시 유행하던 사실주의 기법을 택했다. 이것은 대상을 사寫하는 것이 아니라 있는 그대로 사실대로 그리는 것이기 때문이었다. 자신을 바라보아야 하기 때문이었다. 사寫하는 것이 자신의 마음을 내비치는 것이라면, 화畵해야 할 자화상은 그것으로부터 자신을 봐야 하기 때문이었다. 그래서 선생은 평소 사寫하는 그림에서 벗어나 단 한 점의 화畵하는 그림을 남기었다.

그려놓고 보니 그저 지금 내게 보이는 모습은 영락없는 촌로였다. 결연한 의지와 고집, 추상같은 모습은 있지만 영락없는 촌로였다. 헛웃음만 나왔다. 그의 머릿속에서는 과천에서 칠십 평생을 살았다는 그 옥수수밭의 두 늙은 부부들의 모습이 데자뷔 된 채 떠나지 않았다. 이 자화상에서 내를 건너다가 만난 촌로들의 모습이 나타났다. 다를 바가 없었다. 선생은 혼자 중얼거린다.

謂是我亦可　謂非我亦可　是我亦可
위 시 아 역 가　위 비 아 역 가　시 아 역 가

非我亦我　是非之間　無以謂我　帝珠重重
비 아 역 아　시 비 지 간　무 이 위 아　제 주 중 중

誰能執相於大摩尼中　呵呵
수 능 집 상 어 대 마 니 중　가 가

'이 사람을 나라고 해도 좋고, 내가 아니라 해도 좋다. / 나라고 해도 나이고, 내가 아니라고 해도 나요. / 나인가, 나 아닌가. 기고 아닌 것을 가린 사이에 나는 없구나. / 제석천의 구슬이 주렁주렁한데 누가 큰 마니주 속에서 상像을 집착하는가.'^{도82}

[도 82] 〈자화상〉

■ 32.0cm×23.5cm, 선문대학교

그렇지. 뭐, 그리 상에 집착하는가. 이 사람이 나라면 어떻고 아니라면 어떠랴. 나라고 해도 나고, 나 아니라고 해도 나인걸… 나 이건 나 아니건 시비를 가린다면 그 사이에는 진정 나란 없는 것이다.

제석천의 구슬 속에 비친 상이 모두 다른 만큼 사람은 관점마다 다르게 볼 수 있다. 맞다. 제석천의 구슬만큼 많은 자신의 삶을 대변하는 명호들이 비추고 있었다. 그런데 고작 어느 하나를 놓고 나라고 할 수는 없지 않은가. 그 거울 속에 모두 다르게 보인다 해도 모두 나다. 비난하는 것도 나고, 칭찬하는 것도 나고, 모두 나 같지 않지만 모두 나다. 저건 나이고 이건 나 아니라고 시비를 가린다면 진정 나는 없어질 것이다. 그동안 하나하나 비춰지는 상에 너무 집착해 살아온 것도 사실이다.

그렇게 결론이 나는 듯 싶더니… 진정한 결론은 선생이 명호를 붙일 때 났다. 다만 지금의 나는 지금 「과천 노인」일 뿐이다. 내를 긴너 옥수수밭에서 만난 그들 늙은 부부들과 다른 것이 없는 평범한 과노果老일 뿐이다.

52

칠십일과, 내 나이 칠십일,
과천에서 얻은 果

　　추석이 다가오는 8월 중순쯤이었을까. 문하 제자 행농이
집으로 선생을 초대했다. 선생은 과천에서 늘 사람을 기다리며
말벗을 찾는다. 그러한 말벗의 목마름이 안타까웠는지 선생을 집
으로 초대한 것이다. 더욱이 가을바람이 청계산을 넘으면서 메마
른 들녘을 까칠하게 만들고 있었으니 선생의 몰골은 더욱 처연했
다. 행농의 속 깊은 마음은 유독 외로움을 타시는 선생을 하루 집
에 모셔 위안이라도 삼게 해드리고 싶었을 게다.

　행농은 자식이 많았는지 완당 노스승께서 오신다니 큰놈들은
제법 예를 갖추려고 애를 쓰고 있지만, 작은 애들은 흥분을 감추
지 못하고 어질러진 집안처럼 여기저기 몸을 비킬만한 곳을 찾아
숨는다. 그렇다고 집안의 부산함까지 감출 수는 없었다.

행농이 좌불안석하며 자식들을 탓하지만 선생은 오히려 아이들을 불러 이것저것 물으며 이야기도 나누고 때로는 큰아이와는 짧은 시문도 주고받으며 부산함을 즐기시는 듯했다.

모처럼 선생은 큰소리로 웃기도 하고 창백한 얼굴에 화색도 돌고 있었다. 아이들도 노스승이 무섭고 엄숙할 것이라고 미리 지레짐작했던 자신들의 생각이 틀렸다는 것을 알았다는 듯이 비죽비죽 선생 곁으로 모여들었고, 점잔빼던 큰아이도 깔깔대며 선생과 격의 없이 놀고 있었다. 그렇게 한참을 아이들과 담화하며 웃고 즐기는 바람에 행농은 아예 이 행사에 끼어들기 조차도 못하였다.

이윽고 저녁 시간에 이르러서야 행농은 식사를 올리기 위해 아이들을 물리려 했다. 그러나 선생은 이마저 말리며 같이 식사하기를 권했다. 아이들이 완당 노스승과 친해져 막 얼굴 붙임이 끝나 어려움이 없어진 것을 행농은 걱정했으나 선생은 오히려 자리가 붙기 시작했으니 더욱 즐거워했다.

드디어 상이 올라오고 선생은 행농과 겸상을 권하고 아이들은 같은 마루에 빙 둘러앉아 저녁 식사가 시작되었다. 집안 살림이 변변치 못하여 못내 죄송해하는 부인이었지만 정성이 들어간 상차림이었다. 비록 고깃국은 준비 못 했어도 선생을 위해 비린 반찬도 조금 준비했고, 두루두루 아주 소박한 밥상이었다. 두붓국에 오이무침 그리고 야채들이 가득 찬 밥상이었다. 특히 그중에는 선생이 매우 좋아하시는 생강 조림이 맛깔나게 올라와 있었다. 선생의 생강 사랑은 행농도 이미 익히 알고 있던 터였다. 그래서 특별히 준비시켰던 음식이었다.

수많은 음식 중에 생강 조림은 오후五侯에 비견되리니
식탐의 군침이 속절없이 식단에 흐르는구나.

이 시는 옛 백제지역인 충청도 해안으로 좌천해서 떠나는 지인들에게 주는 전별시로, 속상한 마음을 위로하는 글보다는 그곳에 가서 생강 조림을 먹으니 얼마나 좋겠냐는 시다. 그만큼 선생이 생강을 좋아한다는 것을 행농은 알고 있었다.

선생은 만족스러워하지만 그래도 여전히 행농은 죄스러워했고 좌불안석이었다. 조용하고 풍성한 저녁과 격조 있는 시문으로 선생의 체면을 높였어야 했는데 뜻대로 되지 못했음을 한탄했다. 행농은 이 부분을 미안해했고 죄스러워했다. 선생 곁을 떠날지도 모르는 행농으로써는 이것이 선생을 위한 마지막 대접이라는 것을 알고 있었다.

모처럼 활기를 찾은 날이었다. 그렇게 저녁만찬을 부산하게 하고 돌아온 후 얼마나 유쾌했던지 그날의 추억을 선생은 잊을 수가 없었다. 자손 많은 행농 집의 부산스러움이 꽤나 부러웠던 모양이다. 이게 얼마 만인가? 나에게 이런 모임이 있기나 했던가.

아니다. 선생은 세상에서 제일 소중한 것을 그날 보았다. 선생은 비록 영욕의 세월을 겪긴 했지만 얻을 것 모두 얻어 봤고, 권력, 부, 명예 등 사람이 누릴 수 있는 모든 것을 누렸다. 또 학문과 예술로는 최고의 경지에 이르고 있었다.

그러나 인생의 황혼 무렵 일흔한 살에 이르러 얻은 果는 높은 예술의 경지도 아니요, 학문의 정수도 아니요, 명예의 중요성도 아닌 가족이었다. 평생을 마치 업보처럼 예술에 바치고 학문에 미쳤지만, 아하, 오히려 증득證得된 것은 나이 일흔하나에 행농 집에서 본 부산하지만 단란한 가족이었다.

돌이켜 보면 선생이 살아온 영욕의 세월, 부침의 세월 속에는 언제라도 가족이 있었다. 다만 그 가족의 중심에 항상 자신이 있어 가족에 대한 생각을 미처 중심에 두지 못했었다. 이제 행농을 보니 그걸 알겠구나. 세상사 제일인 것은 가족이 아니던가. 유독 가족이 적었던 선생에게는 행농의 집에서 뒤늦게 깨달은 일상에서 증득된 한 과果였다.

유쾌한 하루를 보내고 집에 돌아온 선생은 고마움에 행농을 위해 대련을 쓰게 된다. 그날의 모임과 걸맞은 대구를 찾아 대련을 쓴다. 선생은 오래전에 봤던 중국 오종잠의 중추가연이란 시구가 생각나 그것을 쓰려고 준비했다. 그러다가 문득 그날에 있었던 저녁상이 떠올랐다. 저녁밥상에 올린 생강이 생각난 것이다. 기특한 일이었다. 생강 조림은 행농의 애정이었다. 아직 생강이 나올 철은 아니었지만 묵은 생강으로 조림을 만들어 준 것은 스승을 향한 참으로 행농다운 표현이었다.

선생은 쓰려던 대구를 바꾸어 쓴다. 원래 문구는 이랬다.

大烹豆腐瓜苟茱
대 팽 두 부 과 가 채

高會荊妻兒女孫
고 회 형 처 아 녀 손

[도 83] 〈대팽두부〉
■ 129.5cm×31.9cm, 대련, 간송미술관

이 대련을 고쳐 고추(菽)대신 생강(薑)을 넣고, 형荊대신 부夫를 넣어 "大烹豆腐瓜薑菜, 高會夫妻兒女孫."도83라는 대련을 쓴다. 선생 특유의 인용문구 활용이다. 선생은 글자 두 개를 바꾸어 그날 행농 집에서 보았던 소박한 밥상과 소소한 일상의 가족을 담백하게 그려낸다. 행농의 초대에 대한 고마움의 표시다.

그 고마움으로 대련을 쓰고는 협서에 그 내용을 적는다. 그리고 선생의 명호는 비로소 일흔한 살에 한 과를 얻었다는 마지막 명호를 붙인다. 칠십일과七十一果다.

그 고마움과 일상의 깨달음만큼 그의 글씨 또한 그가 추구해온 전한의 고예법과 전서의 필법으로 들어가 가장 개성 있는 고졸과 담백을 대표하는 추사체로 나온 명작의 글씨를 완성하니, 그가 깨달은 일상의 경지와 서법 완성의 경지가 묘하게 일치하여 그의 명호가 더욱 도드라진다. 이 칠십일과는 선생이 사용한 마지막 명호가 되었다.

그 뒤로 둘은 서로 만날 기회를 갖지 못했다. 행농은 행농내로 집안을 일으켜 세우기 위해 몸을 의지할 곳 찾기에 바빴고, 선생은 봉은사에서 판각 작업을 위해 마지막 정열을 바치고 있었으니 서로 궁금하긴 했지만 만날 기회가 없었다. 그래서 이 작품은 그와 만나면 주기 위해 늘 서궤에 가지고 다니며 그를 기다렸지만 그 후 행농은 더 이상 나타나지 않아 끝내는 선생의 마지막 남긴 유물이 되었다.

선생의 명호 중엔 '칠십일과'와 '과칠십'이라는 과천을 나타내는 비슷한 명호가 있다. 그러나 '칠십일과'를 일흔한 살의 과천 사람이라고 보기도 하지만, 그런 뜻이 명확한 '과칠십'이라는 명호가 있으니 '칠십일과'는 칠십일 세에 비로소 얻은 果로 선생의 깨달음을 담은 명호로 해석했다.

果란 불교용어로, 어떤 원인으로 말미암아 생기는 과가 아니라 오랜 수행 끝에 얻어지는 증득證得의 과로, 이미 제주 유배 시절에 초의 선사와 편지를 주고받으며 果에 대한 이야기를 한 적이 있다.

선생이 얻은 첫 번째 果는 속세를 통해서 얻은 과로, 소박한 음식과 단란한 가족이 제일이라는 일상에서 나온 매우 평범한 깨달음이었다면, 두 번째로 얻은 과는 봉은사에서 남호영기 선사와 화엄경판을 펴낸 후 '판전' 현판을 쓰면서 고졸의 경지를 얻은 한 果이다.

53

한글 명호 1
뎡희, 사랑으로 당신의 이름을 쓴다

김정희는 선생의 이름이다. '뎡희'는 그대로 이름을 따서
한글 명호로 사용한 경우다. 내용을 보면 명호라기보다는 '사랑
하는 당신의 뎡희!'라는 귀여운 애칭에 더 가깝다. '뎡희'라 쓰
고 정희라 읽는 것보다 그냥 '뎡희'로 읽는 것이 편지 분위기로
보아 더 살갑다.

선생이 '뎡희'를 명호로 쓸 시기는 그의 나이 33세 무렵이다.
선생이 금석문에 흠뻑 빠져있을 시기다.

'뎡희'는 아버지가 경상감사로 대구에 내려가 있고, 집에는 서
모가 남아 살림살이를 하느라 함께 내려가지 못하자 선생 부부가
번갈아 내려가 시봉을 하는 바람에 둘이 떨어져 있는 시간이 길
어지면서 쓴 편지에서 사용한 명호다. 몇 편의 한글 편지 중 '뎡

희' 라는 이름으로 연정을 표한 것은 세 편 정도가 남아 있는 데, 그 사연이 절절하여 사랑에 빠진 연인들의 연애편지를 엿보는듯 하여 그 맛이 달콤하다.

1815년 겨울, 친아버지 김노경이 경상감사 명을 받고 대구 감영에 머무르게 되었다. 그런데 타향 객지에서 아버지가 제대로 수발을 받지 못해 병이 걸린다. 친어머니는 돌아가셨는데 재혼을 하지 않아 서모가 모든 집안일을 맡아했다. 그래서 객지의 아버지 시봉은 고스란히 선생 부부의 몫이었다.

결혼한 지 10년이 지났지만 그들의 부부 정은 남달랐다. 첫째 부인이 지병이 있었는데다가 어린 나이에 결혼한 터라 부부지정을 알 만한 나이도 아니었고, 더구나 일찍 세상을 뜨는 바람에 선생이 진정 부부의 정을 나눈 부인은 두 번째 부인인 예안 이씨였다.

그가 먼저 대구로 내려갔다. 내려간 지 고작 사흘 만에 선생은 핑계를 내어 본가로 가는 인편을 만들어 편지를 쓴다. 처음에는 점잖게 시작한다. 보고 싶은 마음도 누르고, 하고 싶은 말도 참으면서 집안일 등을 묻는다. 그러다가 슬쩍 투정도 보낸다. 아마 내려오는 도중에 연정의 편지를 보냈던 모양이다.

『저번 중로에서 한 편지는 보았는지요? 그 사이 인편이 있었으나 편지를 보지 못했는데 부끄러워하여 그랬소? 나는 맘이 심히 섭섭하오, 게서!』

자신을 뎡희로 불렀듯이, 게셔는 아내를 부르는 '그대' 정도의 애칭이다. 대구에 오는 중에 편지를 보냈는데 답장을 하지 않은 것은 차마 부끄러워 답장을 못했느냐는 이 말속에는 남편한테 부끄러워할 게 뭐가 있느냐는 뜻과, 부끄럽다고 하더라도 작은 애정 표현 정도도 해주지 않는 부인이 내내 섭섭하다는 속내가 들어 있다.

둘은 선생이 서울에 있으면 부인은 대구에 가고, 부인이 서울에 오르면 선생이 대구에 있으니 만나지 못하는 그 애틋함이 더해만 갔다. 이번에는 자신과 바톤터치하면서 바로 부인이 대구 감영으로 시아버지 공양을 위해 떠난 것이다. 그때 선생은 한성 장동 본가에 있었다.

「그 사이 왕래하는 인편이 있사오나 거기 편지도 못 보옵고 나도 못하였사오니 섭섭하옵기 어찌 다 적겠소. 서물暑物이 한창 때오니, 부디 참외 같은 것만 잡사 오시오.」라며 살뜰하게 먹을 것까지 살피더니, 부인이 여유 시간이 났는지 모처럼 밖으로 나들이 간다 하니,

「내일은 좋은 구경을 많이 하오실 듯하니 서울 있는 사람은 더욱 생각이 아니 나오시개습.」라며 투정도 부리지만 애써 부인을 향한 마음을 참으며 버텨나간다. 인편이 있었지만 편지를 쓰면 또 감정이 터질지 몰라 서역書役이 극난하다는 핑계로 편지를 쓰지 않기도 한다.

그런데 때마침 부인도 바빴는지 한동안 편지를 보내오지 않자 7월 말일경에 이르자 선생의 부인 그리움 병은 더욱 커지면서 드디어 체면을 버린다. 정확히는 2월 편지부터 7월 7일까지는 점잖은 마감 말인 '상쟝'으로 편지글을 올리다가 보고 싶은 마음이 더욱 간절한데, 편지는 더디고 그리움만 커져가는 데 7월 말에 드디어 감정이 터진 것이다. 부인이 편지를 자주 하지 않았던 모양이다.

그렇게 닦달하더니 부인의 편지를 드디어 받는다. 매우 기뻐서 받자마자 답장을 쓴다.

『저번 인편의 글월 보옵고 든든하오. 그 사이 날포되니 뫼와 평안하시오. 당신이 없이 지내오기 민망하오. 게셔는 편히 있어 이런 생각도 아니 하시고 겨오신 일 도리어 웃습. 나는 (당신 있는 곳으로) 길을 가려다 못 가고 이리 민망하오. 아직도 기한이 없어 좋은 구경도 못하고 더욱 이리 답답하오. 덩희!』

그런 그리움을 타고 어느덧 아내가 서울로 올라온다는 기별이 왔다. 드디어 해후할 수 있게 되었다. 아내가 대구에서 서울로 돌아온다는 소식을 듣고 들떠있는 선생은 어린아이가 시장 갔다 돌아오는 엄마를 기다리는 심정으로 다시 편지를 쓴다.

『순역의 행차는 안녕히 환차하여 오시오. 복념이 가이없소. 나는 수란한 일이 많소. 오실 때는 쉬울 터이니 어란(고기 알)이나 많이 얻어 가지고 오소. 웃습. 덩희!』

얼마나 보고 싶겠는가. 또 얼마나 감사하고 고마운가, 너무 사랑스런 당신… 너무 보고 싶은 당신… 너무 그리운 당신… 그러나 소리 내어 부를 수도 없다. 또 소리 내어 그리워할 수도 없다. 모두 선비의 체면 때문이다.

편지를 보내기는 하나 그 마음을 쓸 수도 보낼 수조차 없다.

다만 편지글 말미에 '뎡희!' 그 말 한마디로 모든 것이 표현된다. 그것은 비록 명호이지만 사랑을 표현한 최선의, 최고의 사랑 표현이다. 그리고 자신들만 아는 멋진 이모티콘을 보내 사랑을 표시한다. 얼마나 낭만적인가? 선생은 사랑 또한 다른 사람과 달리 멋진 은유와 낭만을 품고 있었다.

원춘이 응석이 섞인 사랑이라면, 뎡희는 좀더 원숙미가 있는 사랑의 표시법이었다.

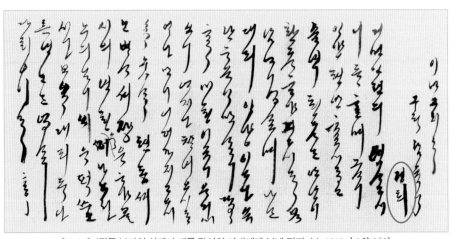

[도 84] 〈장동 본가의 선생이 대구 감영의 아내에게 보낸 편지 中〉 1818년 9월 26일

■ 23cm×41.6cm, 개인 소장

54

한글 명호 2
원춘, 연애하는 기분으로 다시 쓰다

요즘 '왔쌉(what up)'이란 말이 젊은이들 사이에 유행이다. 또 다른 유행인 '~하삼'이란 말도 있다. 이 말이 흔히 젊은이들이 말을 줄여 쓰는 은어 정도로 것으로 알고 있는 사람들이 많아서 혹자는 못마땅해 하기도 한다. 그런데 왔쌉과 하삼이란 말을 김정희 선생이 즐겨 썼다고 하면 믿지 못하는 눈치들이다. 그러나 당시의 표준말이었다. 19세기 표현을 요즘 다시 젊은이들이 쓰고 있다니 재미있는 현상이다. 주로 부인과 주고받은 한글 편지 글에서 보인다.

원춘은 김정희 선생의 자字이다. 자字란 어릴 적 이름 대신 불린 또 다른 별호다. 일반적으로 양반가에 아이가 태어나면 집안

항렬에 따라 이름을 짓는다. 그리고 상투 틀고 갓을 씌우는 관례를 올리게 되는 데, 이때 아버지가 자를 지어준다. 선생에게는 원춘과 함께 백양이라는 또 다른 자字를 갖게 된다.

선생은 태어날 때부터 신화적 요소를 지니고 태어난다. 임신 24개월 만에 태어난 것 하며, 태어날 당시 예산 용산 주변 모든 초목들이 태어나는 아이의 기운에 홀릭이 되어 시들었다가, 아이가 태어난 후에야 원기를 회복했다는 것 하며 모두 마치 영웅의 탄생처럼 신화적 요소가 가미되어 있다. 후대에 만들어진 이야기고 보면 초기 임신 진단의 착오가 보이기도 하고, 아마 그 해 몹시 가물어 초목이 모두 시들었는데 선생이 태어나던 날 때마침 장대비가 쏟아져 말라비틀어진 초목을 살려냈는데, 이 자연현상을 선생의 탄생에 덧씌웠는지도 모를 일이다.

그러나 당시 선생의 집안은 당대 최고의 가문이었으니, 그 가문을 이를 재목이 태어난 것에 대해 무척 기뻤을 것은 상상해 마시 않너라도 그의 탄생이 가지는 의미를 알 수 있는 대목이다. 당연히 아버지로는 집안의 맏이로서 가문을 지키고 집안 가솔들을 봉양해야 한다는 뜻으로 이름은 항렬에 따라 정희라고 지었고, 자는 백양伯養이라 짓는다. 그런 의미에서 원춘元春도 마찬가지 의미이다. 백양이나 원춘이나 모두 맏아들이란 뜻이 있고, 선생에게는 책임이 무거운 이름이었다. 이름처럼 선생은 평생을 이 책임 속에서 산다.

그런데 그런 아버지의 깊은 뜻을 모를 리 없는 선생이 부인에게 보내는 편지글에서 명호로 사용한 원춘은, 아버지의 뜻을 무안하게 만드는 은밀한 밀어로 변형시켜 사용함으로써 선생의 명호 활용법에 차입된다.

어릴 적 별명을 사랑하는 여자친구에게만 은밀히 알려주고 연인끼리만 아는 소통 언어로 사용하듯이, 선생이 이 원춘이란 자를 명호로 사용하게 되는 것은 나이 사십이 넘어선 중노인일 때였다. 그것도 유독 아내에게만 사용하는데, 선생은 이 원춘이란 명호를 아주 적절히 사랑의 밀어로 사용한다. 그래서 선생의 아내 사랑이 한껏 느껴지는 명호다. 그때마다 그는 자신의 필체가 아닌 부인과 마치 연정을 주고받는 듯한 멋진 사인으로 사랑의 감정을 표시했다.

선생의 나이 43세, 아내가 모처럼 처가인 온양에 근친을 위해 내려가게 된다. 선생이 스물셋에 아산 외암리 예안 이씨와 재혼했으니, 부인이 결혼 20여 년 만에 아산 처갓집에 가서 한 달 이상 머무른 것이다.

선생은 벼슬도 승승장구하고 모든 것이 꽃을 피우고 있었으니 아내를 처갓집에 보내는 것도 당당했으리라. 선생이야 출세 가도를 달려 예조참의를 거쳐 시감원 보덕을 겸하고 있었으나, 아내는 시아버지 봉양으로 대구를 빈번히 다녀오는 등 고생하는 데 한 번도 친정으로 근친을 보내지 못하여 미안해서 마침 짬을 내어 처가에 내려보낸 것이다.

최고의 전성기를 구가하던 선생의 집안은 물론 벼슬도 꽃이 피고 있었고, 그의 학문도 꽃이 피고 있었고, 글씨 또한 무르익고 있던 판에 선생에게는 아내와의 사랑도 다시 꽃을 피우고 있었다. 선생과는 나이를 떠나 우정을 나누던 중국의 주학연이 나이 일흔에도 자식을 보았다 하니 아직, 양자를 들이지 않은 것은 이렇게 금술 좋은 이 부부들에게는 당연한 기대가 있었음이 아니었을까.

그런데 막상 보내놓고 보니 불편한 것은 그런대로 참는다 해도 그리운 것은 어찌할 수 없었다. 그리움으로 밤을 보내는 그 사랑이 더 간절하고 그리울 수밖에… 떨어져 있다 보니 나이 사십이 넘어 봄꽃처럼 불쑥 튀어나온 사랑이었다. 아내가 꽃으로 봄에서 걸어 나오고 있었다.

꽃과 그대! 그리움에 못 이겨 선생은 그 좋은 문장과 필체로 꽃 피는 시질의 꽃 편지를 날린다.

'당신이 없으니 집안은 말이 아니고 챙겨주는 사람 없으니 독감이 걸려 기운 수습이 어렵다. 아, 우리 부자가 모두 바빠 죽겠으니 어서 빨리 오라.' 고 재촉하는 편지글의 행간에는 아내를 기다리는 사랑이 절절하다. 집안일을 미주알고주알 얘기하며 은근히 올라올 것을 강요하는 선생의 응석이 아름답다.

올라왔으면 하는 희망을 전한 하루도 채 지나지 않아, 미처 올라간다는 아내의 답도 기다리기 전에 다시 인편을 보낸다. 바로 올라올 것을 목멘다. 이 정도면 보챈다고 밖에 볼 수 없다. 한 번 편지 구절을 보자.

『哽哽하오며 인마를 보내오니, 여러 날 지체 마시고 즉시 회정ᄒᆞ시읍.』

경경哽哽이란 단어는 목메어 외친다는 뜻이니, 얼마나 간절한지 알 수 있다.

편지를 다 써놓고 보내는 사람의 명호를 써야 하는데, 선생은 어느 날 부인과 다정하게 담소를 나누며 자신의 어릴 적 자字를 알려주곤 서로 웃던 기억이 난다. 그렇다. 원춘이다. 그리움을 끄집어내기에는 원춘이 가장 적절하다. 서방님보다 더 다정하게 불러주던 원춘이란 말이 생각이 나자 선생은 멋들어진 디자인 구성을 마치고는 맘껏 멋을 부리며 휘갈겨 쓴다.

글씨를 보면 팔로만 움직이는 것이 아니라 몸도 함께 움직이고, 그 움직이는 율동 속에 흐뭇한 선생의 미소도 함께 보인다. 아마 편지글을 마치고 다시 한 번 들어 보며 만족해하는 모습도 편지에 어린다.

그렇게 원춘을 명호로 사용하여 재미를 본 선생은 더 재미있고 다정하게, 그리고 영악하게 응석 부리며 한 번 더 '원춘'을 활용한다.

바로 그다음 해 선생이 아버지 김노경이 평안도 관찰사로 부임

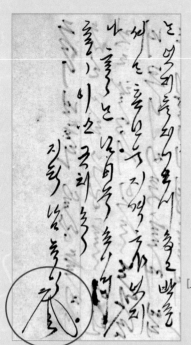

[도 85] 〈평양 감영에서 선생이 아내에게 보낸 편지〉
1829년 11월 26일

■ 23cm×41.6cm, 멱남서당 소장

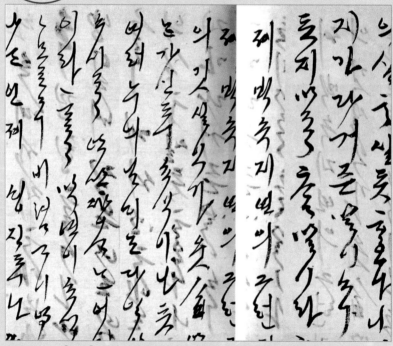

[도 86] 〈평양 감영에서 선생이 아내에게 보낸 변명의 편지 중에서〉

한 관계로 평양 감영에 머무를 때 선생의 바깥사랑이 시작되었다. 평양 기생 죽향과의 사랑이다.

죽향이 예뻐 첫눈에 반했는지, 아내와 떨어져 있는 시간이 길어 외로웠는지는 모르지만 첫눈에 맘에 들었던 듯싶다. 그러나 요란하게 사랑이 시작되었는지 그 풍문이 본가에 있는 아내까지 들어가게 되었다. 사실은 거의 외사랑에 가까웠다. 죽향은 다른 사람하고는 정분도 잘 나누는 것 같았는데 선생한테는 야박했던 모양이다. 서로 밀당이 시작되었는지도 모르지만 그러다 보니 소문만 무성해서 곧바로 본댁에까지 퍼졌다.

선생이 죽향에게 보낸 시 한 수 감상하자.

日竹亭亭一捻香
일 죽 정 정 일 념 향   높이 솟은 저 대 하나 일념향이 아닌가

歌聲抽出綠心長
가 성 추 출 녹 심 장   노랫소리 녹심에서 기다랗게 뽑혀 나네.

衙蜂欲覓偸花約
아 봉 욕 멱 투 화 약   장 보는 벌 꽃 훔칠 기약을 찾고픈데

高節那能有別腸
고 절 나 능 유 별 장   지조가 높다 한들 특별한 애 지닐 수야.

鴛鴦七十二紛紛
원 앙 칠 십 이 분 분   일흔이라 두 마리 원앙새가 분분한데

畢竟何人是紫雲
필 경 하 인 시 자 운   필경에 어느 사람 바로 이 자운인고.

試看西京新太守
시 간 서 경 신 태 수   서경의 새 원님을 시험 삼아 한번 보게

風流狼藉舊司勳
풍 류 낭 자 구 사 훈   풍류 소문 낭자한 옛날의 사훈일세.

아마 죽향이와 하룻밤 지내고 싶었는데 죽향이 거절했던 모양이다. 자존심은 상하고, 하룻밤 동침할 기회를 호시탐탐 엿보다가 잘 되지 않으니 스스로 민망했는지 이런 시를 쓰고는 멋쩍은 듯이 웃는 선생이 보인다.

낌새를 차린 아내가 시누이 남편에게 이를 알아보라고 시킨다. 선생은 매형 매제들이 일곱이나 되었는데, 마침 평양에 한 사람이 다녀오게 되었다. 이 매씨는 적당히 둘러대었으면 죽향의 태도로 보아 그냥 끝났을 일이었으나 돌아가는 판국이 그냥 두면 큰일 날 것으로 판단했는지 미주알고주알 일러바친다.

부인의 표정은 보지 않아도 불을 보듯 뻔한 일, 선생은 부랴부랴 두 번에 걸쳐 해명 편지^{도85}를 보낸다. 시치미도 떼보고, 손사래를 치기도 하고, 엉뚱한 화제를 꺼내며 딴청부리기를 해도 도무지 부인이 믿는 눈치가 아니었는지 다급해진 선생은 아내에게 연달아 편지를 올린다.

요지는 모두 거짓말이라는 깃이다. 그리고 괜히 딴말로 관심을 돌리려 한다. 여기서 옷 한 벌 해 입으려고 했더니 때마침 옷을 부쳐와 잘 입고 있다. 여기서 해 입는 옷은 구차하니 당신 옷이 최고란다. 그리고 조만간 올라갈 것이니 그때 해명하리라는 말로 딴청을 핀다. 그의 애교가 꽃을 핀다.

『집은 여도 잇고 잇소오니 게셔만하야도 다른 의심호실 듯 호오나 니집 편지가 거즌말이오니 고지듯지 마옵. 춤말이라 호고

인제 백수지연白首之年의 그런 것 걸의짓실잇가. 웃습.』^{도86}

모든 게 거짓말이다. 매제 이씨가 하는 말 고지 듣지 말라. 내 머리가 하얗게 세었는데 그런 짓 하겠느냐. 그냥 우스울 뿐이다 라고 변명을 늘어놓지만 그 편지에서는 선생의 당황하는 모습이 역력하다. 그리고 바람 피다 들킨 사람치고는 발뺌하는 모습이 순진하고 순박하다. 더구나 마지막 '웃습'이란 말에서 선생의 멋 쩍음이 보인다.

그렇게 변명을 늘어놓은 편지글을 마치고 다시 명호를 무엇으 로 쓸까 고민한다. 최대한 부인의 마음을 달랠 수 있는 명호가 무 엇일까. 짙은 고민에 빠진다. 자칫 오해가 길어지면 안 될 일이 다. 명호는 선생의 변명의 화룡점정이 돼야 할 것이다.

바로 '원춘'이다.

선생은 주저 없이 다시 그들만의 사랑의 언어인 원춘을 꺼내 마지막 점을 찍고 편지를 끝낸다. 우리가 서로 사랑을 확인하며 부르던 '원춘'을 기억해보라는 뜻일 게다.

이로써 관례 때 아버지로부터 큰아들이라는 책임성과 함께 부 여받은 자字였던 '원춘'이 선생의 은밀한 밀어 명호로 완성하게 된다.

55

한글 명호 3
상쟝, 간절함의 이름으로 부르는
가슴 시린 호칭

'상쟝'은 정확한 선생의 명호가 아니다. 그저 누구나 편지 말미에 부쳐 쓰던 관용구다. 이 글을 당신의 이름으로 바친다는 정도로 생각하면 된다. 그러나 선생은 이 관용구조차도 자신의 명호로 전환하는 치밀함을 보인다.

아버지를 따라 대구에 내려오면서 처음으로 부인과 떨어지게 된 선생은 내려온 지 사흘 만에 안부편지를 쓴다. 차마 편지에는

[도 87]

부인에 대한 애정 표현이 쑥스러 웠던지 집안의 대소사만 이야기 하더니, 편지를 끝내고는 누구나 처럼 관용구 '상쟝'을 쓰고는 못

내 하고 싶은 말을 다 하지 못했다는 듯이 둘만이 아는 사인인 이모티콘을 보내며 하트를 보낸다.

아버지를 시봉하기 위해 내려갔던 선생은 장동 본가로 올라오고, 아내는 다시 대구로 내려가니 아내 없는 타향살이는 그리움이었다면, 아내가 떠난 빈집은 횅한 공허감이 그지없었다. 살림살이도 아는 게 없고, 옷 하나 챙겨 입으려 해도 제대로 정장이 갖춰지지 않는다.

'춘복 경각의 문포 두어 필을 얻었사오니, 어찌하여 입었으면 좋을꼬… 게서는 없고 돌아 의논할 길 없사오니, 어찌하면 좋을지 답답한 일 만호사오니 민망하옵. 자주 기별하옵…'

그렇게 추상같은 학자한테 보이는 평범함이 더욱 우리를 친근하게 한다. '뎡희'가 편지마다 구구절절 사랑으로 채워졌다면, '상장'은 오래된 부부의 정이 듬뿍 담긴 호칭이다. 그동안 '게서'라는 보통 호칭을 쓰다가 갑자기 '거기'로 내외하면서 한참 동안 격조한 것을 간접적으로 나타내며 다정하게 권한다. 그러나 '자주 기별하옵…'이란 말속에 많은 내용이 숨어 있는 듯한 것은 평소 아내를 대하는 선생의 마음 때문일 거다.

'인편이 있었으나 거기 편지도 못 보옵고, 나도 못하였사오니 섭섭하옵기를 어찌 다 적습'이란 문구에서 보면 더욱 선생의 마음을 알 수 있다.

이렇게 존경과 사랑을 보내다가 그리움이 끓어오르자 그 그리움이 갑자기 '뎡희'로 바뀐 것은 앞에서 설명했고, 계속되는 그리움과 사랑의 표시인 뎡희와 원춘을 사용하는 것이 민망했던지 '상쟝'으로 넘어가는 과정과 맞물리면서 '상쟝'은 부인을 향한 최고 존경의 표시로 사용된다. 그리고 선생은 이것을 명호처럼 쓰면서 이 존경의 표시 속에 부인에 대한 애정이 담겨있음을 숨기지 않는다.

그 상쟝 앞뒤에는 생략된 뎡희와 원춘이 있고, 그만의 이모티콘이 숨어 존재하면서 서로 상쟝만으로도 그 뜻을 알아차릴 수 있게 된다.

특히 젊은 시절 상쟝에서 나타나는 선생의 사랑법은 절제되었고, 절제 속에서 삐죽이 내미는 앙증맞음이 있었다면, 50이 넘어 나이 들어가면서 보내는 상쟝의 부름은 아내를 향한 절절한 그리움과 걱정, 그리고 애틋함이 담겨있으니 우리들의 가슴을 적신 이야기를 들어보자.

1840년 여름, 안동 김씨 가문의 타격대장을 자처한 김흥근이 여동생인 순원황후의 수렴청정을 등에 업고 대사헌이 되자, 조선 정가의 분위기는 분위기가 심상치 않게 돌아가고 있었다. 이미 병이 깊어 문중의 일에 손을 뗀 선생의 막역한 친구이자 보호막이었던 황산 김유근을 대신하여 들어선 김흥근의 타격 대상이 이제는 경주 김씨 가문의 완당 집안으로 정조준하고 있었다.

대사헌이 되자마자 그해 7월, 이미 이 세상 사람이 아닌 선생의 친부인 김노경을 탄핵하고 나서 삭탈관직하는 등 작정한 듯 공격이 노골화되었다. 이 탄핵은 선생에게도 직접적으로 미치기 시작했고, 대놓고 잡자고 덤비는 꼴이 잘잘못을 따지자는 것이 아니었다. 정황이 심상치 않게 돌아가자 선생은 부인 등 가솔을 데리고 예산 향저로 도망치듯 내려온다.

그러나 여름이 다 가기 전에 금부에서 내려와 선생을 추국하기 위해 붙잡아 갔다. 모진 고문과 억지 증인과 증언으로 추국이 끝나고 결국 죄가 인정된다. 다행히 당시 영의정인 조인영의 상소로 간신히 목숨을 구해 제주도에 위리안치 유배형이 떨어진다. 이때 부인은 유배 가는 선생의 경유지를 찾아 천안까지 손수 나와 유배를 위로하는데, 선생은 아내의 병을 예견이라도 했는지 제주도에 도착하자마자 편지를 써 책망하듯이 걱정한다.

"마중이야 나올 수 있다지만 그리하다 게셔께서 큰 병이 나면 말이 되겠슴."

선생은 내내 아내가 아픈 것을 자신 때문인 것으로 자책하며 마음 아파했다. 이후 예산에서 얻은 지병으로 끝내 부인은 한양으로 올라오지 못한다.

그렇게 선생의 유배 생활은 시작되었다. 선생의 유배 생활은 기약 없이 시작되었고, 부인은 몸도 성치 않은데 예산에서 유배

뒷바라지가 시작되었다. 아내와의 편지는 그에게 유배의 버팀목이었다.

그렇게 힘든 유배 생활이 3년째 되던 해 선생은 풍토병과 유배가 길어지면서 오는 심리적 압박으로 병환이 깊어 갔다. 그때 예산의 부인도 몹시 병세가 나빴는데 약을 써도 차도가 없었다. 선생은 부인의 몸이 심상치 않게 돌아감을 직감한다. 하인들은 정신없이 제주도와 예산을 오가며 양쪽을 수발하지만 차도가 보이지 않았다.

예산의 부인은 아픈 지아비의 입맛을 찾아주기 위해 온갖 육류와 젓갈류를 보내기 위해 하인을 내려보냈고, 선생은 아픈 부인의 소식을 듣기 위해 하인들이 내려오자마자 다시 올려보내며 병환의 차도를 알 수 있게 바쁘게 재촉했다.

이렇게 둘은 이역만리 떨어져 서로 걱정을 주고받았지만 부인의 병세는 점점 악화되어 마침내 홀로 세상을 뜨고 만다. 그러나 이 사실을 알 리 없는 선생은 내려온 하인이 숨도 돌리기 전에 돌아온 길을 돌려세우고 간단하게 다시 편지를 쓴다.

"이 동안 무슴 약을 즈시며 아조 위석하야 지내읍. 간절혼 심녀 가수록 지졍치 못호개읍. 상쟝!"

그러나 마음이 급했던지, 뭔가 좋지 않은 예견이라도 했는지 겨울 해풍이 심해 바다를 건널지도 모르는데도 다시 하인 갑쇠를 재촉하여 다시 편지를 부친다. 그러나 끝내 부인은 마지막 두 편지를 받아보지 못하고 눈을 감은 것이다.

"전번 편지 부치온 것이 인편의 한가지로 갈 듯 하오며, 그 사이 새 본관 오는 편에 영유의 편지 보오니 이 사이 연하여 병환을 떼지 못하오시고 일양 진퇴하시나 보오니 벌써 여러 달을 미뉴하오서 근녁 범백이 오작하와 겨오시개습. 우녹정을 자시나 보오니 그 약의나 꽤히 동정이 겨시올지 원외서 심려 초절하옵기 형용못하겠습. 나는 전편 모양이며 그겨 소양으로 못견디겠습. 갑쇠를 아니보내올 길 없어 이리 보내오나 그 가는 모양 참측하오니 객중의 또 일층 심회를 정치 못하겠습. 급히 떠나보내기 다른 수연 길게 못하옵." 상쟝!!!^{도88}

선생이 편지를 부치며 마지막이란 생각도 하지 못한 채 상쟝이란 이름을 부인에게 들려주려 했지만, 이미 부인은 이 세상 사람이 아니었다. 그래서 선생이 아내를 향해 부른 마지막 이름 '상쟝'은 이렇게 애절하고 간절함으로 이별 인사도 못하고 매듭을 지었을 뿐이다. 이렇게 선생은 관용구 '상쟝'을 자신만의 명호로 끌어들여 마지막 아내를 향해 부른 눈물의 '상쟝'으로 자신의 명호를 완성한다.

후에 제주에서 돌아와 선생이 부인의 신위 앞에서 통곡하며 부른 애통함과 원망 섞인 애끓는 슬픔을 저 세상에서나 들을 수 있으려나…

那將月老訟冥司
나 장 월 노 송 명 사

어쩌면 저승에 가 월노인에 매달려

來世夫妻易地爲
래 세 부 처 역 지 위

내세에는 부부의 처지를 바꿔 태어나

我死君生千里外
아 사 군 생 천 리 외

나 죽고 그대 살아 천리 밖에 남는다면

使君知我此心悲
사 군 지 아 차 심 비

이 비통한 슬픔을 그대가 알리마는.

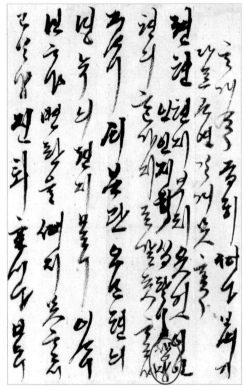

[도 88] 〈상장〉
선생이 제주에서 부인에게 보낸 마지막 편지
■ 22cm×35cm, 김선원 소장

● 참고 서적 ●

『국역 완당전집』 민족문화추진회

『추사집』 최완수

『완당평전』 유홍준

『청조문화의 동전에 관한 연구』 (한글 완역본) 후지츠카치카시

『추사, 명호처럼 살다』 최준호

『추사연구』 추사연구회

『간송문화』 간송미술관

『추사 한글편지』 예술의전당 서울서예박물관

『김정희와 한중묵연』 과천문화원

완당 선생 연보

1786년 병오 (정조 10년) 6세	6월 3일, 김정희 충남 예산군 신암면 용궁리 향저에서 경주 김노경과 기계 유씨 사이의 장자로 탄생. 자는 원춘元春.
1791년 신해 (정조 15년) 6세	김정희의 춘서첩을 대문에 붙인 초정 박제가가 봄.
1792년 임자 (정조 16년) 7세	김정희의 입춘첩을 대문에 붙인 것을 번암 채제공이 봄. 이 무렵 백부 김노영에게 양자.
1796년 병진 (정조 20년) 11세	김정희의 조모, 김노영의 모친인 해평 윤씨 졸. 68세.
1797년 정사 (정조 21년) 12세	양부 김노영 졸, 51세.
1800년 경신 (정조 24년) 15세	김정희 초정 박제가에게 사사. 6월 정조 승하, 7월 순조 즉위, 대왕대비 정순왕후의 수렴청정.
1802년 임술 (순조 2년) 17세	김조순의 장녀(순원왕후) 왕비 택정, 김조순은 영돈녕부사 영안부원군.

1805년 을축 (순조 5년) 20세	정순왕후 승하, 김정희 첫째 부인 한산 이씨 졸. 20세, 생부 김노경 문과 급제.
1806년 병인 (순조 6년) 21세	예안 이씨 재취.
1808년 무진 (순조 8년) 23세	현란玄蘭 김정희.
1809년 기사 (순조 9년) 24세	현란 김정희 생원시 합격, 자제군관으로 동지 겸 사은부사 김노경을 수행하여 연행. 명호 추사, 보담주인, 보담재 등을 짓다. 추사 옹방강과 완원과 면담. 석묵서루와 태화쌍 비지관을 열람하고 수많은 진적과 만나다. 소피 허유 출생.
1810년 경오 (순조 10년) 25세	연행 중 수많은 중국 학자들과 교류. 이임송이 전 별시를 쓰고 주학연이 전별연도를 그려 추사에게 기증.
1812년 임신 (순조 12년) 27세	옹방강 추사에게 시암 편액 보내옴. 옹수곤은 홍 두산장을 보내옴.
1813년 계유 (순조 13년) 28세	추사의 평생의 벗 이재 권돈인의 과거 급제.
1814년 갑술 (순조 14년) 29세	추사 벗 김경연 과거 급제. 추사 중국 친구 옹수곤 아들 인걸 얻다.

1815년 을해 (순조 15년) 30세	옹수곤 졸. 자는 성원, 호는 홍두, 성추 등. 30세. 초의 수락산 학림암에 동안거 중에 추사 심방, 첫 만남.
1816년 병자 (순조 16년) 31세	김경연과 북한산에 올라 북한산 순수비 확인하다. 옹방강, 추사에게 복초재시집 6권 12책을 보내 옴. 추사 실사구시설 제작. 김노경 경상 감사.
1817년 정축 (순조 17년) 32세	해인사 화재. 4월, 추사 경주 무장사비 탐방. 6월, 조인영과 북한산순수비 방문하여 고증하기 시작하여 예당금석과안록 저술 시작. 7월, 상우 출생.
1818년 무인 (순조 18년) 33세	옹방강 사망. 86세.
1819년 기묘 (순조 19년) 34세	4월, 김정희 문과 급제. 월성위 묘에 치제하기 위 해 예산 향저에 내려옴. 김노경 세자 가례도감 제조가 되어 조만영의 장 녀를 왕세자빈으로 택.
1820년 경진 (순조 20년) 35세	10월, 추사 한림 소시 입격, 이어 우사가 됨. 12월, 홍선 대원군 이하응 출생.
1822년 임오 (순조 22년) 37세	直聲留闕下, 秀句滿天東이란 대련을 씀.

1824년 갑신 (순조 24년) 39세	'好古有時搜斷碣, 研經數日罷吟詩'라는 대련에서 완당이란 명호가 보이기 시작함. 과천에 과지초당 신축.
1827년 정해 (순조 27년) 42세	2월, 왕세자 대리청정 시작. 7월, 원손(헌종) 탄생. 8월, 완당 동부승지, 10월 예조참의 (정3품 당상관).
1828년 무자 (순조 28년) 43세	김노경 평안 감사.
1830년 경인 (순조 30년) 45세	5월, 왕세자 薨, 22세. 8월, 김우명 상소, 윤상도옥 일어남. 10월, 김노경 고금도 위리안치. 10월, 〈명선〉의 필의를 따오게 한 백석신군비가 섭지선에 의해 보내옴.
1831년 신묘 (순조 31년) 46세	유희해, 〈황청경해〉 1,400권을 이상적에게 보냄.
1832년 임진 (순조 32년) 47세	김우명 다시 상소, 김노경 부자 탄핵. 완당 격쟁. 김조순 사망. 〈예당금석과안록〉 저술, 이듬해 완성.
1834년 갑오 (순조 34년) 49세	11월, 순조 薨, 왕세손 환이 즉위하고, 완대비 순원왕후가 수렴청정.
1835년 을미 (헌종 1년) 50세	〈茗禪〉, 〈난맹첩〉 등 제작.

1837년 정유 (헌종 3년) 52세	김조근 가로 왕비 간택 정함. 김노경 졸, 72세. 황산 김유근 중풍, 실어증 걸림.
1840년 경자 (헌종 6년) 55세	6월, 완당 동지 겸 사은 부사. 7월, 윤상도 옥사 재론, 김노경 탄핵. 대왕대비 명으로 김노경 추탈. 8월, 김정희 예산에서 나포. 9월, 김정희 제주 대정현에 위리안치. 12월, 김유근 졸, 56세.
1842년 임인 (헌종 8년) 57세	11월, 완당 부인 예안 이씨 졸, 55세.
1843년 계묘 (헌종 9년) 58세	초의 제주에 와 6개월 간 기거. 소치 제주에 옴.
1844년 갑진 (헌종 10년) 59세	8월, 세한도 제작.
1848년 무신 (헌종 14년) 63세	김정희 방송. 대정-소완도-이진-예산-강상에 거처를 마련함. 6월, 헌종 승하, 23세. 이원범(철종)이 대통을 잇다. 10월, 완원 졸, 86세.
1850년 경술 (철종 1년) 65세	5월, 진종 조천 문제 거론, 권돈인 불가 주장. 7월, 김정희 탄핵, 권돈인은 낭천으로, 김정희는 북청으로 유배.

	9월, 윤정현 함경 감사 부임. 완당은 〈침계〉 별호를 윤정현에게 써주다.
1852년 임자 (철종 3년) 67세	8월, 김정희 방송. 〈진흥북수고경〉, 〈황초령진흥왕 순수비이건기〉 찬서 등 제작. 10월, 과천에 도착. 12월, 윤정현 함경감사면.
1854년 갑인 (철종 5년) 69세	완당과 이재가 〈완염합벽첩〉을 석추에게 주다.
1855년 을묘 (철종 6년) 70세	소치, 과천에 오다. 〈불이선란〉을 그리다.
1856년 병진 (철종 7년) 71세	봄, 상유현 봉은사에서 완당을 만나다. 8월, 〈대팽두부〉 대련 제작. 봉은사 〈판전〉 완성, 현판 완당이 쓰다. 10월 10일, 김정희 졸, 71세.

삼백 개의 이름으로
삶과 마주한
추사 김정희
●추사 김정희 선생 名號 이야기

초판 인쇄　2015년　10월 1일
초판 발행　2015년　10월 6일

지　　음 ｜ 강희진
디자인 ｜ 이명숙 · 양철민
발행자 ｜ 김동구
발행처 ｜ 명문당(1923. 10. 1 창립)
주　　소 ｜ 서울시 종로구 윤보선길 61(안국동)
　　　　　 우체국 010579-01-000682
전　　화 ｜ 02)733-3039, 734-4798(영), 733-4748(편)
팩　　스 ｜ 02)734-9209
Homepage ｜ www.myungmundang.net
E-mail ｜ mmdbook1@hanmail.net
등　　록 ｜ 1977. 11. 19. 제1~148호

ISBN 979-11-85704-40-1 (03810)
15,000원